W0381258

Susanne Heinrich

In den Farben der Nacht

Für Saskia

mit lieben Grüß

Susanne Heinrich

In den Farben der Nacht

Erzählungen DuMont

Erste Auflage 2005
© 2005 DuMont Literatur und Kunst Verlag, Köln
Alle Rechte vorbehalten
Ausstattung und Umschlag:
Groothuis, Lohfert, Consorten (Hamburg)
Gesetzt aus der Dante
Gedruckt auf säurefreiem und chlorfrei gebleichtem Papier
Druck und Verarbeitung: Clausen & Bosse, Leck
Printed in Germany
ISBN 3-8321-7937-2

INHALT

Love is not a victory march /
it's a cold and it's a broken Hallelujah
Leonard Cohen

Ich habe einmal geliebt, falls die Liebe jene Grausamkeit ist,
die uns geradewegs zu den Pforten des Paradieses führt,
nur um uns daran zu erinnern, dass sie für immer verschlossen sind.
Jeanette Winterson

VORSPIEL

Wir stehen manchmal am Rand und drehen uns um
Wir gucken manchmal, ob der andere noch da ist

Im Fernsehen passiert so viel, eigentlich ist es Zeitverschwendung, nicht fernzusehen, sagt Robert. Wir trinken Smirnoff Ice, aber das macht uns nicht betrunken, diese 6% Wodka, das ist ja schon fast albern, sagt er. Seit heute habe ich keinen Job mehr, und wir schauen amerikanische Filme an, wir lachen an unterschiedlichen Stellen. Ich lasse den Blick pendeln zwischen dem Breitschultrigen auf dem Bildschirm und Robert, der sich unablässig nachgießt. Ich habe eigentlich gern Preisschilder auf Milchtüten geklebt, sage ich, und er: Ich habe eigentlich gern tiefgekühlte faulbraune Fleischfladen gegrillt. In unserem Zimmer ist die Nacht nur wie ein breit gezogener Streifen angeklebt an die vier Wände, in den Ecken knittrig und feucht wie neue Tapete.

Beim Abspann sind wir noch nicht fertig mit Lachen, wir haben ein anderes Zeitgefühl und sind zappelig. Ich sage, dass ich noch waschen gehe, unsere Shirts riechen abgestanden und nach Bier, wir haben ewig nach der richtigen Wäscherei gesucht, die den richtigen Duft hat: Der Geruch ist uns heilig wie nichts sonst.

Im Waschsalon bewegt sich alles, das Summen überträgt sich auf meinen Körper, mit diesem Sirren in den Muskeln sitze ich auf einem der abgewetzten Plastikstühle und lese in einer

Geozeitschrift von '97, auf der vorn draufsteht *Warum wir lieben können, warum wir lieben müssen,* und ich suche drinnen nach der Antwort, aber ich finde keine, nicht mal zwischen den Zeilen, da steht bloß, dass Männer eine andere Strategie haben als Frauen, dass Männer sich unbewusst gebärfreudige Frauen suchen und dass dieser Trieb zurückreicht bis in die Australopithecus-Epoche, und Frauen suchen nach Männern mit breiten Schultern und einem eckigen Kinn, wegen der autoritären und beschützerischen Ausstrahlung. Dann ein Haufen Zitate und amerikanische Wissenschaftler, die davon reden, dass Mann und Frau zusammenfinden, wenn sie das Gleiche wollen, und dass eine Frau, die eine Fairy-Tale-Story will, nicht mit einem Mann, der eine Business-Story will oder eine Mystery-Story, zusammenleben kann. Erich Witte aus Hamburg sagt, Liebe sei *eine Push- und eine Pullmotivation,* und Karl Grammer aus Wien: *Es ist ein regelrechter Krieg der Signale.* Bilder von Frauen und von Männern und von Säuglingen in Sepia. Ich blättere weiter, zu den *Kindern von Kabul,* die alle traurig sind oder behindert und zwischen Trümmern herumlaufen, zu den Bildern von Polarlichtern, die auch verschwommene Scheinwerfer sein könnten in einem der Clubs, wo die Farben sich überlappen.

Ich packe die dampfende Wäsche in einen Plastikbeutel und schiebe ihn mir unter den Pullover, dass die feuchte Wärme in den Bauchnabel läuft. Als ich aus der Tür gehe, klirrt draußen die Kälte, die einzigen Lichter hier, wo es keine Laternen gibt, sind die beleuchteten Werbetafeln mit großformatigen Gesichtern, in denen das Lächeln festklemmt. Ein Mann an der Ecke greift nach meinem Bauch, ich schlage ihn ins Gesicht, wir zucken gleichzeitig auseinander.

Robert sitzt mit angezogenen Beinen auf einem Stuhl. Ich kenne sonst keinen Mann, der mit angezogenen Beinen auf einem Stuhl sitzen würde, das ist eine der Sachen, die ich an Robert liebe, wie auch seine Fehler, wenn er redet. Gerade jetzt, als er sagt: Ich habe mich kurz aufs Bett gehaut, aber ich konnte nicht schlafen. Ich setze mich neben ihn und schiebe ihm die warme Tüte unter den karierten Cardigan, seine elektrisierten Haare fliehen vom Kopf, und ich fahre mit der Hand darüber. Sein Gesicht changiert im Fernsehgeflimmer, ein Spätfilm wirft Lichtfiguren auf seine Wangen, und ich frage, ob er schlafen will, und sage, dass ich ihn ins Bett bringe. Er trinkt noch aus, die leeren Flaschen flackern am Tischrand, wir schubsen uns durch den Vorhang ins andere Zimmer, wo sich seine Matratze gegen die Wand duckt, ein zerwühltes Laken darauf. Die Decke des Raumes senkt sich, als Robert sich wankend fallen lässt, ich frage, ob ich ihm was vorlesen soll, ja, sagt er, und seine Stimme ist aus Wodkazitronenluft. Ich setze mich so nah, dass ich das Heben seiner Bauchdecke an meiner Hüfte fühle, und dann lese ich *Haik und Paul,* es ist das erste Buch, das ich gelesen habe, und ich fahre über das Bild auf dem Einband: die blauen Schuhe, das rot gestreifte Shirt, die weißen Bermudas, wie immer lese ich nur den Anfang: *»Ich habe mir was eingetreten«, sagt sie, »einen Dorn, glaub ich. Könntest du den mal rausziehn?« Der Inselsommer zirpt und summt, blinkt aus dem Boden, flammt im Spalier der Königskerzen – und das Mädchen, wie es dort steht, ist ein kleiner Sommer für sich.* Eine dümmliche Müdigkeit breitet sich vom Magen her aus, ich könnte weiterlesen, aber ich weiß, dass alles, was folgt, den Anfang schluckt, deshalb bleiben wir dabei und wollen nichts als den Anfang immerzu. Wir sind wie Maden, sage ich, wir fressen uns durch einen Haufen Polysaccharide, und wir stoßen immer wieder auf alte Gänge.

Ich hab das Ende gelesen, sagt er, mein linkes Lid zittert zuerst, es geht etwas kaputt, so etwas wie eine Komplizenschaft, ich finde ihn untreu auf eine bestimmte Art. Ich stehe auf und reibe an meinen Knien, auch wenn da gar kein Dreck ist, im selben Moment bläht sich sein Mund und er sagt: Du bist ja bloß feige, und ich stoße mich an der Wand und sage: Wer ist hier feige, und er sagt: Man muss Sachen zu Ende bringen, auch wenn man den Schluss schon kennt. Ich klemme den Kopf zwischen meine Knie, als ich mich wieder hingesetzt habe, alles ist plötzlich in Bewegung geraten in mir, in verschiedene Richtungen. Ich zünde eine Zigarette an, die Stille, die entsteht, ist plastisch, ich könnte sie anfassen, wenn ich wollte. Der Rauch findet Nester in uns, ich probiere nicht, Roberts Blick standzuhalten.

Ich kann nicht schlafen, sagt er, ich frage: Woran merkst du, dass du nicht schlafen kannst, und wir lachen beide holprig. Er sagt: Das merke ich daran, dass die Müdigkeit von mir abprallt. Also schleichen wir aus der Wohnung, ziehen die Tür hinter uns zu und wickeln uns in Jacken; es ist windstill.

Meine Uhr ist stehen geblieben. Wir hören das Surren der Schienen lange bevor die Bahn sich uns entgegenschiebt. Auf den harten Sitzen lehnen wir aneinander und kauen Milchbrötchen, und wenn wir nach draußen schauen, entfernt sich alles von uns. Wir können bis an den Rand der Stadt fahren, nicht weiter, und dort bleiben wir stehen und kratzen uns im Nacken und zwirbeln Blätter zwischen den Fingern von Bäumen, deren Namen wir nicht kennen. Wir steigen wieder ein und fahren zurück durch die Hochhäuser, ich merke, dass Robert eingeschlafen ist an meiner Schulter, er atmet mir eine Gänsehaut auf den Nacken.

 Gleich hält die Bahn, weiß ich, und einige dieser Jogginghosentypen steigen hier aus, im Stadtviertel der Verlierer. Sie schreien noch mal auf, bevor die Tür sich öffnet, und zeigen Finger, sie werfen den Kopf zurück, aber wir haben zu viel Angst, um es ihnen nachzumachen. Die Bahn fährt an, sie stehen draußen und zerdrücken Bierdosen, um sich zu versichern, dass sie noch Kraft haben.

In der Stunde, die Überblende ist, hebe ich Robert aus der Bahn, und seine Leichtigkeit erschreckt mich. Ich gehe ein paar Schritte, trage ihn zur Tür. Ich schleppe den Geknickten ins Haus, trage ihn weiter nach oben, bette ihn drinnen in den Matratzenhalbschatten. Ich löse mich von ihm und gehe nach draußen, um Ecken, zum Waschsalon, der bald wieder offen hat. Ich bin die Erste, und ich bin ohne Wäsche hier, ich setze mich, lese, ich lächele nur, wenn ein anderer zuerst lächelt. Hier steht von Georg Christoph Lichtenberg: *Man verteidigt Liebe und verwirft Liebe, und eine Partei versteht dieses und die andere etwas anderes.* Dann packe ich das Geomagazin unter meine Jacke, mein eigenes Zitat im Heft würde lauten: *Wir lieben uns, solange wir uns nicht kennen,* ich schiebe das Heft in den Hosenbund und schlendere weg. Das dickflüssige Dottergelb der ersten Sonne verklebt mir die Augen; ich weiß, ich kann mich selbst entscheiden, ich gehe zur Tankstelle, kaufe mir so einen Schokoladencremelikör. Nichts anderes tun als schlucken. Die ersten Großmütter sind unterwegs in sonst leeren Straßen, sie meckern vor sich hin und tragen leere Beutel zum Konsum, der jetzt Einkaufszentrum heißt.

Die Tür klemmt. Im Flur riecht es nach Roberts Handcreme, einen Moment lang muss ich meine Füße still halten und den Schwindel mit den Augenlidern zerdrücken. Im Zimmer liegt Robert, wie ich ihn hingelegt habe, ans Kissen geschmiegt, die Kulisse hat sich geändert mit dem Licht, die Nacht gerinnt. Ich reiße einen Koffer von der Kommode und schaufele Kleider hinein, es kommt mir vor, als gäbe es diese Szene schon einmal auf meinem Erinnerungsband, aber ich lasse mich nicht irritieren. Wenn nichts lockt und nichts hält, denke ich, kann man das Langeweile nennen. Auf seiner Stirn häuft sich staubige Luft an, und weiter denke ich: Langeweile macht erfinderisch, einen Kuss deute ich an und puste ihn vom Handballen.

Die Treppe lasse ich schnell hinter mir, es ist zu spät, um zu zögern. Draußen hockt ein Taxi an der Ecke, und eine alte Frau raucht und hustet. Ein Cockerspaniel springt in einen kohlefarbenen Teppich aus Krähen, was bleibt, sind weiße Kotflecken, die Frau guckt hin und der Taxifahrer auch, was bleibt, ist das eine oder andere Räuspern. Unser Fenster ist das einzige ohne Gardinen. Da stehe ich eine ganze Weile, ich gehe ein paar Schritte, bis meine Fußsohle sticht, ich sehe, dass ich mir eine Reißzwecke eingetreten habe.

Es passiert schnell, dass man einer Sache überdrüssig wird. Ich nehme den Koffer wieder in die Hand und fühle nach der Zeitschrift an der Hüfte, ich drehe mich um, es kracht beim Aufschwingen der Tür. Oben bin ich atemlos, Robert hat eine Jacke an und steht im Türrahmen, er sagt nichts und guckt bloß. Er nimmt mir den Koffer ab, der nach Frischgewaschenem riecht, ich sehe in der Küche noch die Striemen von Dunkelheit wie nach dem Wischen auf Linoleum, auf seinem Tischplatz *Haik und Paul,* inmitten abgebrannter Streichhölzer.

Manchmal passiert es, dass wir uns am Morgen wieder fremd sind, dann müssen wir näher zusammenrücken beim Frühstück und uns wiedererkennen am Geruch. Wir sprechen nicht. Ich puste gegen meinen Pony, er zieht die Knie ans Kinn, um uns herum wacht alles auf und knarrt und zuckt und entfaltet sich, und er hört dieses Lied von Keimzeit: *Die Platte hat 'n Sprung auf deinem Grammophon,* und ich kauere so neben ihm und rühre Strudel in den Kaffee, *nach diesem Gewitter, glaub mir,* ich denke an das Geoheft und daran, dass Robert schmale Schultern hat und ein Kinn wie eine weiche Beule, *legen wir uns raus, die Sommersonne lacht uns schon,* und jetzt frage ich mich, ob das vielleicht auch ohne Gewitter geht, *komm rück 'n Stück näher, mein Herz,* er spult zum *Sicher nicht für immer, sicher nur für jetzt,* außerdem frage ich mich, ob es vielleicht nicht nur War-Story und Pornography-Story gibt, sondern auch Half-a-Story, *erwärmt die Sonne uns den Rücken, erwärmt die Sonne uns den Rest.*

HAUT

Was machen wir, sage ich, wenn wir vor dem anderen nackt sind. Dann machen wir die Haut auf, sagt David. Tut das weh, sage ich. David lacht und steht auf.

Es war ein Donnerstag, und es war nebelig. Es war vielleicht fünf Uhr. Anita nahm mich an der Hand und lachte. Anita lacht sehr oft, sie ist ein froher Mensch. Wir sind durch die Stadt gelaufen und haben uns über alle Dinge lustig gemacht. Es war jeden Herbst dasselbe: Anita liebte Björn und bewunderte David, David liebte mich, ich liebte David und Björn ein bisschen, Björn liebte alle ein bisschen und Anita am meisten. Anita ging an meiner Hand wie eine Luftströmung, ich hatte das Gefühl, ich könnte durch sie hindurchgreifen. Wir maßen unsere Stadt mit Schritten aus und behängten alles mit Worten. Die Unlust des Herbstes erschien in der Trägheit der Straßen, die die Anstrengung, zu imponieren, aufgegeben hatten, beiseite gelegt war das Ölige, das Triefende. Die Gehsteige waren schroff und splitternackt, die Stadt war kummergebeugt.

Im Bahnhof kauften wir in einer Drogerie Einwegkameras und fotografierten Fliegen an der Innenwand der verglasten Kuppelhalle, unter der die Züge hin- und herrollten, und uns selbst: beim Winken, beim Küssen. Wir mögen den Bahnhof, weil der Bahnhof kein richtiger Ort ist, sondern eigentlich nur ein Übergangs-, ein Verschieberaum, wir bilden uns dann manchmal ein, wir könnten uns verbinden lassen und versetzen, wir könnten auf- und losbrechen, obwohl wir eigentlich sicher sind, dass sich nichts ändern kann, dass sich die Herbste gleichen.

Durch einen Lautsprecher wurde mein Name in die Halle gebrüllt, eine persönliche Mitteilung am Informationsschalter, ich wiederhole; Anita zog mich zur Information. Ein kleiner karierter Zettel mit der Aufschrift: *Liebe ist eine schwere Geisteskrankheit (Platon). In betörter Liebe zu meiner Sirene. David.*

Häutung und Splitternacktheit, ein Herbst bedeutet: die Tapferkeit des Jahres. Die Jahreszeit, die mir direkt ins Mark fährt, in der Debussy zu Hause sein muss. Agonie und Tollheit, eine Bahnhofsjahreszeit. David lässt seine Hand über meinen Körper fliegen. Was haben wir eigentlich dieses Jahr gemacht, sage ich, du musst mich erinnern, weil ich sonst alles viel zu schnell vergesse, ich weiß gar nichts mehr. David legt seine Finger zwischen meine Pobacken. Wir haben uns im Frühling geliebt, im Sommer Musik gehört und im Herbst haben wir uns festgehalten. Ich habe versucht, dich zu einem Kind zu überreden, aber du wolltest keins. Ich lächele und weiß, dass David das nicht sehen kann. David ist ein inwendiger Mensch. David lässt seine Hand noch einmal über meinen Körper fliegen, von den Zehen- über die Brust- bis zu den Haarspitzen, mein Körper taucht in seiner gleichmäßigen Liebkosung unter. David zitiert Cocteau mit einer Stimme, die mich vergessen macht, dass David schwächer ist als ich. *An Freuden ohne Maß ging unser Glück zugrunde./Ihr Bienen meines Lebens, sagt, was tatet ihr?/Seit der verlassne Stock gab von Verbrechen Kunde/Fehlt mir zum Glücklichsein Erwartung und Begier.* Cocteau, sagt David, ist mit Kafka verwandt. Du redest zu viel, sage ich. Das stimmt, sagt David, aber das ist immer so, wenn ein Sinnesorgan nicht funktioniert, wird ein anderes besser ausgebildet, damit das Gleichgewicht erhalten bleibt. Welches Gleichgewicht, sage ich, welches andere Sinnesorgan, du langweilst mich. Das Gleichgewicht der Wahrnehmung, der Reizaufnahme, sagt David, Sprache und Tastsinn gegen Sehsinn. Vollidiot, sage ich und küsse ihn.

Ich nehme David an der Hand, es ist eine Selbstverständlichkeit, ich erzähle ihm die Welt im Kleinen, ich sage: Da ist ein blauer Lieferwagen an der Kreuzung auf einem kleinen Parkplatz, ohne Fenster, darauf steht: Erste-Klasse-Ficken. Ich erzähle ihm, dass wir in die Sonne laufen, dass dieser Herbsttag sauber und klar ist, mit abgetrennten, flächigen Farben, ein Tag, der nach Zwischenfällen schreit. Ich erzähle ihm, wie der Park aussieht: die Hügelwellen, die in die Höhe geschossenen Nadelbäume, die Trampelpfade zur Anhöhe und zur Lichtung, der englische Blumengarten. Es hat geregnet: Der Park ist lackiert von den Speichelflocken der Mittagssonne. Die Senke und der Blumengarten sind überschwemmt, David und ich laufen barfuß durchs knöchelhohe Wasser. Sonnenwogen rollen gleichmäßig über den Park, alle Dinge leuchten aus sich heraus, ein unerklärliches Phosphoreszieren. Ich beiße David in den Oberarm und in den Hals und in die Wange, ich beiße David blaue Flecken, sein aufgeräumtes Gesicht macht, dass ich es verwüsten will, wenigstens stören. Was siehst du, sagt David. Ich sehe ein Rechteck, sage ich, in der Mitte einen Blumenfriedhof, gerade laufen wir das Rechteck ab, einen Weg mit Kieseln. Der Sumpf ist sonnengeflutet und modert, tote Regenwürmer treiben durchs goldene Wasser wie schwarze Taucher, ich möchte immer so weitergehen, bemessene Schritte setzen, jeden einzeln. Was ist das, was die Waden streift, sagt David. Regenwürmer, sage ich. Du bist mir die Liebste, sagt David, was hat das mit Regenwürmern zu tun, sage ich. David sagt: Du bist drollig.

Manchmal habe ich Angst, ich könnte David so sehr lieben, dass ich besinnungslos werde. Manchmal möchte ich sagen: Ich liebe dich bis zur Auflösung.

Es ist passiert, als Björn sich im Bad vor dem Spiegel die Haare gemacht hat. Wenn es Björn nicht gut geht, macht Björn sich die Haare stündlich. In der Küche hat es zuerst gebrannt, und die beiden Frauen, mit denen Björn zusammenlebt, haben angefangen zu schreien. Der Feuerlöscher und Björn und eine unheimlich schnelle Folge von Bewegungen. Es gibt nichts, sagt Björn, das sich besser anfühlt, als unverzichtbar zu sein. Er sieht aus wie Adonis, wie er da in seinem Bett aus Weiß liegt mit verbundenen Unterarmen und einem in erschrockenem Stolz stehen gebliebenen Gesicht. Er hebt kurz den Kopf an und erfasst die trostlose Fahlheit des Zimmers, die Austauschbarkeit mit den Augen. Kannst du mir einen runterholen, sagt er, und stellt ein Bein auf, sodass eine Höhle für meine Finger entsteht. In den hinteren beiden Betten schlafen zwei alte Männer mit verhärmten Gesichtern, sie atmen mit dem ganzen Körper. Ich schiebe meine Hand auf sein Geschlecht und reibe es. Dabei hebe ich den Kopf und sehe aus dem Fenster in einen blaugrün melierten Himmel, der nicht aufhört. Irgendwann ist Björn fertig, er lässt den Kopf zur Seite fallen und lacht leise und bitter. Komm, gib mir einen Kuss, Helen, sagt Björn. Du bist ein Arschloch, sage ich, und außerdem nymphoman. Björn gurgelt und lacht. Du bist meine Freundin plus, sagt er, und du versteht mich ziemlich gut. Du willst was gelten, sage ich, das ist deine größte Angst: dass dich irgendwann keiner mehr ernst nimmt.

Ich gehe langsam zum Fenster, keine Sekunde will ich verpassen von der Dämmerung. Ich denke an einen Film, an dessen Titel ich mich nicht erinnere, er spielt in den zwanziger Jahren, es geht um Liebe. Die Männer in den Filmen tragen weiße Hemden, die Kornfelder und die Waldhütten und die Mädchen sind weizenblond, die Nächte sind braun und die Tage gelb, es geht um Liebe. Dieses Licht und seine Magie, der Film war beige und langsam, an Haarsträhnen kann ich mich erinnern, drei geöffnete Hemdknöpfe, an hellgelbe Knie und Wimpern und an kleine, schöne Nasen. Es ging um Ausschließlichkeit, um Absolutheit, es gab einen Mann, der geschossen hat, erst auf den Jungen, den er liebte, dann auf sich selbst.

Manchmal denke ich, ich liebe David nicht für das, was er ist, manchmal denke ich, ich liebe David nur für die Größe und Konstanz seiner Liebe.

Weißt du, was die schönste Tageszeit ist, sage ich. David liegt offen auf dem Bett, an den Seiten ragen seine Hände über die Bettkante und knicken ab. Sein unregelmäßiger Körper ist voller Schattenmulden. Wenn man über den Bürgersteig geht, sage ich, abends um sechs, wenn man die Menschen ansieht, die auf die Straßenbahn warten, ihre Hacken in den Asphalt stemmen und ihre Gesichter ins Laternenlicht drehen, dann sieht man, dass sie schön sind, dann sieht man, dass alle diese Gesichter nach dem Bemerktwerden schreien. Davids Rücken schweigt. Entschuldige, sage ich, ich hatte es vergessen.

Ich will wissen, woher das Vergessen immer wieder kommt. Vielleicht will ich David wehtun, ab und an, damit ich nicht ganz hilflos bin vor ihm. Ich gehe zu David und beiße ihm in die Schulter, und David sagt: Ingeborg Bachmann sagt: Liebe ist ein Kunstwerk. Kunststück, sage ich.

Vielleicht ist das auch gar kein Ankommen bei David, vielleicht ist es nur ein Ausprobieren, wie sich das Ankommen anfühlen könnte.

Anita sagt: David ist nur deshalb so schön, weil er so klug ist und so unheilbar traurig. Ich sage: David muss sich von niemandem helfen lassen. Anita verschlingt ein riesiges Eis, sie ist eingeschnürt in eine Stewardessverkleidung und muss kleine Faltblätter verteilen für eine unbekannte Fluggesellschaft, sie hat dabei ein dosiertes Lächeln. Wie geht es David, sagt sie. Sehr gut, sage ich, wir waren gestern wandern. Im Sommer fahren wir nach Ungarn. Er will, dass ich ein Kind von ihm kriege, aber das will ich nicht. Ja, sagt Anita. Sie beißt mir ins Handgelenk und lacht ein bisschen. Björn ist wieder draußen, sagt sie.

Anita und ich, wir gehen Hand in Hand, die Sonne tollt über die Gehsteige hinter uns her. Ich erzähle Anita von der Sendung über Pinguine, die ich gestern im Fernsehen gesehen habe, davon, dass die Pinguine aneinander rücken, wenn es kalt wird, davon, dass sie einen Wärmeteppich bilden aus kuscheligen Körpern. Anita sagt nichts mehr.

Björn hat immer noch verbundene Arme und ist so schön, dass man nicht an ihm vorbeigehen kann, ohne von ihm zu kosten. Er trägt einen Bademantel, und die beiden Frauen, die mit ihm zusammenwohnen, sitzen in der Küche und spielen Karten. Björn sagt: Ich gehe baden. Er zieht die Tür auf und hält sie offen. Was ist mit Anita, sage ich. Das Bad liegt voller Handtücher, es riecht nach gewaschener Haut und Bodylotion. Wir sind nicht mehr zusammen, sagt Björn. Schlaft ihr noch miteinander, frage ich. Manchmal, sagt Björn, aber sie gefällt mir nicht mehr. Und was ist mit ihr, sage ich. Keine Ahnung, sagt Björn und dreht den Wasserhahn in der Wanne auf. Die Scheibe macht das Licht dreckig, das Bad ist ein fremder Ort, der nach anderen riecht. Björn dreht sich von mir weg und zieht sich aus: glatte Haut mit winzigen Haaren wie die weicher Kakteen. Wenn David mir nicht alles erlauben würde, würde ich nichts davon brauchen, denke ich, auch die andere Haut nicht, die Kakteenhaut. Ich ziehe mich auch aus, ich denke, dass nichts für und nichts gegen Björn spricht und dass David gesagt hat: Ich will, dass du frei bist, und dass ich darum jetzt eben mal frei bin hin und wieder, ohne dass es besonders schön wäre. Björn sitzt im Wasser und sieht einfallslos aus, nur sein Schwanz ist wach und bricht die Oberfläche auf. Björn gießt Ölbad in die Wanne und lacht ein bisschen. Ich setze mich in die andere Hälfte der Wanne und tupfe Schaumkugeln auf meine Brüste. Wenn du jetzt untergehst und keine Luft mehr kriegst, dann rette ich dich, sagt Björn. Ja, sage ich, aber du würdest es deinetwegen tun, nicht meinetwegen. Björn bricht eine Schokoladentafel in der Mitte durch und isst die Hälfte. Er macht seine Haare nass und betrachtet seinen Körper bis zu den Fingerspitzen, dann lässt er ihn auf meinen springen und bis zu den Schamhaaren kriechen. Sein rechter Fuß drückt meine Schenkel auseinander und wühlt in meinem kleinen schwarzen Wald. Das mag ich an Björn: dass er die schöne Zärtlichkeit, Komplimente zu machen, nicht nötig zu haben glaubt, dass er springt. Dass er nicht einmal sagt: Dein Körper sieht aus, als wolle er beschlafen werden. Björn legt meine Hand auf seinen Schwanz. Mein Kopf schwillt an von der Hitze des Wassers, ich quelle auf und meine Hand auch, die auf seinem Schwanz liegt, alles ist rot und fettig und schwer.

Die Wohnungstür geht, und ein Lachen kommt, ein heiteres, friedliches, eine Schnur hoher Töne. Björn steht auf und erschrickt erst dann, er tut Dinge, die uns jetzt nicht helfen: Er legt die Hände vor seinen Schwanz, er angelt nach einem Handtuch, er stellt das Wasser ab, er streicht seine Haare glatt. Das Badezimmer ist blau und heiß, ich bin riesig im Vergleich zu allem anderen, ich kann mich nicht wegdenken. Die Lampe macht, dass wir eben aussehen, sie spottet uns. Ein paar Blicke noch, die uns nackt machen, weil die Überraschung uns überfällt, da weiß ich: Anita liebt Björn. Da weiß ich: Björn hat Angst vor Anitas Liebe.

Anita steht im Türrahmen, sie lässt ihr Gesicht fallen und uns dabei zusehen. Ich verstehe mit den Augen. Anita beißt das Zittern weg, und ich steige aus der Wanne, nehme ein Handtuch vom Boden und sage: Entschuldigung, weil es kein größeres Wort gibt, das ich stattdessen sagen könnte.

Manchmal sehe ich David und mich nackt voreinander stehen. Manchmal habe ich Angst, ich würde mich nur einen Moment lang abwenden und er würde angezogen vor mir stehen, wenn ich mich wieder umdrehte. Er würde nicht sehen können, dass ich noch nackt bin, er ist blind.

Ich gehe sehr leise, seit heute sind meine eigenen Schritte etwas, das mich anwidert. Im Gegenlicht sehe ich David im Sessel verknotet schlafen. Ich bin wütend auf David, weil David klug ist und mir hätte sagen können, dass die Freiheit, die er mir gibt, auch immer etwas mit anderen zu tun haben muss, mit Kaputtmachen und Begreifen, und dass das Begreifen nach dem Kaputtmachen kommt. Wenn David so daliegt, wolkig und ruhig, ist er am weitesten von mir entfernt. Das Telefon klingelt.

Hallo, sage ich.

Ja, sagt Anita, ich bin's.

Anita ist stärker als ich.

Ich will, sagt sie, dass du mir Björn lässt.

Es tut mir wirklich leid, sage ich.

Das spielt keine Rolle, sagt sie, ich will nur, dass du mir Björn lässt.

Anitas Stimme ist eine geschlossene Tür.

David streckt die Hand aus. Wo bist du, sagt er. Ich halte ihm mein Gesicht hin, und er legt die Hand mitten hinein. Ich habe uns etwas mitgebracht, sage ich.

Es sind fünf Gramm, ein bisschen viel. David kocht Milch, ich öffne die Tüte und schüttele alles in den warmen Kakao. Es riecht schon, sagt David. Wir trinken schnell, der Dopegeschmack kitzelt uns bis in die Nasenwurzel.

David lehnt im Türrahmen. Ich habe keinen Körper mehr. Alles drängt zum Boden hin. Ich schwimme durchs Badezimmer und breche auf den Baumwollvorleger, ich kippe zur Seite und ziehe meine Knie ans Kinn. Was ist, was ist, sagt David, wie geht es dir, und ich sage: Wahrscheinlich sterbe ich gerade. Es ist unmöglich, mich zu bewegen. David kniet vor dem Klo und fährt mit dem Finger über den Kloschüsselrand. Es gibt nichts mehr außer Pathos und ein Zimmer, das uns unter den bebenden Füßen wegschwimmt. Wenn wir das hier überstehen, sage ich zu David, wenn wir das hier überstehen. David sagt gar nichts, er wimmert auf den Fliesen. Ich verliere meinen Körper und die Luft tanzt zwischen den Ecken. Ich hab die auf dem Bildschirm denken sehen, sagt er. Kannst du aufstehen, sage ich. Nein, sagt David, wo bist du. Ich liege hier, sage ich. Kannst du aufstehen, sagt David. Nein, sage ich.

SAND IM KOPF

Ich bemerkte, dass etwas nicht richtig war mit Florian und mir, als ich feststellte, dass Kaffeetrinken dasselbe Gefühl in mir auslöste, das ich bisher für Verliebtsein gehalten hatte.

Es war das Ende eines Sommers. Ich flog zum ersten Mal, zurück nach Hause, mit André, der meine Hand hielt. André ist mein Bruder. Er ist groß und hat schwarze Haare, und Augen, die aussehen wie Brunnen, sodass man die Pupillen darin nicht finden kann, er hat Arme, die beim Gehen ruhig sind, er bläst Zigarettenrauch durch die Nase aus und hebt die Füße beim Laufen gerade so hoch, dass sie nicht über den Asphalt schrammen.

André sah aus dem Fenster auf einen Teppich aus buschigen, felsig aufgetürmten Wolken. Niemand sprach. Auch die Stewardessen flüsterten nur und balancierten ihre viel zu langen Beine durch die Reihen. Ich konnte an nichts anderes denken als an Spanien.

Vermisst du ihn, fragte André. Wen, sagte ich, nein, überhaupt nicht.

Meine Handtasche war sandig und rutschte zwischen meinen Füßen hin und her. Die Frauen, die sich alle sehr ähnlich sahen, brachten uns Essen in durchsichtigen Plastikschalen und dufteten nach Barcelona. Auf kleinen Bildschirmen zeigten sie diesen Film von Fellini, *La Dolce Vita,* im Original, mit deutschen und englischen Untertiteln. Italienisch ist eine Sprache, die hinters Licht führen kann. Ich war froh, dass der Film mich zum Weinen brachte.

Mein Bruder sah aus dem Fenster und zeigte auf etwas, ich beugte mich hinüber und nickte fade. Ich dachte an Arnaldo und seine kurzen, kühlen Blicke.

Das gleichmäßige Rauschen des Fluglärms spülte mich gedankenlos, wusch sich durch meinen Kopf in die braunen, sonnenverbrannten Fingerkuppen. Mein Bruder aß mit geschickten Bewegungen, ich trank nur den Kaffee und aß den Apfelkuchen, ich dachte an Spaniens endlose Strände, an die Stürme und Säume von Menschen, an schlingende Bars, weißsteinerne Duschen und rote und grüne Grenadine. Ich wollte meinen Bruder auch daran erinnern, ich wollte sichergehen, dass es diese Orte tatsächlich gab, die ein Strauß fremder Düfte waren, diese Städte, die erst im Sommer aus dem Boden schießen und im Herbst, vom Wind auf die Erde gedrückt, gebeugt über dem Boden nebeneinander liegen wie geknickte, funkelnde Plastiksegel. Dass es diese Flucht tatsächlich gegeben hatte, diese Zeit, in der ich glücklich gewesen war wie lange nicht mehr, diese Zeit, in der ich zu einer Übergangsform wurde, die sich alles erlauben durfte, weil sie sich unerkannt wusste und etwas behaupten konnte, das nichts mit ihr zu tun hatte.

Ich legte meinem Bruder eine Hand in die Armbeuge und den Kopf an seine Schulter. Wir flogen über etwas hinweg, das unbedeutend wirkte.

Ich wollte eine andere Sprache, ich wollte nicht anfangen, mit meinen wenigen Wörtern etwas zu beschreiben, das mit ihnen nichts zu tun hatte, meine Wörter würden den spanischen Sommer höchstens streifen. Ich wusste auch, dass ich unglücklich sein würde in den nächsten Wochen; wenn ich an Spanien vorbeiredete und mich davon wegredete, wenn ich durch Spanien hindurchredete, fuchtelnd, ohne es zu berühren,

 wenn ich Spanien für mich behielt und es unter der Größe

dieses Sommers zusammenrutschte, wenn ich Arnaldo nicht vergaß oder ihn vergaß, unglücklich, wenn ich noch einmal fliegen würde, um wieder in Spanien zu sein und mein Glück zur Wiederholung zu zwingen, ohne Florian, unglücklich auch, wenn ich hier bleiben würde bei Florian, ohne die braune Hautglätte dieses besinnungslosen, rhythmischen Sommers. Ich war mir sicher, dass es keine andere Möglichkeit als das Unglück gab, ich dachte, das liege möglicherweise an mir.

Die Stewardessen falteten die Hände und lächelten. Der Pilot redete von Unwetter und Wolkenwand und kleinen Turbulenzen, die nicht weiter gefährlich seien. Ich seufzte, weil ich hoffte, mein Bruder würde noch einmal etwas fragen, etwas wie: Was war das mit Arnaldo, ich fürchtete, meine Stimme sei rostig geworden in Spanien, rot und blättrig.

Es hat keine Zeit in meinem Leben gegeben, in der ich nicht nach irgendetwas süchtig war. Eine Sucht löste die andere ab. Das Sammeln von Musik und Filmen wich der Sucht, meinen Körper zu kontrollieren, auf die Sucht nach Arbeit folgte die nach Florian. Diese war mir in Spanien abhanden gekommen, ich vergaß, an sie zu denken und an Florian. Florian hatte geschrieben:

Juli, meine Liebe,

es ist ein erdrückender Sommer. Ich will dich zurück. Ich wiederhole das Gedicht, das du mir beigebracht hast. Ich habe sauber gemacht und die Blumen gekauft, die du so magst, ich werde neue kaufen, bevor du wiederkommst, die hier lassen schon die Köpfe hängen.

Ich frage mich, was du wohl tust. Treffen wir uns im Sommerdreieck heute Nacht?

Küsse. Florian

Mein Bruder trug einen filzigen Mantel, der an jeder Stelle anders roch. Ich hätte gern das Profil meines Bruders gezeichnet oder mit einer der Stewardessen ein sinnloses Gespräch geführt oder die Schwimmweste ausprobiert; ich hatte das Gefühl, dass alles, was ich hätte tun können, völlig ohne Zusammenhang war, dass sich mit Arnaldo etwas verschoben hatte. Mein Bruder kaute einen Kaugummi. Er legte seine Hand auf meinen Bauch und sagte: Du musst es nicht sagen, wenn du nicht willst, aber du willst es ja sagen, wo liegt das Problem. Ich sah aus dem Fenster, und mein Bruder streichelte meinen Hals mit seinen Haaren.

Ich fand mich unausstehlich. Da war der Punkt, an dem es anfing, wehzutun. Ich weiß nicht, sagte ich, das liegt, glaube ich, an mir.

Ich dachte an Florian und was ich wohl sagen würde, wenn ich nach Hause käme, vermutlich würde ich gar nichts sagen. Florian sorgte sich sehr um mich. Er würde mir den Tisch gedeckt und Blumen gekauft haben und würde von seiner Freude beleuchtet vor mir stehen wie ein Christbaum. Ich hatte meinen Bruder einmal gefragt, was er von Florian halte, ganz am Anfang, als ich mich einrichtete in Florians ständiger Gegenwart. André hatte gesagt: Er ist ein guter Mann, aber er macht, dass du zu viel nachdenkst.

Zuerst waren wir in Italien gewesen. Mein Bruder hatte mich an der Hand gehalten. Das kleine, zusammengeschmolzene Chioggia, eine Wasserstadt. Markisen und Fischstände und friedliche Boote, Schönheit ohne Arrangement. Rettungsringe, hübsche Menschen und Halbmondbrücken. Eine Hitze, die nirgendwoher kam. Wir sprengten über die Ponte Vigo, senkten unsere Blicke in die überquellenden Dampfschiffe, winkten uns steife Arme. Sonnenschirmwälder.

In Padua glitten wir durch die Basilica di S. Antonio, mein Körper war ausgelassen, bedächtig und durchlässig. Ein Reigen durch die Santa Giustina, an den Wänden Herden wulstiger, fleischiger Engel mit angewinkelten Beinen und goldvernebelten Köpfen.

Wir flossen Venedigs Venen entlang, Postkarten täuschten Violett vor, hier gab es nur Grau und Tauben und Dreck und Müllmänner, die sich geduckt durch die plärrende Stadt schlängelten. Am nächsten Tag plauzte der Regen durch den Schleierhimmel geradewegs auf unsere Kapuzen; die Piazza San Marco überflutet. Die Besucher flüchteten in ihre Hotels und Pizzerien, wir hatten die Gassen fast für uns, wir konnten schleichen. Am dritten Tag war Venedig ein Ziehen und Schieben. Wir flohen. Ich schmückte mich mit meinem Bruder, der klug aussah, wir badeten im Hotel, und er wusch meinen Rücken. Ich roch noch lange nach Venedig, nach etwas, das viele Schichten hatte und stank.

Verona und mein Bruder. André rauchte und trank Latte Macchiato. Er sagte: Verona ist eine Stadt, in der die Dinge anfangen. Ich verstand André nicht, Italien hatte ihn pathetisch gemacht. Das Foto, auf dem ich Julias Brust küsse, ist nicht gemacht worden. Ich legte meine Hand auf ihre Augen. Sie guckt so, als gehe sie das alles nichts mehr an, sagte André. Sie hat geliebt, sagte er. Ich malte ein Herz auf den Boden. André und Juli. André nahm meine Hand und zog mir sein Käppi über die Augen. Im Park saß ich auf seinem Schoß. André atmete in mein Ohr, lass das, sagte ich.

Wir wurden schneller munter und schneller müde, Italien

wirkte wie ein Katalysator, ich dachte, dass man auf diese Weise vielleicht beiläufiger altern könnte.

Am Abend lagen wir im Hotel nebeneinander und zupften uns die verbrannte Haut von den Rücken, wir hörten *Massive Attack,* ich dachte daran, wie mein Bruder mich Jahre zuvor beinahe entjungfert hätte, wenn meine Mutter nicht ins Zimmer gekommen wäre, um die Kakteen zu gießen.

An den heißen Mittagen liefen wir durch die Stadt und tranken aus großen Wasserflaschen. Unsere Handflächen waren feucht und braun. An einem Abend saßen wir im Restaurant eines Hotels. Viele Männer in Anzügen lungerten in der Vorhalle herum, sie sahen gelangweilt und übersättigt aus, schlugen die Beine übereinander und tranken Kaffee. Sie saßen auf schwarzen Sitzgruppen und lasen italienische Zeitungen, die sie vor ihren dunklen Gesichtern aufschlugen. Der weiße Marmorboden glänzte. Einer der Männer stand an eine Säule gelehnt, er trug einen hellen Anzug aus feinem Stoff und hatte sich leicht vorgebeugt. Die oberen beiden Hemdknöpfe waren geöffnet, der Kragen nur auf einer Seite hochgeschlagen und das Hemd unordentlich in den Hosenbund gesteckt. Er hielt eine Zigarette zwischen zwei Fingern, zog aber nur selten daran. Er hatte kurzes, schwarzes Haar, das sich über den Ohren und im Nacken leicht kräuselte. Sein jugendliches Gesicht wurde unterbrochen von alten Augen, von Zeit zu Zeit blickte er auf und ließ den Blick im Raum kreisen. Er sah aus, als sei er entschlossen, sich durch nichts beeindrucken zu lassen. Fünf Minuten genügten, und meine Wahl war auf ihn gefallen. Wir würden das Restaurant nicht eher verlassen, als uns das Bargeld ausging. Ich verkrallte meinen Blick in dem Fremden. Er lehnte unbewegt an der Säule, er sah nicht aus, als würde er auf jemanden warten. Was ist, sagte mein Bruder, ich bin betrunken, sagte ich. Wir bestellten mehr Wein. Leichte, atemfeuchte Kühle zog durch die Drehtür in die Vorhalle und glasierte die Sessel und Tische, einige Männer senkten ihre Köpfe zwischen die Schultern und rutschten tiefer in ihre Sessel. Bin ich eigentlich erotisch, sagte ich, und schwenkte meinen Kopf zurück, ja, sagte mein Bruder und lächelte mit blauen Zähnen. Das Restaurant entglitt mir, auch der Abend und die Männer im Vorraum. Ich fand meine Finger schön, wie sie da neben der Kerze lagen, ich fand es traurig, dass niemand außer mir das jetzt bemerken konnte, aber nur gerade so traurig, dass es nicht wehtat.

Ich stand auf und entschied mich erst im Wanken, nicht zur Toilette zu gehen, sondern zu dem Fremden, der da an der Säule lehnte, ein bisschen so, als sei er begriffsstutzig, nicht aufnahmefähig für seine Umgebung, ich nahm meine Tasche und sagte zu André: Ich bin gleich wieder da.

Je näher ich dem Fremden kam, desto magnetischer wurde er. Die Schatten in der Vorhalle hatten Brücken zueinander geschlagen, waren zu einem breiten Band ausgewachsen, aber sie wirkten durchlässig, wie auch die italienische Nacht viel überwindbarer und leichter war in ihrer Überschaubarkeit.

Sorry, sagte ich und packte den Fotoapparat aus, could you please take a photo of me? Der Mann sah auf seine Zigarette und von ihr zu mir und wieder zurück, er lächelte nicht. Er drückte die Zigarette auf dem Marmor aus, nachlässig, und zündete eine neue an. Er streckte sich kurz und sagte: In front of the hotel maybe. Wir gingen nebeneinander her zum Ausgang, und es gab nichts Aufregenderes als eine italienische Nacht ohne Nebel und Regen und einen Mann, der dieser Nacht eine Überschrift gab und einen Ort in der Erinnerung, und trotzdem war all das, das Hinaustreten, das Hinsetzen auf die Stufen, das Fotografiertwerden nur eine Fortsetzung, das Entscheidende war vorher passiert. Es war eine dieser Nächte, in denen ich gern an etwas wie Vorsehung geglaubt hätte, an Bestimmung, an Ketten von Zufällen, die sich an einem fremden Ort ereignen, die Ordnungen zerstören und Regeln missachten und Dinge voneinander lösen und aneinander binden.

Turn your head to the right, sagte er. Ich drehte meinen Kopf. Er hatte ein schaumiges, nach allen Seiten wucherndes Englisch, ein scheußliches, schönes. Ich hörte ein Klicken und ein Schnurren und noch ein Klicken. Thank you, sagte ich, thank you very much. Der Mann gab mir meinen Fotoapparat zurück und drehte den Blick und den Körper auf den Fersen weg von mir, stadtauswärts. Er rauchte wieder und atmete viel Luft ein. Er machte es mir nicht leicht. Er drehte sich nicht nach mir um. Wenn ich ihm näher käme, dachte ich, könnte ich ihn riechen. Ich dachte daran, ihm zu erzählen, dass ich einmal eine Erfrierung an meinen Händen gehabt hatte, in Tschechien, ich dachte auch daran, ihm etwas anderes zu erzählen, etwas, das ihn beeindrucken würde, vielleicht könnte ich ihn auch fragen: Did you ever touch Juliet's breasts?, aber mein Bruder saß da im Restaurant wie ein warmes Brot und wartete.

Auf dem Heimweg sangen wir Schulter an Schulter, und jeder wollte sich am anderen anlehnen. Ich beschloss, den Fremden Arnaldo zu nennen. Vor dem Hotel stand ein Auto, das nur Arnaldo gehören konnte, ich prägte es mir ein.

Der Heimweg war ein Bremsen, der Boden zog unter meinen Füßen hinweg, ich war mir sicher: Wenn ich zu beschwingt laufen würde, würde ich zum anderen Ende der Stadt fliegen, haltlos wie ein ausgespuckter Engel. Ich war ungeschickt, aber das störte mich nicht, meine Gedanken waren ein Schwarm weißer, zuckender Tauben. Hinter den Fenstern stellte ich mir Menschen mit Emaillegesichtern vor, mit Alabasterblässe und Satinhaut, rankende Ornamente, die einen einzigen Mann umfingen und hervorhoben, einen krausen Mann, der niemandes Verwandter war und niemandem nahe stand, der umhertrieb wie eine lose, schöne Statuette.

Was ist, sagte mein Bruder.

Nichts. Mir ist schlecht.

Musst du kotzen.

Hab mich noch nicht entschieden.

Und das eben.

War nichts. Arnaldo heißt der.

Aha.

Gibst du mir eine Zigarette.

Man könnte ja morgen auch mal …

Gibst du mir eine Zigarette.

Kirche. Wie wär's mit Kirche.

Nicht schon wieder. Rummel wär schön. Mit Riesenrad und süßen Mandeln und Geisterbahn. Gibst du mir ne Kippe.

Hier. Als Kind bist du Achterbahn gefahren, bis du gekotzt hast.

Wir.

Stimmt.

Mein Bruder nahm meine Hand, du musst gerade laufen, sagte er.

Wir mieteten einen Kleinbus, einen feuerroten, und mein Bruder wurde mit jeder Stunde schöner. Wir fuhren durch Straßen, die wie Wegweiser waren, wie Ausrufezeichen, bald würden wir einbrechen in das tückische, kokette Frankreich. Wir aßen Birnen, Kirschen, Nektarinen und Beeren aus großen Schalen und tropften auf unsere glänzenden Schenkel. Ich trug leuchtend weiße Unterwäsche, die mich zu einem Stern machte. Ich mochte mich in Italien mehr als zu Hause, in Frankreich mochte ich mich mehr als in Italien. Wir sprengten über die Grenze. Ich öffnete alle Fenster. An der nächsten Raststätte hielten wir und ließen uns über die Schwellen fallen wie Bäume mit schweren Kronen. Ich dachte nur an Arnaldo. Could you please take a photo of me. To the right. Der Steinboden der Raststätte war trocken und heiß, ich quietschte ein bisschen und ließ mich von André zu den Toiletten tragen. André duschte im Freien, unter einem verspielten, verzettelten Himmel. In front of the hotel maybe. Eine Handvoll Sätze in meinem Kopf.

Steinkuhlen wie Hängematten spickten die zitternde Wiese, André und ich waren fast nackt und aßen Eier, Brot und Käse, strichen uns gegenseitig Haare und Schweiß von den aufgeschlagenen, staunenden Gesichtern und sahen die Busse kommen, alte Männer und Frauen Brillen auf- und absetzen, zu den Klos laufen, palavern, in Pulks die Busse verstopfen und wieder davonrollen. Wir legten uns auf die Wiese und drückten Grasengel hinein. Als ich mich über die Hügel rollte, einer strauchelnden Sonne entgegen, sah ich das Auto hinter den Büschen stehen, von einer Baumgruppe abgeschirmt, Arnaldos Auto. In diesem Moment war ich wie ein Vogel, der Feuer fing. Ich rannte zurück zum Auto und drängte meinen Bruder in den Wagen. Lass uns fahren, sagte ich, ich bin gerade glücklich.

Der Rückspiegel rahmte Arnaldos Auto ein, das im Abstand von sechs Bäumen hinter uns herfuhr. In meiner Nase der Geruch von Liebe: das Süßsaure beim Aufwachen, das auf der verklebten Haut und in den Wölbungen hängt. Mein Bruder schaltete das Radio ein, und die französische Sprache kam mir vor wie ein Bild von Jackson Pollock. Cremige Musik legte sich unter unsere Mattigkeit und begleitete uns bis zum Abend, da war Charles Trenet, *Que reste-t-il de nos amours,* Lucienne Boyer sang *Mon cœur est un violon,* und einmal hörte ich Edith Piaf heraus unter allen rauchigen Stimmen, ihre gesprochenen Töne, ich wollte auch sagen können: *Non, je ne regrette rien,* und so lachen, wie ich mir ihr Lachen vorstellte.

Die bonbonbunte Autobahn versüßte uns die Nacht, ich dachte nur an Arnaldo, der im Rückspiegel hing. Blaue, rote, gelbe und grüne Dreiecke, Vierecke und Kreise lagen auf den Hängen rechts und links der Fahrbahn, wie ausgelegte Köder. Mein Bruder sagte: Wir halten an der nächsten Raststätte, ich muss ein bisschen schlafen, dann drehte er Debussys Klavier zurück ins Autoradio und streckte sich.

Als das Motorbrummen verebbte, strafften wir unsere Körper. Ein fleischiger Mond hing wie eine Faust am Ende der Himmelsbahn, die Umgebung war aus Stoff, der sich um uns herumschmiegte. Es roch nach einem hellen Sommer, nach etwas wie Glut und ein bisschen nach dem Butangas von Campingkochern. Ich wollte sofort einschlafen, in einen Gedanken verliebt, der wie eine Perle war: Arnaldo war mir nachgefahren bis hierher, er würde mir weiter nachfahren. Ich sagte: Leg mir die Hände auf die Augen und lass uns nach hinten gehen, ich will schlafen.

Mein Bruder legte seinen Kopf zwischen meine Brüste und sagte: Dein Herz ist so laut, du hast ein lautes Herz. Der Morgen stieg durch die Luken herein. Ich wachte auf mit dem Gefühl, mich geirrt zu haben, überhaupt und bisher, und mit dem Gefühl, mich auch damit wieder zu irren, plötzlich und als Einzige. Ich wachte auf mit dem Gefühl, hier in Frankreich sei es vielleicht einfacher und unauffälliger, noch einmal von vorn anzufangen. Ich rollte mich unter meinem Bruder hervor, auf dem Boden bis zur Tür in den Sommer. Ich setzte mich im Satinnachthemd auf die Kante, ein Fuß auf der glühenden Wiese, ein Knie angewinkelt, ich legte den Kopf in den Nacken und wollte mit aller Kraft, dass der hellblaue Himmel anhielt, der winkend wie ein geschmeidiger Matrose hinter einer Stadt verschwand, um sich zurückzufalten. Wenn wir die Geografie leugnen, können wir endlich anfangen, uns zu leugnen, sagte ich. Mein Bruder umarmte mich von hinten und zog seine Arme so fest um meinen Hals, dass ich zu röcheln anfing. Als er von mir abließ, knickte ich ins Gras, ich will meine Grenzen auflösen, sagte ich, ich will Osmose.

André schnitt mir meine Haare, er schnitt sie streichholzkurz, ich hatte es so gewollt. Ich tanzte über den Haarteppich unter meinen Zehen, ich hatte den triolischen Yann-Tiersen-Rhythmus und konnte nicht aufhören, mich zu drehen und Blicke zu streuen, die Einladungen waren und Überschreibungen, ich dachte, es würde mir vielleicht gelingen, nichts mitzunehmen aus Frankreich und Spanien und stattdessen einen Teil von mir in den Wind zu schälen, um leichter zu werden.

André ließ mich tanzen, bis mich der Schwindel in die Wiese drückte. Er machte Kaffee und riss eine Tüte Croissants auf. Ich legte mich auf seinen Rücken. Als ich aufstand, mich umsah und ein paar Schritte ging, war Arnaldos Auto nicht mehr da.

Auf der Autobahn überholten wir einen Bus voller Chinesen, die uns ihr Lachen durch die Fenster ins Gesicht prusteten wie Spott. Du denkst zu viel nach, sagte mein Bruder, das ist dein Problem. Mir war schlecht im Kopf.

Wir schnitten uns durch die Provence, ließen alles hinter uns, ungesehen: Montpellier, Nîmes, sogar Marseille, aus der Rhône stieg eine seltsam samtige Nacht; ich dachte: Frankreich ist ein Beweis dafür, dass die Welt nur eine Folge sich wiederholender, auf- und abtauchender Erscheinungen ist, Reize, die sich zu immer neuen Formen zusammenfügen, zu mäandernden Reihen von Zufallsschönheiten. Was denkst du eigentlich von mir, sagte mein Bruder, über seine Brüder, sagte ich, denkt man nicht nach. Ich trug Arnaldo mit mir herum, einmal wie eine Narbe, ein anderes Mal wie einen ausgewaschenen Brief in der Hosentasche, und die Tage gingen durch uns hindurch wie Wasser.

Einmal übernachteten wir in einem Feriendorf nahe der spanischen Grenze. In einem Waldstück drängten sich die Hütten aneinander, auf den Balkonen saßen Familien, dösten und spielten Karten. Wäsche flatterte zwischen den Fenstersimsen und darüber ein frisch gefliester Himmel. Wir schleppten unsere Koffer einen Hügel hinunter und ließen uns die Schlüssel für ein Häuschen geben mit einer Steintreppe, zwei Fenstern, einer niedrigen Küche, einem Wohnzimmer und einer Toilette. Alles war aus Holz, Blechgeschirr stand in den Regalen, fusselnde Decken lagen neben der Schlafcouch, und die Sommerhitze dröhnte auf unsere feuchten Gesichter. Mein Bruder legte sich hin und schlief ein, ich setzte mich auf den Balkon und zündete eine große Kerze an, die an Altarkerzen erinnerte. Unten kam ein Spanier mit einem Handtuch um den Hals vom Pool den Hügel herauf und blieb unter unserem Balkon stehen. Hola, sagte er. Hola, sagte ich und stand sofort auf, um mich über das Geländer zu beugen. Sein Gesicht war nachtverhangen, aber ich sah, dass er Ähnlichkeiten mit einer griechischen Statue hatte, aus seinen schwarzen Haaren tropfte es auf den glatten Rücken, und er lächelte. Ich lächelte unbewaffnet zurück und hörte mich hilflos fragen: Would you come up to have a cup of tea with me? Der Spanier legte den Kopf in den Nacken und lachte wieder, er schien zu zögern, dann sah ich, wie er zur Treppe tappte, und lief an die Tür. Einen Moment lang dachte ich, Arnaldo könnte davor stehen, den Kopf abgewandt, eine Zigarette im Mundwinkel, von der eben die Asche fällt, er würde nichts sagen.

Der Spanier glänzte und war fast nackt. Ich brachte ihm Andrés Bademantel und öffnete einen Wein aus Tarragona, den André und ich am Kiosk gekauft hatten. Ich wusste nicht, warum ich plötzlich so leichtsinnig wurde und warum der Leichtsinn sich so gut anfühlte. Das Nichtreden war kein Stocken, es war ein Tasten mit den Augen. Irgendwann zeigte der Spanier auf mich und sagte: holidays, und ich nickte; what do you do, fragte ich und er senkte kurz seinen Blick, dann lachte er wieder so leise und rhythmisch. Guitarra, sagte er mit leuchtenden Augen, und bewegte seine Hände, Flamenco, you know, like Paco de Lucía. Ich versuchte, sein Lachen zu lernen, aber meins war zu melodisch. Ich trank zu viel und steckte fest, ich dachte an Arnaldo und an meinen Bruder, wie er da nebenan zusammengerollt auf der Couch lag. Der Spanier legte eine Hand auf meine Schulter, Diego, sagte er, Juliana, sagte ich, call me Juli. Es kam mir vor, als hätte ich ein Arrangement mit mir, seit dem Urlaub, eines, von dem ich selbst nicht genau wusste, wie es aussah, und das mich dazu gebracht hatte, Diego einzufangen wie einen Sommerwind. Eben fuhr ein Ballon über den Himmel, und da war so eine flüsternde Traurigkeit in mir, die breitete sich in mir aus und erstarrte wie Gips. Ich beschloss, dass Diego Ähnlichkeit mit Arnaldo hatte, ich suchte sie in seinem Gesicht, und vielleicht war da sogar etwas: diese Entschiedenheit für eine beliebige Sache, eine ungerichtete Entschlossenheit, von der ich nicht sagen konnte, worauf sie als Nächstes abzielen würde. Ich schenkte uns nach. Aus der Nähe hatte der Spanier etwas Dumpfes. Your husband, sagte Diego und deutete auf den Vorhang zum Wohnzimmer, durch den Andrés lauter Atem summte, just my brother, sagte ich und musste lachen. Die laue Luft pendelte zwischen den Balkonen. Es sah nach einer Nacht aus, die von einem Morgen überrascht werden würde, der alle anderen Morgen zu übertreffen versuchte, ein Morgen, der sich ohne Umschweife zu den Kronen des stillen Waldstücks aufschwingen würde, ein Morgen wie ein Triumph. Mir war flau von zu viel Wein und zu viel Hitze und zu viel Bewegungsfreiheit. Ich wollte gern weiter entfernt von Diego sitzen und ihm von dort sagen, dass er aussehe wie ein griechischer Gott, ich wollte mich unmittelbar danach gern umdrehen können. Diego, sagte ich, you look like one of these greek gods, er schaute mich unverwandt an, ohne Überraschung.

Als ich mit Diego schlief, sagte ich mir in meinem Kopf Arnaldos Namen immer wieder vor. Es fühlte sich an, als würde ich nach einem Wort suchen, einem, um das sich die Gehirnhälften stritten, als sei dieses Aussprechen seines Namens auch ein Wiederfinden. Ich verabschiedete Diego mit einer unterdrückten Umarmung und wusch mich gründlich, dann legte ich mich im Wohnzimmer nah an meinen Bruder. Ich hörte, wie er sich leise räusperte. Ich blieb ganz still und atmete ruhiger, eine Zeit später legte André seine Hand auf meine Brust. Ich wartete auf den Morgen wie auf einen Schleier.

An Jaca kann ich mich erinnern. Elektrische Gebetskerzen in einer dunklen Kathedrale, die Bar Apolo, in der wir ein Eis aßen und schlecht synchronisierte Western voll strammer Amerikaner sahen. Cowboytüren zu den Toiletten.

Katalonien fühlte sich an wie am Ziel sein. Gerona und die Costa Brava voll Drängelnder und Drängender und Gedrängter. Körper, die in der Überzahl waren. In Blanes schließlich bezogen wir einen kleinen, lärmdurchlässigen Bungalow auf dem Zeltplatz, unsere niederländischen Nachbarn lächelten ständig und redeten flapsig mit uns. Mein Bruder hatte das Geld, und ich hatte die kitzelnde Ahnung, eine ganz kopflose Zeit würde beginnen. An den ersten Abenden liefen André und ich den Strand entlang, ich hakte mich bei ihm unter. Wir ließen Scherenschnitte von uns machen und schabten uns zwischen den Felsen die Haut auf, wie wir so unter dem Himmel lagen, als die Sonne längst verschwunden war. Wir schufen uns einen Rhythmus, nach dem es sich leben ließ, und mit zunehmender Bräune entspannte sich unser Gang, unser Reden, mein Denken. Im Internetcafé schrieben wir unseren Eltern: Sind braun und glücklich, Blanes ist ein Auflauf und wir mittendrin, wünschen euch eine gnadenlose Sonne wie diese hier, André und Juli.

Florian hatte mir ein Gedicht geschickt, das mit den Versen schloss: Du bist der Sommer/in den ich mich kleide. Ich lächelte und zeigte es meinem Bruder. André lächelte auch, länger als ich. Als würde sein Lächeln meines ablösen.

In den Nächten, die nichts von der Dunkelheit hatten, die ich gewöhnt war, wateten wir durch Meereszungen und begegneten vielen Menschen, die gelöst waren wie wir.

Wir saßen am Strand im grünen Licht einer Bar, sogen Grenadine aus Plastikbechern und rauchten L&M, als mein Bruder anfing zu reden. Ich hörte meinem Bruder gern zu, er hatte eine sphärische Sprache, eine andere, als ich sie kannte, eine wie ein Luftkissen und dicht wie Smog. Als er wieder still war, bat ich ihn, mir etwas über Florian zu sagen. André drehte sich zu mir und lächelte so, als habe er mich durchschaut und als sei das gar nicht schlimm. Ich denke, sagte er, dein Problem ist, dass du Menschen nur dafür bewundern kannst, dass sie etwas machen, dass sie kämpfen und gekämpft haben für das, was sie sind, ich glaube, du kannst keine Anerkennung für ihr Wesen an sich entwickeln, es muss immer eine aufgewendete Kraft zugrunde liegen, du hast keine Bewunderung für das, was sie sind an sich, ohne Kampf, weil du im Grunde ein gerechter Mensch bist und nicht an eine ungerechte Schöpfung glauben willst. Und, sagte ich und grub meine Zehen in den Sand. Und jetzt merkst du, dass Florian nichts gemacht hat für das, was er ist, er hat sich einfach selbst beim Werden zugeschaut, das ekelt dich an. Aber du denkst nicht daran, dass er die Möglichkeit zur Entscheidung nie gekannt hat. Er war immer genügsam, er ist aufgewachsen in einer Welt ohne Alternativen, er wusste nie etwas von Bewegung und von dem Anderen, das es da noch gäbe, er konnte sich nicht für das Andere entscheiden, weil es nur das eine gab. Er wusste auch nichts von seinem Vertrauen in den Lauf der Dinge, aber er hatte es.

Ich schwieg und bewegte meine Zehen, die wie kleine Eishügel aus der Sanddecke brachen. Ich wusste, dass ich meinen Bruder nicht verstand, aber ich wollte nicht aufhören, ihm zuzuhören, ich wusste auch, dass er morgen wieder anders reden würde, erschöpft. Ich nuckelte an der Grenadine und lehnte mich an Andrés Schulter. Es sieht aus, als würde das Meer sich umziehen, sagte ich, als würde es sich auf etwas vorbereiten.

In der Nacht wachte ich auf und legte mich an den Rücken meines Bruders. Ich weckte ihn, und sein sandiges Gesicht war verzerrt vom Schlaf. Warum fühle ich mich so beschwingt, sagte ich, es ist das gleiche Gefühl wie bei einer Übernachtung im Hotel, beim Öffnen der Schränke, beim Glattziehen der makellosen Decken, kannst du mir das erklären.

Ich dachte viel an Arnaldo. Ich zeichnete ihn, um sein Gesicht nicht zu vergessen, die Zwischenräume zwischen Augen, Nase und Mund. Mein Bruder fing an, Bilder von mir zu machen, immer dann, wenn ich nichts davon ahnte. Die Fotos wurden entsetzlich, immer sah es so aus, als passe eines meiner Körperteile nicht zu den anderen. Auf einem Bild kaute ich meine Unterlippe, auf der anderen kniff ich eine Gesichtshälfte zusammen, auf dem dritten verrenkte ich einen Fuß.

André und ich aßen in Restaurants, wir saßen uns immer gegenüber, sodass sich unsere elektrisierten Haare berührten, wenn wir die Köpfe über die Teller beugten. Wir liefen in der Stadt herum, weiß gekleidet, und nahmen uns an die Hand. Das Zuviel an Licht bleichte alle Farben, ungetrübt war nur das Meer, träge wie Teig. Wir badeten oft, und ich hatte das Gefühl, mehr und mehr zu meinem Körper zu werden. Ich war mir sicher, dass ich mich nie so wohl gefühlt hatte wie in den Nächten, in denen ich Andrés Atem an meiner Schläfe fühlte und mehrmals hintereinander aufwachte, weil ich schwitzte. Am Morgen hatte sich unser Schweiß vermischt, ich war von einem weichen Film überzogen wie von einer zweiten Haut.

In der Stadt rannten wir um die Wette.

Warte mal, sagte André, guck dir das an.

Was.

Sonnenbrillen. Ich brauche unbedingt eine Sonnenbrille.

Du spinnst.

Wenn man schon mal im Urlaub ist, muss man auch was machen, was mit Urlaub zu tun hat, wenigstens einmal.

Dann kauf ich mir einen Bikini.

Das sind die Schlimmsten.

André posierte vor mir, er lachte, wie willst du mich haben, sagte er.

Es passierte ein zweites Mal. Der Mann war Däne, und ich kannte seinen Namen nicht, wir tanzten den ganzen Abend und er schleuderte mich über das Parkett, als wolle er mich auseinander reißen. Mein Bruder war in den Bungalow gegangen, um zu schlafen, ich trank und ließ mich herumwirbeln, ich dachte nur an Arnaldo und dachte mir sein Gesicht in das des Dänen. Ich folgte ihm in seinen Bungalow und ließ mich von ihm ausziehen, als sei das die Fortsetzung unseres Tanzes. Als ich mich später neben meinen Bruder legte und die Augen schloss, hörte ich ihn noch sagen: Du musst einen Schutz entwickeln, du musst dich konzentrieren, du brauchst einen Filter.

Die Tage vergingen in tadelloser Schnelligkeit, sie waren so glatt, dass sie äußerlich kaum Spuren hinterließen. Mein Bruder redete immer weniger, aber wir verbrachten jeden Nachmittag miteinander. Am Abend saßen wir am Strand und ruhten unsere Blicke aus. Meine Gedanken waren träge Figuren, die gebückt gingen und einander die Hand gaben. Wenn es still wurde, war die Luft aus Silber. André legte seinen Kopf in meinen Schoß, hinter seiner Stirn klumpte die Sommermüdigkeit, ich hatte das Gefühl, ich müsste pfeifen. Mein Bruder schlug die Augen auf und lächelte, dann öffnete er seine Faust und in einem Bett von Sand lag ein kleiner Ring. Er passte mir nicht auf den Ringfinger, aber auf den kleinen, ich drehte die Hand vor meinen Augen und lachte. Es war gerade so hell, dass ich sehen konnte, wie er glänzte. Wenn ich nach oben schaute, musste ich daran denken, dass mir meine Mutter früher erzählt hatte, vor langer Zeit habe man in den Särgen kleine Löcher gehabt, durch die die Seelen der Toten in den Himmel aufsteigen sollten. Ich hatte immer gedacht, dass manche vielleicht nie oben ankommen, weil sie zu schwer sind.

Ich zog den kleinen Zettel aus meiner Hosentasche, mit einer Strichzeichnung von Arnaldo, ich hielt sie André vor die Augen. Mein Bruder blinzelte, setzte sich auf und nickte. Wir zündeten uns Zigaretten an, ich legte mich auf den Rücken und schob eine Hand unter meinen Hinterkopf. André sagte: Du solltest Menschen um dich haben, die so andersartig sind, dass du für sie eine neue Vokabel erfinden müsstest, dann lachte er und sah stur aus dabei.

Als wir wieder abreisten, hatte ich das Gefühl, etwas von mir abgeworfen zu haben, ich wusste nur noch nicht genau, ob es das Richtige war. Ein paar Mal schliefen wir in Hotels. Einmal sahen wir den Portier eine Eidechse zertreten, die hinter einem Blumentopf hervorhuschte. Die Hotels waren weiß und hatten breite Flure, die Zimmer waren weiß und hatten breite Betten und Balkone. Florian schrieb mir eine SMS: ERWARTE DICH MIT SEHNSUCHT, BLUMEN STEHEN NEBEN UNSEREM BETT.

Am Morgen setzte ich mich auf den Balkon und war zerzaust und rauchte, ich war glücklich und kam mir vor wie eine dieser Frauen in halb durchsichtigen Nachthemden in einem dieser amerikanischen Filme, eine dieser Frauen, die auf dem Sims eines Panoramafensters sitzen und die Beine angewinkelt haben, Frauen, die so aussehen, als seien sie nur dazu da, schön zu sein und das erste Morgenlicht in ihre festen Körper zu saugen. André schlief noch, seine Lider waren straff und ruhig, erst als die ersten Mädchen aus den Häuserfassaden stiegen und den Mittag an ihren langen, kolorierten Haaren hinter sich herzogen, drehte mein Bruder sich aus der Decke und wischte sich mit der Hand über das Gesicht. So verließen wir Spanien, so verließen wir auch Frankreich, und so erreichten wir Italien und mussten den roten Kleinbus zurücklassen.

Es war das Ende eines Sommers. Mein Bruder und ich standen in der Flughafenhalle gegeneinander gelehnt, ich dachte an Tykwer-Filme und die Menschen im Zeitraffer und zwei, die sich begegneten, die gegen die Bewegung der anderen langsam aufeinander zugingen, da, wo die Langsamkeit auch Zärtlichkeit bedeutete und Vorsicht. Unser Flugzeug war klein. Es wurde Abend. Unter uns rollte sich ein Teppich zusammen, ich fühlte den Zettel in meiner Hosentasche.

Als wir landeten, hatte ich das Gefühl, mich neu erfinden zu müssen.

Ausgespuckt standen wir da. André umarmte mich lange, ich gab ihm einen Kuss. André stieß mit seiner Zunge gegen meine geschlossenen Lippen. Ich stemmte eine Hand gegen seine Brust und sagte: Danke für den Bikini, der ist wirklich schön. Ich konnte der Klebrigkeit meiner Stadt nicht ausweichen. Ich versprach meinem Bruder, ihn zu besuchen, mein Bruder versprach mir: Dann gehen wir mal schwimmen, mit dem neuen Bikini. Ich fuhr mit einem Bus und schloss die Augen, solange es ging.

Ich war mir ganz sicher, Florian würde am Geruch merken, dass sich etwas verschoben hatte. Florian drehte sein Gesicht in meine Schulter und seine Finger in meine Rückenmuskeln, schön, dass du wieder da bist, sagte er.

Der Abend mit Florian war langweilig, und dass er mich langweilte, erschreckte mich. Florian sagte: Ich habe einen Film gesehen, da habe ich an dich gedacht, die Hauptdarstellerin sah aus wie du. Ich sagte nichts und trank zum ersten Mal australischen Wein. Er schmeckte so, wie Weine mit Florian immer geschmeckt hatten. Das Zimmer war ein Brennpunkt der pampigen Abendsonne. Florian sah aus, als habe er drei Wochen unbewegt hier gesessen, als trete er erst jetzt in die Zeit zurück, auf einmal hing ein Sommer zwischen uns, und plötzlich gab es da etwas wie ein Geschwür.

Als wir nebeneinander im Bett lagen, hatte Florian noch die gleichen Gesten wie vor drei Wochen. Ich wollte ihm das vor werfen. Er machte das Licht aus und vergrub seine Zähne in meinen Brüsten. Er hauchte irgendetwas, das ich nicht verstand, und ich wollte seinen Schwanz nicht und seine Berührung. Ich hatte seine wiederkehrenden Gesten immer als etwas Wohltuendes empfunden, als etwas, das er allen anderen vorenthielt und für mich aufhob. Ich hatte ihm gern beim Reden zugesehen.

Als ich neben Florian aufwachte, hatte ich seine Haare im Mund. Ich wälzte die Zunge über meinen Gaumen und rollte mich aus der Sonnenpfütze. Florian roch wie immer an diesem Morgen. Er roch nach Küche und ein bisschen nach Raumspray. Ich wählte die Nummer meines Bruders. Ja, sagte er. Kannst du mich abholen, sagte ich. Was ist denn los so plötzlich, habt ihr gestritten. Ich kann seinen Geruch nicht ertragen, sagte ich.

Mein Bruder und ich saßen in den Kirschbäumen, die schon fast leer waren, die letzten schwarzen Kirschen waren zerfressen. Über den Weg quoll ein Lichtbach, das Feld hatte kein Ende und war eine gelbe Verschwendung. Ich hatte ein bisschen geweint und schlug mit meinen Füßen gegen einen Ast, stopfte Kirschen in mich hinein und über den Punkt hinweg, wo die Bauchschmerzen saßen. Mein Bruder hielt ganz still und schaute mir ins Gesicht. Wir waren weit weg vom Sommer. Irgendwas von dem, was passiert ist, muss ein Missverständnis gewesen sein, sagte ich. Nein, sagte mein Bruder, bis jetzt war alles richtig so, die Missverständnisse kommen hinterher. Wir spuckten Kerne an den Stamm, ich lutschte meine Lippen rund. Ich will jetzt nicht nach Hause gehen, sagte ich. Mein Bruder zog mich vom Kirschbaum herunter, er setzte sich seine Sonnenbrille auf und lächelte mir zu. Kann man ein »Ich liebe dich« zurücknehmen, sagte ich, wenn man merkt, dass man sich geirrt hat. André legte sich ins Feld und zog sein Shirt über den Kopf, er hatte einen stiefelförmigen weißen Fleck über dem rechten Schlüsselbein, eine Pigmentstörung. Ich rannte um ihn herum und drehte meine Arme im Kreis. Mein Bruder stand auf und rannte hinter mir her, er machte schnelle, kräftige Schritte. Mein Atem entrollte sich zu einem langen Band, das hinter meinem Rücken flatterte, ich fühlte meine Beine und alles andere, ich fühlte mich vorwärts drängen. Wir liefen Schleifen, schnitten Muster ins Rapsfeld, wie betäubt vom Geruch schleuderte ich mich weiter. Ein zielloses Laufen, das nur

Laufen war und Entpuppen. Ein Wind im Gesicht und eine Sonne auf der Stirn. André holte mich beinahe ein, er war schnell. Ich hatte fast die Mitte des Feldes erreicht, der Raps peitschte um meine Unterschenkel. Ich blieb stehen und wischte mir mit der Hand übers Gesicht, ich ließ mich fallen. Der Geruch kroch durch meine Hautschichten. Das Aufkrempeln und Ausrollen einer Form und ein grundloses Gefühl von Einigkeit, als würden alle Teile in mir plötzlich ineinander passen und einen Sinn ergeben oder zumindest eine Gestalt. Mein Bruder warf sich über mich und blieb liegen, sein Brustkorb war außer sich. Er drehte sein Gesicht in meins. Wir waren still. André zupfte Haarsträhnen von meiner Stirn. Ich erinnerte mich nicht an einen Tag, an dem das Berühren angefangen hatte, es war einfach immer da gewesen; wenn mein Bruder und ich aneinander gerieten, waren es unsere Körper, die nichts wussten vom Vergessen und nichts von Fremdheit.

Als sich sein Gesicht meinem näherte, kicherte ich erst und drehte mich dann weg. Ich wollte irgendetwas sagen, damit er mit diesem Blick aufhörte. Mit einem Mal stemmte André beide Hände auf meine Schultern und drückte mich auf den Boden. Er beugte sich über mich und presste seine Lippen auf meine. Ich drehte mein Gesicht immer wieder nach links und rechts, ich war still, wir lagen mitten im Feld, es gab niemanden außer uns. André war stärker als ich, und ich hörte auf, meinen Kopf zu drehen. Unter meinen Wirbeln lagen Steine, von links und rechts spülte Gelb auf mich zu, und meine Lider zuckten unter der Sonne. Andrés Lippen waren heiß und rau und verharrten auf meinen. Ich fühlte, wie André meinen Rock hochschob, wie er eine Hand auf die Innenseite meines Oberschenkels legte. Er ließ von meinem Mund ab. In dem Moment stieß ich André von mir und fuhr auf. Er rollte zur Seite und blieb liegen, die Augen auf mich gerichtet. Ich schwitzte. Andrés Atem war so schnell wie meiner. Ich blieb reglos stehen. André blinzelte. Du hast da was falsch verstanden, sagte ich. André stützte sich mit den Ellbogen ab, aber er machte keine Anstalten, aufzustehen. Als ich mich umdrehte, rief mein Bruder mir hinterher: Ich habe dir immer dabei zugesehen.

Luftlosigkeit und etwas wie das Verschwinden eines Raumes. Ich drückte den Rücken durch, als würde das irgendetwas nützen, ich zwang mich, langsam zu gehen. André sagte nichts mehr. Ich hatte die Sonne im Rücken, sie brannte zwischen meinen Schulterblättern. Als ich über die Linie des stinkenden Feldes trat, drehte ich mich um: Er war nicht mehr zu sehen.

WOLKEN IM ZEITRAFFER

On est grand par l'amour
et plus grand par les pleurs.
Jacques Offenbach

Berlin ist eine Stadt, die mir Angst macht. Vor meiner eigenen Hässlichkeit. In der U-Bahn rammen dicke Männer und dürre Frauen ihre Blicke in die Knie gegenüber. Alle haben die gleiche Krankheit. Augenpaare wie verirrte Welpen, die Blicke ein kurzes Tappen, ein Anstoßen, ein Abprallen. Füße, die allesamt knallen, und Rücken, die begierdelos an Geländern lehnen. Sogar das Gähnen kippt an der Ampel über die Gehsteigkante und wird still. Bewegung, die sich anfühlt wie ein Streifschuss in der Kniekehle oder ein Luftzug im Nacken. Eine Choreografie, die vielleicht nur maskierte Müdigkeit ist, durch die rote Sightseeing-Busse rollen.

Mir wird kalt, wenn ich sehe, dass du so nackt dasitzt, sagt Georg, er legt mir ein Jackett um die Schultern. Die Weltzeituhr war eine Enttäuschung, ich hatte sie mir erschlagender vorgestellt.

In Georgs Zimmer liegen wir im Kugelhagel: Kinskis Knatterstimme ist ein Schusswechsel zwischen den Boxen. Ich bin unheilbar und sehe mir Hoppers Bilder an, ich denke mir Hopper in einer Berliner Kneipe, er muss ausgesehen haben, wie Heiner Müller ausgesehen hat, Mundwinkel wie ausgewrungene Enden feuchter Küchentücher, er muss geröchelt, gesabbert, geraucht und getrunken haben, Hopper ist für mich jemand, der nach Berlin gehört; vernarbter Stillstand. In dem Kleid siehst du aus wie Audrey Hepburn, sagt Georg. Ich sage: *French Six-Day Bicycle Rider* und *Summertime*. Ich beschließe, mir die Bilder zu kopieren und mein Zimmer damit einzukleiden, als Tröstung, auch *Drug Store,* das mich ängstigt. *Hotel Room,* sage ich, *Gas, Four Lane Road,* das ist die gleiche erschöpfende Beklemmung, wie sie auch von der Stadt ausgeht. Das Schlimmste: *Hotel by the Railroad. Hotel Window,* sage ich, *New York Movie.* Eine Abwendung. Das Wachsige in den drahtigen Gesichtern. Körper wie verpuppte Nacktheit ohne Kern. Und immer die Abwesenheit von Sprache. Regungslosigkeit. *Summer Evening,* sage ich. Lieber Kirschsaft oder lieber Traubensaft, sagt Georg, lieber Sinatra oder lieber Vaughan, lieber die linke oder die rechte Seite des Bettes. Farben, die meine Ohnmacht beweisen, denke ich. Ich schlafe nicht hier, sage ich.

Ich falte einen der Briefe auseinander, ein durchweichtes Blatt:

Ich werde dir Schlaftabletten zum Abschied schenken. Dass ich noch lebe, habe ich einzig und allein meinem Stolz zu verdanken. Du wirst dich schämen, wenn du verstehst, was du da gemacht hast. Du bist eine Hure ohne Gefühle. Die aufgehobenen Tabletten werde ich dir geben. Schließ sie meinetwegen weg, zusammen mit einem Foto von uns, mach was du willst. Vielleicht brauchst du sie irgendwann.

Hannes.

In den letzten Wochen habe ich geweint. Ich habe Menschen in der Nähe gehabt, die immer sagten: Ich habe schon ganz andere Dinge erlebt. Aber Hannes und ich, wir haben uns aufgerieben wie noch nie. Von mir ist ein hautloser Stumpf übrig, der sich anfühlt wie betrunken. Alles ist lautlos geworden, wie es immer schon lautlos gewesen ist.

Hannes saß in der Küche und zitterte und rauchte und hustete, die Nacht schlug ans Fenster und rutschte langsam ab. Ich lag nackt in meinem Zimmer, und neben mir lag Simon, er war eingeschlafen. Meine Schenkel klebten wie die Haare an der Stirn und die Gedankenfalten im Hinterkopf, ich schlurfte in die Küche. Ich habe gedacht, du schläfst, sagte ich. Hannes drehte seinen Kopf aus meinen Augen und weinte. Ich ging zurück in mein Zimmer und bedeckte Simons Glied und seinen Bauch und seine Achselhöhle mit kleinen Küssen, ich sagte: Es tut mir leid, ich sagte: Das ist nicht selten, dass die Unfälle mit mir zusammenhängen, ich ziehe so Dinge an, Tragödien und das. Er lächelte müde und ging.

In der Küche stand die Kälte als Vorwurf, unignorierbar, Hannes trank den Kaffee zum ersten Mal schwarz, er brach die Filter von seinen Zigaretten ab und rauchte. Ich rutschte am Herd herunter und weinte auch.

Simon war so leise gegangen, wie wir in die Wohnung geschlichen waren, Stunden vorher, aber Hannes hatte nicht geschlafen, Hannes hatte gewartet auf mich, Hannes hatte in der Küche gesessen und geraucht und er hatte nichts unternommen, obwohl er Simons leise Stimme im Hausflur gehört haben musste. Erst als wir längst keuchend nebeneinander lagen, hatte ich Hannes' Weinen gehört, das an meine Tür klopfte, und Simon hatte mich angesehen und gesagt: Du wohnst nicht allein, und sich angezogen.

Stundenlang schmierten Hannes und ich unsere Wunden aneinander ab. Ich ekelte mich vor mir selbst, ich sagte: Deine Toleranz war immer zu groß, ich konnte nicht anders als auch die noch auszubeulen. Hannes sagte: Ich habe hören müssen, wie du's machst. Hannes sagte: Du hast mich nie weiter an dich herangelassen als bis zur großen Zehe. Ich sagte: Ich hab mich ausgezogen vor dir, ich sagte: Ich kann nicht anders, ich sagte: Ich fühle mich so entzündet seit gestern, ich muss herausfinden, was es ist.

Wir lagen nebeneinander, mein geblähter Kopf tickte und warf mir Liedanfänge hin, mit klaren, magischen Vokabeln, die alles leichter machten. Ich dachte, ich müsse vielleicht einfach versuchen, Hannes und mich in ein paar solcher Formeln unterzubringen, das würde dem Ganzen ein bisschen an Gewicht nehmen. Ich sagte: Du liebst mich geduldiger und verzeihender, als ich dich jemals lieben könnte, ich sagte: Du könntest jemanden finden, der dich mit derselben Liebe zurückliebt und nicht so dafür arbeiten muss wie ich, ich sagte: Ich hatte immer das Gefühl, meine Liebe reicht nicht aus, einen Teil muss ich mir dazudenken, erzeugen, produzieren mit so was wie einem Wunsch oder einer Entschiedenheit zu lieben, es ging aber nicht, es ging so nicht, ich sagte: Es gibt Menschen, die allergisch sind gegen Vollkommenheit, die immer wieder vor so was wie Glückseligkeit davonlaufen, weil sie Angst haben, vor Stillstand, vor Aufgabe, vor was weiß ich, es gibt Menschen, die auch denen, die sie umgeben, verwehren, glücklich zu werden. Solche Menschen erzeugen Katastrophen, solche Menschen haben Angst vor etwas wie Erfüllung, darum bilden sie sich ein, woanders ginge es ihnen besser, darum wechseln sie ihren Platz und darum hinterlassen sie immer nur Dreck, wenn sie gehen. Hannes sagte: Wir kennen uns so gut, dass alles unmöglich ist. Ich will mich hinlegen und irgendwohin gucken und nicht mehr aufstehen. Ich sagte: Ich will gern Tassen an die Wand werfen, aber mein Problem ist, dass ich mich nicht traue, das zu tun, ich bin kein mutiger Mensch, nur ein haltloser.

Hannes sagte: Du nimmst dich selbst zu wichtig. Ich sagte: Ich zerstöre alles mit, was um mich herum steht, als würde ich es versengen. Hannes sagte: Ich habe es daran gemerkt, dass du anders mit mir geschlafen hast, als ich mit dir schlafen wollte. Du wolltest, dass ich dir weh tue. Ich sagte: Ich schäme mich, ich will mich verschließen und nie wieder aufmachen. Hannes sagte: Du hast mir so wehgetan, dass nichts mehr übrig bleibt. Ich sagte: Ich will den ganzen Dreck in mir nicht sehen.

Wir weinten lange, und ich zwang meinen Körper, den anderen nicht zu vermissen. Mein Körper dockte überall an, mein Körper sehnte sich nach Kuhlen und Ecken, um sich einfügen zu können und in die Umgebung aufzulösen.

Die Sonne war erbarmungslos freigiebig, ein lauter Vormittag wurde zu einem Mittag voll Krach und Licht und nackten Unterschenkeln. Ich sah Hannes und mich uns voneinander entfernen, rückwärts laufen, die Augen aufeinander gerichtet, ich sah uns stolpern und liegen bleiben und die Sonne zwischen unseren Magerkeiten untergehen: ein Daumenkino.

Georg sagt: Es gibt keine Beziehung, die ohne so etwas wie Erregung auskommt. Wir sitzen in einem Café am Prenzlauer Berg, und mein Gesicht ist nach den letzten Wochen ganz versöhnlich-weich. Ein Kellner bringt uns Café au lait, und ich drehe ihm den Kopf hinterher und lege ihm den Blick auf den Po. Das Licht ruht in Federn auf den Tischen, leise bewegt es sich unter Windschüben, Georg soll alles wissen: über Hannes, über Simon. Ich rede etwas von unterschiedlichen Größen und Arten von Liebe, etwas von plötzlicher Entzündung, davon, dass ich vor Simon nackt war nach so kurzer Zeit, dass ich mich nacktgeredet habe, dass ich nicht anders konnte. Ich erzähle etwas von Wegen, die auseinander laufen, und davon, dass ich nach dem Ort suche, wo ich am wenigsten unglücklich bin. Ich streichele Hannes mit Worten, ich erzähle von Simon wie von einem südlichen Land. Die Armseligkeit unserer wintergebleichten Häute leuchtet im weißen Nachmittagslicht. Die ersten Schatten blühen auf. Membranenlicht, das leise schwingt. Ich behalte die Augen bei mir und verschließe mich, alles, was erinnert oder überrascht, kann mich schwindeln lassen, kann mich zum Weinen bringen, kann mich zerstreuen. Was Ironie ist: das Gefühl, gläsern zu sein und gleichzeitig das Gefühl, den Blick nur auf ein Vakuum freizugeben. Georg ist wie eine sonnige Höhle, wie er mir widerstandslos und übergangsweise Heimat gibt: auf seinem Körper, in seiner Wohnung, an seinem Körper. Ein Abend in Berlin ist immer eine kleine Resignation.

Meine Erinnerung setzt damit ein, dass wir etwas umzäunen. Unser erstes Gespräch war wie ein Vertrag, in dem etwas von Manifestation der Unendlichkeit steht, von Liebe ohne Verschleiß.

Hannes lehnte am Herd, er hatte ihn angestellt und ließ warme Luft in seinen Rücken fließen. Manchmal noch stieß einer von uns einen Restsatz aus, es fühlte sich an wie das Erbrechen nach dem Erbrechen, Gallegeschmack und letzte, unkontrollierte Zuckungen. Ich sagte: Es war wie eine chemische Reaktion, ich konnte nicht anders. Hannes sagte: Liebe bedeutet immer auch Arbeit. Ich sagte: Es war der Versuch, eine Lücke zu schließen, erst der Mangel hat mich so angreifbar gemacht, so anfällig. Zum ersten Mal wandte Hannes mir sein Kalkgesicht zu. Wie Vitaminmangel, sagte er, wenn man anfällig ist für Krankheiten, im Winter. Auch ohne Winter, sagte ich. Dann waren wir wieder still. Ich schleifte mich in mein Zimmer und legte einen Film in die Kamera ein. Ich setzte mich neben Hannes vor den Ofen und drückte auf den Selbstauslöser: ein beschleunigtes Klicken und dann wir, so weit weg vom anderen wie nie. Für das letzte Blatt im Album, sagte ich. Hannes zündete sich eine Zigarette an. Wir waren voll Pathos, ich wollte das Ende fühlen und aufblasen und mich darin ausbreiten und auflösen, Hannes ließ *Radiohead* in den Raum klagen: *Everything is broken/everyone is broken,* eine unendliche Geschichte. Als gebe es eine allgemein gültige Reihenfolge, stand Hannes auf und begann, eine Ecke in der Küche freizuräumen und einen Karton mit Dingen zu füllen, die an uns erinnerten: Fotos und Zeichnungen, Geschenke und gemeinsam gekaufte Pflanzen, Heiße-Liebe-Tee, Du-gehörst-mir-Socken, Zettel, auf denen etwas von Ewigkeit stand. Er sah dabei aus, als wisse er, dass das sinnlos war, unmöglich und unnötig, er sah dabei aus, als übersteige das seine Kräfte. Hannes, sagte ich, du bist nicht der Einzige, dem alles wehtut.

In meinem Zimmer grub ich mich in die Decke, auf der Simon gelegen hatte, auf der ich mich in ihn gegraben hatte. Simons Lachen stand noch da, leise geworden, sein: Du bist ein Wahnsinn.

Georg fährt mich auf seinem Motorrad durch die breitgelaufene Stadt, ich krampfe mich in seinen Rücken und weiß, dass ich bald zurück muss, weg von der großen Stadt, weg von Georg, der dabei ist, mich in seiner hellen Wohnung festzuflechten. Georg hält vor einem Restaurant, das viel zu geputzt ist für mich, er legt seinen Arm um meine Hüfte. Man nimmt uns die Mäntel ab und führt uns zu einem Tisch mit Kerzen. Die Musik legt sich flockig auf unsere angestrengten Köpfe. Ich bestelle etwas, das gut klingt und das ich nicht kenne, ich rauche diese viel zu langen Damenzigaretten, Georg hat sie mir geschenkt, er meinte, sie vervollständigten mein Äußeres. Georg hört nicht auf, mich zu berühren. Ganz früher, als ich Georg kennen lernte, war er ein erfolgreicher Journalist. Ich kannte mich in seiner Sprache nicht aus und bewunderte seinen entrückten Blick. Georg hat mich viele Male besucht, er hat immer wieder meine Hand genommen und gefragt: Magst du mich denn gar nicht mehr. Er hat mir alles bezahlt und mich an seiner rauen Hand durch Gassen geführt. Wenn ich Georg jetzt gegenübersitze, ist sein entrückter Blick Ermattung und seine Sprache ist ein Torkeln, Georg ist ein alter Mann, der sich nicht satt riechen kann an meiner Jugendlichkeit, die wie Frühling ist, wie das langsame Trocknen feuchter Fensterscheiben, Georgs Blick ist ein ständiges Drängen.

Ich telefonierte jeden Tag mit Simon. Wir flüsterten, um die Worte ganz zwischen uns zu behalten. Ich vergaß sofort alles, worüber wir gesprochen hatten, es blieb nur ein Gefühl übrig wie umgegraben worden zu sein, ein herrlich langsames Zurückkrempeln dann. Simon sagte: Wenn ich Menschen zum ersten Mal sehe, weiß ich sie, dann fühle ich sie durch alle meine Öffnungen, so komplex, dass ich alles sofort wieder vergesse. Dann kommen die Déjà-vus, ein ewiges Erinnern, ein Jasagen, wenn sie mir erzählen, ein Weg zurück nach innen. Ich dachte oft an Simon. Er hatte seinen Platz in meiner Zeit, das Telefonieren war eine Stimmung.

In der Küche saß Hannes und rauchte und schlug mit seiner ausgestellten Hilflosigkeit um sich. Wenn ich mich setzte, begann Hannes in einem fort zu reden, er wühlte in unseren Erinnerungen herum und versuchte, mir wehzutun. Als meine Kraft zu Ende ging, wurde Hannes ruhig, als ich zu schreien begann, saß Hannes da und sah mir zu und seifte mich ein mit seiner Vernunft. Einer lag immer am Boden, und der andere beugte sich über ihn, wir verpassten über unserem Aufstehen und Hinklappen den Einzug des Frühlings. Als wir die Fenster öffneten und unserem Wortmatsch zusahen, wie er auf den Bürgersteigen schäumte und schon nicht mehr zu uns gehörte, fuhr uns die Helligkeit wie Säbel in die heißen Stirnen.

An einem heißen Tag mietete ich einen Transporter. Ich räumte mein Zimmer aus, packte alles notdürftig zusammen. Ich fegte und wunderte mich, wie groß das Zimmer war. Hannes lehnte am Türrahmen und verstellte den Durchgang mit sperrigen Beschimpfungen, du Nutte, sagte er, du Schlampe, du gefühlskalter, herzloser Unmensch, und zum Glück redete er so viel und so laut, dass ich es nicht ernst nehmen musste. Ich sagte nichts, nur manchmal sagte ich: Geh doch bitte aus der Tür. Pass auf, wie du mit mir redest, Hure, sagte Hannes. Ab und zu schlug er mit der Schläfe gegen den Türrahmen, als wolle er das Geräusch hören, das sein Kopf beim Aufschlagen machte. Als das Zimmer vollkommen leer war, räumte ich meine Sachen aus Bad und Küche. Hannes schloss sich ein und gab keinen Laut von sich, erst als ich an seine Tür klopfte und Tschüß sagte, hörte ich ein leises Schaben wie ein verzögertes Aufstehen, ein Innehalten, ein Zurückgehen, erneutes Hinsetzen.

Draußen war es windig. Hannes' Worte waren weit von mir weg, ich konnte ihn nicht verstehen. Ich hatte sie mir angehört wie das Brabbeln eines Finnen in einer orthodoxen Kirche, wie einen Gesang, von dem ich keine Ahnung hatte. Ich öffnete den Mantel und fing etwas Wind ein. Dann setzte ich mich in den Transporter und fuhr mit meinem Zimmer ein paar Stunden in der Stadt herum. Das war die größte Freiheit: nirgends hängen zu bleiben. Irgend etwas blutete, aber nichts tat weh, es war nur das Gefühl einer immer größer werdenden Taubheit, eines streichelnden Eingelulltwerdens. Die Straßen kamen mir zum ersten Mal vor wie ein Code, eine fremde Sprache, ein Gedicht, das man von oben ganz sicher lesen könnte. Ich folgte ihren Schnörkeln wie einer Zeichenfolge. Struppige Wolken blieben in den Baumkronen hängen und rissen auf, kurze, wütende Schauer platzten über den Neubaublocks. Ich hörte seidigen Jazz, auch die Stadt war heute leicht, als sei sie aus der Zeit gehoben worden, als sei sie nur für heute von der sich selbst immerzu fortpflanzenden und alles verschlingenden Vergangenheit befreit, nichts und niemandem verpflichtet, narbenlos. Es gab keine Schatten. Ich trommelte mit den Fingern auf dem Lenkrad und hörte mir beim Seufzen zu.

Ich bekam einen Brief von Hannes:

Das mit Simon ist eine deiner fixen Ideen. Du denkst, dass es etwas anderes ist. Aber du bist nicht fähig zur Liebe. Du wirst schon sehen.

Hannes.

Meine neue Wohnung lag über der Stadt. Wenn ich die Asche meiner Zigarette aus dem Fenster über die Dachschräge pustete und auf die Balkons gegenüber blickte, fühlte ich mich ein bisschen wie in Montmartre. Ich drehte die Musik viel zu laut auf, *Virginia Jetzt!*, ich schmiss mich hin und her, *Wenn du gehst/malst du Spuren in den Sand/es gibt nichts, was man dagegen machen kann,* ich dachte an Simon, *und das soll immer mein sein.* Simon, wie er an diesem Abend neben mir stand, als habe er immer da gestanden. Ich hatte ihn gesucht, stundenlang. Mein erster Satz: Gibst du mir einen Tanz mit dir? Die Brüchigkeit des Lärms um uns, entlarvt durch einen einzigen Satz, der wie ein Augenaufschlag war oder wie der Refrain eines Liedes mit großen Gitarren. Und dann das: das Sitzen in der Ecke, das Reden, das aus mir herausbrach, die Unmöglichkeit, mich vor Simon zu verschweigen. *Wenn du lachst/lacht die ganze Welt um dich/doch du siehst das selber nicht, das seh nur ich.* Ein Kommentator war da, irgendwo außerhalb von mir, jemand, der mir beim Spinnen zusah, jemand, der das alles mitbekam: das Sehnen und das Ausmalen eines filmischen Wiedersehens, *und das soll immer mein sein.* Wie ich da stehen würde am Bahnsteig, Blumen vor dem Bauch, wie er eine Treppe hinunterrennen würde, Short cut und Wiederholung, immer wieder dieses Aufeinanderzufallen, *denn ich will nie, nie mehr allein sein/denn ich will nie, nie mehr allein sein.*

Unser Telefonieren war das Umherschleichen in einem Raum, den wir gemeinsam eingerichtet hatten, der verspielt war wie britische Indiemusik. Wir redeten viel, wir flüsterten uns die Köpfe voll, bis wir matt waren und glücklich wie frisch gebadet. Wir redeten über seine und meine Kunst. Meine Kunst ist eine Behauptung, sagte ich, und den Maßstab kenne ich nicht, aber er ist in mir. Deine Kunst, sagte Simon, ist dein Anker. Aber was macht sie zur Kunst, wenn du die anderen nicht dazu brauchst. Ich brauche sie ja, sagte ich, aber nur als Räume, sie sollen nur da sein und zuhören. Ich bin ein Jetztmensch, sagte Simon, und die anderen machen meine Kunst zur Kunst. Wir lachten, manchmal, in unterschiedlichen Tönen, sein Timbre mochte ich, und am Telefon wurde meine Stimme zu Vaseline. Manchmal telefonierten wir fünf Stunden lang. Ich lag ausgestreckt auf dem Bett, die Wände rückten näher und wurden zu sich wiegenden Bäumen, ich weiß nicht wo. Manchmal nahm Simon mich mit durch seine Wohnung, er kochte, während wir telefonierten, und ich wusste, wie er aussah beim Kochen.

Simon sagte: Wo kommt der Druck her, den du in dir hast. Das ist die Angst, sagte ich, die kommt, wenn es wichtig wird, wenn Dinge von Belang passieren. *Something important is about to happen,* singt Björk. Du willst immer zu viel, sagte Simon, du machst zu viel mit dem Kopf. Du kannst nichts tun für das, was jetzt passieren wird. Jetzt müssen wir warten. Auf die chemische Reaktion, was kommt und was ausbleibt. Was soll ich machen, sagte ich, gegen das Wollen, es ist einfach da, so als liege es immer an mir, wie es weitergeht und wo es aufhört. Du kannst anfangen, mit etwas zu rechnen, sagte Simon.

Als ich noch einmal in die alte Wohnung kam, hatte sich nichts verändert. Nur das Staubfell war dichter geworden, die Türen waren geschlossen. Im Bad roch es scharf nach Männerparfum. Ich setzte mich in die Küche und trank einen Kaffee, ich spielte mit den Schlüsseln herum und legte sie in die Mitte des Tisches. Ich überlegte, wie oft wir hier zusammen gesessen hatten, es war nicht oft vorgekommen. Eine Zeit in der Zeit war das gewesen, mehr ein Versuch als eine Möglichkeit, mehr eine Behauptung als alles andere, und darum vielleicht auch diese seltsame Abstinenz, die Erinnerung wie durch einen Farbfilter, wie Wallanderkrimis, skandinavische Geräumigkeit, skandinavische Blässe.

Hannes' Schlüssel im Schloss und sein Schnaufen, ich wusste: Jetzt wischte er sich übers Gesicht, gleich würde er sich die erste Zigarette anzünden, gleich würde er mich anschreien mit seiner hilflos leiernden, verwaschenen Sprache. Was willst du hier, plärrte Hannes. Ich gebe die Schlüssel ab, sagte ich. Und sonst, sagte er. Sonst gar nichts, sagte ich. Fährst ficken, ja, sagte Hannes, und die Häme machte sein Gesicht noch speckiger. Ich trank den Kaffee aus und sagte: Du hast noch Wäsche von mir. Hannes glänzte noch immer blöde. Brauchst du die zum Fickenfahren, sagte er. Ich stand auf und ging ins Bad. Zwei Strumpfhosen, ein BH, zwei Unterhosen, ein Rock. Die verklebten Fenster mit dem Blick auf Mülltonnen und einen Hof mit einem Grill und Girlanden. Ein Maßnehmen mit den Augen, ohne zu wissen, wozu das gut sei: das Einprägen, das Erinnern, das Verlangsamen des großen Vergessens. Hannes folgte mir. Er stand in einem Lichtsumpf, und seine Falten machten mir Angst. Das Badezimmer war mir nie so nackt vorgekommen. In Hannes' Körperhaltung stand die Wut wie ein angestrengtes Flimmern.

Hannes schrieb mir einen Brief:

Ich bin ein psychopathisches Wrack. Du bist eine verantwortungslose, selbstsüchtige Egoistin. Ich hasse dich und deine Rücksichtslosigkeit, für immer. Jeden Tag will ich dich heulen sehen, aber ich weiß, du wirst nie heulen, du bist gefühllos. Du verstehst nicht, was zwischen uns passiert ist. Du verstehst nicht, was ich dir hätte geben können.

Ich werde jedem alles von dir erzählen. Dass du mit Simon gefickt hast, nebenan, und dass du dir einbildest, diesmal sei es anders. Du wirst schon noch sehen. Ich hasse dich, ich verachte dich. Du bist oberflächlich und verantwortungslos, du bist widerlich.

Hannes.

Ich habe Angst, sagte ich, hast du auch welche. Ja, sagte Simon. Ich weiß nicht, wie es sein wird, dich zu sehen, sagte ich. Vielleicht bin ich überrascht, vielleicht nicht. Ich weiß nicht mal, was besser wäre. Simon lachte. Ich habe Angst, dass unsere armen Körper das gar nicht alles tragen können, was wir da in den anderen gehäuft haben, sagte ich, vielleicht kommen wir uns dann ganz armselig vor und viel zu klein.

Die Bewegung, bei der nicht klar ist, was transportiert wird und von wem, ob man sich selbst bewegt und wohin und wie viel zurückbleibt, ob man gezerrt, geschoben oder gelockt wird, ob man einer Spur folgt oder etwas ertastet, ob die Bewegung nicht eher ein Kriechen ist als alles andere, ein Ausfahren von Fingern und Zunge, ein Herausschieben aller Sinne.

Das Blau, das Rot, die weißen Zähne. Die Schirmmütze, auf der stand: Deutsche Bahn. Ich wollte keinen Kaffee für zwei sechzig. Schräg gegenüber Bundeswehrfarben und Männer, die ihre Blicke hin und her tauschten und sich ein Urteil über mich bildeten. Ich rauchte zu viel und konnte mich nicht zurücklehnen. In der Scheibe das Gesicht, dem ich ausgesetzt war, sechs Stunden lang. Mein Blick ging spazieren in den Horden weißer Windräder. Die Angst ist immer so lang wie die Fahrt, die Fahrt ist eine Hinbewegung, ein scheußliches Dazwischen, die Angst war sechs Stunden lang. Das kompromisslose Rapsgelb stocherte in meinen Augen herum.

Ich stieg aus. Der Bahnhof erschlug mich und die Frauen, die ihre Koffer an mir vorbeizerrten und in die Arme rauchender Männer liefen. Blumen und Geständnisblicke und ich irgendwo dazwischen, und für einen Moment stellte ich alles in Frage: diese Nacht mit Simon, in der wir übereinander hereingebrochen waren, die Telefonate, diese Reise. Da war nicht viel, was wir hatten, und es galt nur zwischen uns, außerhalb klang es anders.

Simon war schön, schöner, als ich ihn in Erinnerung gehabt hatte. Er sah ein bisschen zerfahren aus und müde, aber er hatte diese Falten um die Augen und die Grießkörner über den Wangenknochen. Simon drängte seinen Körper an meinen, ich drängte mein Gesicht an seins. Und es war so einfach: neben ihm zu stehen in der U-Bahn, seinen Blick mit meinem festzuhalten, nebeneinander zu laufen, zu schmunzeln, die Treppe hinaufzugehen, und ich wusste nicht mehr, wofür ich all die Kraft gesammelt hatte. Wir setzten uns in seine winzige Küche, wir tranken Sekt, unsere Füße berührten sich. Hast du es dir anders vorgestellt, sagte ich, bist du überrascht, aber ich klang ruhig dabei und sicher. Und Simon lächelte, als er sagte: Ich bin überhaupt nicht überrascht, es ist wie eine Fortsetzung, ich weiß nur noch nicht, ob es eine gute ist. Simon sagte auch: Du bist mutig. Simon sagte viele Dinge an diesem Abend. Simon sagte: Du bist wie Dornröschen. Alle wollen dich wachküssen. Simon kannte mich so gut, dass ich mit dem Bauch lachen musste, bis der Kopf weh tat.

Es war still in seiner Straße, nur zwei Katzen schrien vor seinem Fenster, sie trieben es fast jede Nacht, Simon hatte es mir erzählt. Simon und ich fielen auf der Couch gegeneinander, wir lehnten an der Heizung und wickelten uns in eine Decke.

Die Angst war zu einem Körperteil geworden, sie ließ sich nicht abnehmen, sie suchte sich immer neue Orte und Gegenstände, und an diesem Abend fürchtete ich mich vor meiner plötzlichen Sicherheit, die so groß war und so klar wie ein Frühsommertag und so beruhigend wie der Blick auf einen Waldhügel. Simon legte seine Hand in meine Kniekehle. Die Schwärze des Zimmers hüllte uns ein, da war noch die Musik, *Sigur Rós,* und die andere Sprache, die von da kam, wo man immer allein ist. Simon nahm mir den Atem aus dem Mund und zog meine Hand zwischen seine Knie. Ich hatte mich ganz fusselig geredet, ich hatte das Gefühl vergessen, das vor Simon gewesen war: das Sattsein. Die Wolken über dem schrägen Fenster zogen schnell und schoben sich ineinander, wenn ich etwas von Zeichen halten würde, dachte ich, wäre das eins. Du musst dich anders hinlegen, sagte Simon. Aber ich will so nah an dir liegen, dass keine Lücke zwischen uns bleibt, sagte ich. Simon schlug seine Zähne in meinen Nacken und atmete ein Lachen in meinen Haaransatz. Ich weiß nicht, sagte Simon, ob wir das dürfen. Was dürfen, sagte ich. Das, sagte Simon. Dass wir uns nichts versprechen, sagte ich, dass wir nichts wissen, das ist das eine. Das andere ist: Mein Körper sehnt sich nach deinem.

Das Suchen nach einer gemeinsamen Form, in einem Zimmer, das sich auf uns konzentrierte. Simon und sein Gesicht, das ins Kissen lief. Ich wollte ihn so lange ansehen, bis ich sicher sein könnte, nichts zu vergessen. Ich leckte Simon den Schweiß aus dem Bauchnabel. *I go walking in your landscape,* dachte ich.

Am Morgen saßen wir uns in Decken gehüllt gegenüber, wir löffelten Joghurt und waren struppig. Die letzte Nacht war eingezogen in meine Haut, und jetzt verschwamm der Tag unter meinen Füßen und vor meinen Augen. Ich duschte und machte Flecken in der ganzen Wohnung, ich zog eine Spur bis in Simons Zimmer. Und wie ich da stand, die klammen Finger im viel zu großen Bademantel verkrallt, gab Simon mir zum ersten Mal einen Tageslichtkuss.

Der Mittag ließ unsere müden Gesichter leuchten. Simon

zog die weißen Vorhänge von den Leinwänden und zeigte mir seine unfertigen Bilder: Gesichter wie Hoppers Häuser, da, wo sich Welten berühren, wo es Grenzen gibt und wo man diese weißen Stirnen aufpulen will, um hineinzusehen, dahin, wo es Verschiebungen gibt. Weiße Gesichtsflächen und schwarze Augen, die dahin gerichtet sind, wo etwas Wichtiges sein muss, und die dabei so beiläufig und belanglos gucken, dass ihre ganze Gerichtetheit nur eine Formalität ist, auch ihre geschminkten Lippen und Augen, und dass dahinter etwas zu schimmern beginnt. Ich drehte mich in Simons Arme ein und war ganz zittrig.

Hannes hatte mir einen Brief geschrieben:

Ich werde mich jetzt betrinken. Du bist ein leeres Monstrum, ich weiß nicht, was ich an dir gefunden habe. Die Sache mit Jana ist vorbei, ich habe sie wegen dir verprügelt, weil ich eifersüchtig war. Das hast du aus mir gemacht. Alles, was du kannst, ist Menschen zerstören. Ich hasse dich.

Hannes.

Simon und ich liefen nebeneinander her durch ein Viertel, in dem große, verfallene Villen standen und Cafés mit schönen Namen wie *Chez Jean-Luc, Liliengarten* oder *Lichtrausch,* immer berührten sich unsere Schultern. Wir durchquerten eine Allee, in der die Bäume sich einander zuwandten in einer endlosen Reihe verschränkter Kronen, Paare um Paare. Die Sonne, die in die Wiese eintauchte, hatte die Form einer Lippe. Wie war das bei dir und Clara, sagte ich. Simon zog sein Lächeln zwischen die Zähne zurück, aber seine Stimme war immer noch wie feines Getreide, das auf der Haut kitzelt. Clara hat mir monatelang hinterhergeheult, sagte Simon, das hat es ihr leichter gemacht. Sie hatte ihre Wut, und die hielt sie wach, auch wenn die Wut bald nichts mehr mit unserer Geschichte zu tun hatte. Sie hat mir Briefe geschrieben mit zwanzig Ausrufezeichen und manchmal wollte sie mir ins Gesicht schlagen, aber als sie gesehen hat, dass ich still blieb, hat sie es gelassen. Das war mein Fehler: dass ich still geblieben bin. Sie wollte mich unbedingt kaputt machen, weil sie mit ihrer Verletzung so allein war. Ich habe dann so getan, als sei ich gekränkt, weil es das Einzige war, was ich für sie tun konnte.

Das letzte Licht schob uns an. Simon legte eine Hand auf meinen Rücken, zog mich vor sich und flüsterte, dass es im Nacken kitzelte: Stell dich auf meine Füße. Und ich stellte mich auf seine Schuhspitzen, sodass wir zusammen liefen, er legte die Hände auf meine Hüften und das Kinn auf meine rechte Schulter, ich drehte mich um und biss ihn in die Wange, du bist ein Wahnsinn, sagte Simon.

Ein großer gepflasterter Platz mit einem Springbrunnen in der Mitte blinkte uns entgegen. Simon und ich rannten um die Wette, ich war die Erste, zerrte die Schuhe von den Füßen und tappte ins spritzende Wasser. Auf hölzernen Bänken um den Springbrunnen saßen Paare wie Plastiken, ineinander verschmolzen, und Kinder, die sich jagten und einander Eimer voll Wasser über die Köpfe schütteten. Simon warf seine Schuhe neben meine und sich auf mich, dass ich vornüber ins Wasser fiel. Das Kleben der Sachen am ganzen Körper wie das Lächeln im Gesicht, ich war lange nicht mehr so glücklich gewesen, und Simon breitete seinen Körper über meinem aus. Kriegst du noch Luft, fragte er. Nein, sagte ich. Simon rollte sich ins Wasser. Ich wollte leichtsinnig sein, ich wollte rote Zuckerwatte essen und ihn durch die ganze Stadt jagen. Simon sang: *A quoi sert de vivre libre/quand on vit/sans amour,* und ich sprang in die Hocke und umarmte seine Hüften und wollte eine dunkle Stimme haben, die nach Saint-Germain-des-Prés klang und nach schwarzen Kleidern, nach weichen, wiegenden Schritten und langen Zigaretten, als ich sang: *J'ai eu des plaisirs d'occasion/et des projets au singulier* … Simon lachte leise und sang: … *mais quand arrive l'addition/il faut payer,* und ich legte meinen Kopf an seinen Rücken und flüsterte: *Homme/tu n'es qu'un homme/comme les autres/je le sais.* Wir legten uns ins Wasser, die Köpfe nach oben gereckt, dahin, wo der Himmel aufriss und ein grelles Azurblau aus den Wunden quoll, das da, sagte ich und zeigte auf die Risse im Himmel, hat etwas mit deinen Bildern zu tun. Simon nahm mein Ohr in den Mund.

Wir waren noch nicht getrocknet, als die Sonne in den Maulwurfshügeln versickerte. Wir setzten uns an einen Tisch vor einer Kneipe und nuckelten an Strohhalmen. Ich wollte Simon niemals nicht berühren, ich wollte Simon beißen und ich wollte, dass Simon mich drückte, bis mir schwindelig würde. Simons Blick war ganz fest, dann stand er auf und kehrte mit einem Strauß Pusteblumen zurück. Danke, Monsieur, sagte ich, aber was soll ich denn damit, und Simon pustete mir alle Blumensamen ins Gesicht.

Hannes hatte mir einen Brief geschrieben:

Ich wollte dir nur sagen, dass ich jetzt über dich hinweg bin. Oft muss ich lachen. Ich weiß wirklich nicht, was ich an dir gefunden habe. Du hast mir eine große Zeit meines Lebens gestohlen. Ich hätte vorher wissen müssen, dass es sich nicht lohnt.

Hannes.

Du wolltest mir deinen Lieblingsclub zeigen, sagte ich. Nein, sagte Simon, den, wo ich hängen geblieben bin, das ist was anderes. Die Straßen waren lang, und die Menschen in den Cafés redeten gegen die Scheiben. Wir liefen eine ganze Weile. Die Türsteher vor den Clubs sahen uns hinterher. Plötzlich schob Simon mich in eine kleine Gasse, in der Schatten wie Flusen die Luft andickten. Ich merkte zu spät, dass es nicht an der Zeit war zu kichern. Simon legte eine Hand auf meine Schulter und zog sie beschämt zurück. Sein Gesicht sah aus wie eine unruhige Entschuldigung im Voraus. Du solltest etwas wissen, sagte Simon, und es muss jetzt sein, weil es dann wahrscheinlich nicht mehr geht. Ich machte mein Gesicht ganz weit auf. Ich habe oft Dinge behauptet, sagte Simon, ich habe mich entschieden, auch für die Liebe, ich habe entschieden, dass mir etwas gut tut, dass ich etwas machen sollte, und dann habe ich es behauptet. Zum ersten Mal darf ich wieder fragen, sagte Simon. Ich nickte und drehte meinen Kopf ins klumpige Halbdunkel. Hinter ihm lief die Straße zu einem schwarzen Punkt zusammen, der immer schwärzer wurde und kleiner. Ich habe das Gefühl, sagte Simon, endlich wieder einem Menschen gegenüberzustehen, der sich kennt, der mit sich umzugehen weiß, der mir begegnen kann, endlich, sagte Simon, darf ich manchmal wieder aufblicken. Ich ließ mich gegen eine Hauswand fallen und fühlte die noch tagwarmen Steine durch das T-Shirt. Mondspeichel verlief sich zwischen unseren Füßen. Ich grub meine Fingerkuppen in eine Lücke zwischen zwei Mauersteinen. Aber etwas, sagte Simon, fehlt. Ich grub meine Finger tiefer in die Lücke. Ich vermisse das Kitzeln, sagte Simon, das Fieber. Ich zog meine Finger aus der Mauerritze. Du bist nicht verliebt, sagte ich. Simons Blick legte sich wie ein Tuch über mein Gesicht. Ich fühlte, wie etwas nicht mehr funktionierte in meinem Rücken, als hätte mir jemand einen Wirbel herausgebrochen, *You found a way into my head,* und ich lehnte mich an die Wand und wollte mich nach hinten fallen lassen und aufschlagen und nichts mehr merken. Aber du sollst auch wissen, sagte ich, dass ich verliebt bin. Und, sagte Simon, und jetzt. Ich weiß, sagte ich, dass ich die Kraft hätte, zu kämpfen, aber ich weiß, dass ich das nicht machen darf, weil es das Falscheste wäre. Und jetzt, sagte Simon. Küssen, sagte ich und zog die Brauen hoch und war plötzlich ohne Gleichgewicht, wie ich mich von der Wand abstieß und Simon meinen Körper hinwarf.

Und da war dieser Klub: die Frauen mit ihren entblößten Lenden und Zähnen und die Männer in ihren bleichen Jeansjacken. Man sieht das denen an, sagte ich, die wollen alle was, die wissen nur noch nicht, von wem. Ich setzte mich in einen Ohrensessel in der Ecke und beobachtete das allgemeine Räkeln, jeder stand für sich, nur Simon lächelte und balancierte zwei Gläser durch die Menge. Bloody Mary. Ich setzte mich auf seinen Schoß und legte eine Hand auf sein Knie. Wir mussten die Köpfe eng zusammenstecken, um uns zu hören, manchmal fielen wir in andere Sprachen, weil die so viel leichter waren und so viel weiter weg und weil wir dann nicht in Mustern redeten.

Wenn Simon mich ansah, war mein Gesicht weich, auch das Brennen hatte aufgehört und der Druck, der mich gerade stehen ließ. Das war das gleiche Gefühl wie kurz vor dem Krankwerden, wenn ich mich fast ein bisschen darauf freute. Tatsächlich spielten sie *I've had the time of my life,* und ich musste an diese betörende Plumpheit denken: *Ich tanze immer den letzten Tanz,* alle diese Sätze und die großen Gesichter und dass sich das anfühlte wie Vanilleeis überall am Körper. *Mein Baby gehört zu mir, ist das klar.* Wir drängten unsere Hüften aneinander, ich hörte nicht auf zu rauchen, Simon hörte nicht auf, mich anzusehen. Da war diese Angst, unter seinem Blick ins Straucheln zu kommen. Wenn ich keine Zigarette mehr hätte, dachte ich, wäre ich verloren.

Wir kramten uns durch die vielen schönen Knie, die der Sommer mit sich brachte, ein Strandkorb stand in der Ecke des Raumes und ich setzte mich zwischen Simons Beine. Wir tranken in einem Zug das Cocktailglas leer, Strohhalm an Strohhalm, Wange an Wange, und die Musik war wie ein aufgebrachtes Meer, das an unseren Zehen leckte. Simon drückte meinen Arm ganz fest und dann stand er auf, um neue Cocktails zu holen, auch in seinem Gesicht stand die Vorfreude auf Besinnungslosigkeit. Und dann eine schlechte Version von *Nothing compares to you,* trotzdem zog ich mein Gesicht aus dem von Simon, aber nirgendwo konnte ich hinsehen, denn auf der anderen Seite war das Glas, das mich verzerrt multiplizierte und auf mich zurückwarf, da war eine Handvoll Gesichter, die kurz vor dem Zerfallen standen, und dahinter brannte eine Stadt in Neonfarben. Was ist mit dir, schrie Simon. Nichts, schrie ich. Auf der Tanzfläche war nur noch das Spiel und das Gefühl, es gebe nichts mehr zu gewinnen.

Wie wir jetzt ausseh'n, ist uns doch egal/Hauptsache, wir sind schön, und das sind wir allemal, wir stießen uns vorwärts durch dieses Baukastenviertel aus Versatzstücken, wir waren die einzige Bewegung. Ich versuchte, mich an diesen Lexikonsatz zu erinnern. *Liebe: ein Begriff, mit dem eine Vielfalt von Gefühlen der Zuneigung charakterisiert wird, die auf die Vereinigung mit dem geliebten Objekt zielen.* Ich war betrunken und liebte es zu torkeln, ich hatte ein Alibi, ich hatte Simon. Das Leben ist ein Keks, sagte ich und riss die Hand vor den Mund, das Lachen brach aus mir heraus, und Simon fiel in meine Seite und mit mir gegen die Hauswand. Unser Lachen war wie ein Wust von Schnüren und Fäden, die sich ineinander verhedderten. Unter der Kopfhaut regnete es Zitate. Ich trank noch mehr Sekt und schob meinen Kopf unter Simons Pullover. Simon beugte mir sein blendendes Gesicht entgegen und sagte: Ich habe viel zu viel geraucht. Chéri, sagte ich, nimm mich auf den Rücken. Simon beugte sich ein Stück nach vorn mit eingeknickten Knien, ich schlang die Arme um seinen Hals, Allez, sagte ich, jetzt haben wir die Stadt für uns. Auf einem kleinen Rasenstreifen ließ Simon mich fallen und warf sich neben mich. Sein Schnaufen in meinem Ohr war so ein Geräusch, das ich gern aufgenommen und behalten hätte. Hochhaus, sagte ich, wir müssen unbedingt auf ein Hochhaus.

Wie wir nach oben kamen, ich weiß es nicht. Vielleicht war einer der Mieter noch wach und freundlich gewesen, als wir alle Klingeln auf einmal gedrückt hatten, an den Fahrstuhl kann ich mich erinnern, den silbernen Käfig, der röchelte und gurgelte und uns oben nach draußen stolpern ließ, und wir gingen im Kreis, zehn Wohnungen lang, und dann kam der steinerne Balkon mit dem schmiedeeisernen Gitter. Unten errötete das Viertel, es war lau, und Wind ging. Wenn ich die Augen zumachte, kam das Filmgefühl, etwas unglaublich Wichtiges müsste jetzt passieren. Wir beugten uns über das Gitter und legten die Köpfe aneinander. Wolken zogen über die Stadt, ruhig und schnell wie beschleunigt, Musikclipwolken, wie auf einem von Simons Bildern, auch da sahen die Wolken aus wie wendige, flinke Schiffe. Manchmal fühlte es sich an wie kurz bevor etwas passierte, aber es passierte nichts. Simon gab mir einen Kuss, der nach Müdigkeit schmeckte, nach Fruchtcocktails, nach Lippenbalsam, nach Traurigkeit, nach Smint und nach Sommer.

Wir waren zu Simon nach Hause gegangen, das Hypnotische unserer schleichenden Schritte hatte mich betäubt. Simon lag auf dem Bett und streckte Arme und Beine aus. Ich war so betrunken, dass ich nicht still sitzen konnte, ich musste ein bisschen tänzeln. Simon, sagte ich, morgen muss ich nach Hause fahren, aber Simon blieb still. Sein Zimmer war voll von weicher, schwarzer Luft. Ich zog Simon die Hose aus, langsam und vorsichtig, und Simon lag ruhig da wie schlafend, seine weißen Beine ragten über die Bettkante. Ich zog Simon das Hemd aus und die Unterhose, ich legte meine Hände auf die Innenseiten seiner Oberschenkel. Vor den Fenstern lungerte der Wind. Simons Nacktheit rührte mich. Ich legte mich auf Simon und steckte Finger und Küsse in sein Haar. Wir schliefen nicht.

Schon das Frühstück war ein Abschiednehmen, der letzte Blick in die weiße Küche. Wir aßen Quiche und sahen grau aus. Gehen wir spazieren, sagte Simon.

Eine viel zu helle Welt, für die ich nicht gemacht war. Simons Sprache, die immer im Entstehen begriffen war, und meine, die sich selbst gefiel. Die Tasche an meinem Arm machte mich schwer.

Wir gingen zum Bahnhof, wir waren still geworden, ich wollte mir Simons Geräusche merken, die er beim Gehen neben mir machte. Jetzt sagt man nicht mehr viel, sagte Simon, so kurz vor dem Abschied, warum ist das nur so, sagte er, was geht in dir vor. Kopfdisko, sagte ich, alle diese bescheuerten

Abschiedsszenen aus Filmen, die letzten Sätze, jetzt kommen wir an einen Punkt, wo ich nicht weiß, was ich machen soll, außer vielleicht das, was alle anderen machen.

Wir betraten die Bahnhofshalle mit all ihren konzentrierten Farben, den Werbebannern und Postern, es roch süß. Niemand stand allein. Wir haben noch fünfzehn Minuten, sagte Simon. Ich habe nicht mal ein Bild von uns, sagte ich. Wir waren nicht zusammen baden, sagte Simon. Uns zusammen gibt es nur, wenn es ein Bild davon gibt, so ist das, ist erst mal ein Bild da, kommt die Wirklichkeit schon nachgehinkt, die muss sich an den Bildern messen. Ich wollte dich so gerne noch malen, sagte Simon. Die drohende Zahlenanzeige, unmöglich, dachte ich, ohne Simon zu sein, in der anderen Stadt. Wir rückten dicht aneinander, ich legte die Arme um Simons Rücken und Simon seine um meinen. So standen wir, und eine Viertelstunde schlich durch den Spalt zwischen unseren Knien.

Vor dem Zugfenster dann suchten Simons Augen nach meinen, ich lief noch einmal zur Tür, bedeckte meine Hand mit Küssen und pustete sie durch die Scheibe. Ich wollte etwas sagen, aber Simon würde es nicht hören. Er rollte aus meinem Blick, er stand ganz still und lächelte.

Der Abschied dauert immer so lange wie die Fahrt. Seine Gemälde und dazu diese Parade der Liedfetzen im Kopf, allen voran *You found me/before I found myself,* und dann schlossen *Radiohead* diesen Zug der Traurigkeiten: *Everything is broken/ everyone is broken.* Und die Stärke der Bilder, ein langer Zug von Bildern, die nebeneinander wie ein Versuch aussahen, wie etwas, wo noch mehr kommen muss, und wieder konnte ich für kurze Zeit sicher sein, konnte mich gegen das Zugfenster lehnen und denken: Es gibt eine Möglichkeit, und dann war auch draußen alles in Ordnung: Die Farben gehörten zueinander, das Licht war hellgelb und weich, sogar die Baumgruppen waren sinnvoll angeordnet.

Zurück in der eigenen Stadt war ich noch tagelang narkotisiert. Am Vormittag war alles anders als am Nachmittag, und die Telefonate mit Simon waren das Einzige, was zählte. Zwischen ihnen war ich kraftlos, nur die Stunde davor und die danach waren davon eingefärbt. Ich wusste nicht mehr, wo mein Kopf war und was er mit dem Gefühl im Inneren zu tun hatte, und was ich machen sollte, wenn alles so schrecklich in eine Richtung drängte. Ich bekam Fieber, ich aß viel. Ich rief Simon an, und Simon hatte immer weniger Zeit. Er bekam Aufträge und Angebote und hatte viel zu tun. Wenn ich fragte, wie es ihm gehe, sagte er: Gut so weit, wenn ich fragte, was er so mache, sagte er: Nichts Besonderes.

Meine Zeit verging langsam, ich stellte sie voll mit Unternehmungen, mit Menschen, mit denen ich schon lange nichts mehr zu tun gehabt hatte, mit Partys, und als ich mich ganz aus mir herausgelebt hatte, war nur noch das Zittern da und ein Blick wie ein angeschossenes Tier.

Mitten in der Nacht wachte ich auf, ich wollte wissen, wo meine Sehnsucht auftraf. Die Luft war dick wie Quark. Ich wählte Simons Nummer und rollte mich auf die andere Seite des Bettes.

Hallo.

Bonsoir, ich bin's.

Hallo.

Wie geht es dir.

Gut, ganz gut.

Ich habe heute einen Film gesehen über Marguerite Duras' letzte Liebe. *Cet amour-là*. An einer Stelle, da sagt sie: *Du kannst dir nicht vorstellen, wie müde ich bin.*

Jeanne Moreau, den Film kenn ich auch, schöne Bilder.

Simon erzählte mir seinen Tag. Er klang melodiös und beschwingt wie immer. Ich legte meinen Kopf auf das Kissen und konnte fühlen, wie es anfing.

Aber du hast nicht angerufen, weil du mich anrufen wolltest, sagte Simon. Du wolltest auch nicht wissen, wie es mir geht. Du wolltest wissen, wie es uns geht, ob ich dich vermisse. Ich kann dir nichts sagen, das dich glücklich macht. Es hat sich nichts geändert. Ich bin nicht glücklicher seitdem, aber ich vermisse dich nicht.

Ja.

Es tut mir leid.

Nicht schlimm. Ich hätte einfach nicht anrufen dürfen.

Das ist es nicht.

Doch, ich hätte einfach nicht anrufen dürfen.

Dir geht es nicht gut, oder.

Ach doch, es geht mir schon gut.

Simon schwieg kurz, ein wenig zu lange.

Als die Sonne die Mülltonnen erreichte und sie umspülte wie Quellwasser, piepte mein Handy. Da stand: ES IST BESSER, WENN WIR IN NÄCHSTER ZEIT NICHT TELEFONIEREN. SIMON.

Draußen stand die Luft still in den Kronen. Vögel sangen ihre kurzen, wütenden Lieder in Schleifen. Die Nacht verbrannte vor den Mülltonnen. Ich stand auf und kramte den Schlüssel aus meiner Tasche. Sehr langsam ging ich die Treppen hinunter, öffnete die Tür und fing an zu rennen. Der Park war nicht weit, er lag da wie eine Lache zwischen den hochgeschossenen Häusern. Ich stellte mich auf einen Wiesenarm, überlegte zu schreien und ließ es bleiben. Ich fuhr nach Berlin.

Berlin ist eine Stadt, die mir Angst macht.

Ich habe noch nie für hundert Euro gegessen, sage ich, als wir aus dem Taxi steigen. In Georgs Zimmer fehlen mir die Geräusche des Restaurants. Ich sehe mich im Spiegel an, ich sehe Augenringe. Georg sagt: Du musst versuchen, dir selbst zu genügen. Das kann ich nicht, sage ich, das passt nicht zu mir, wo ist denn da der Exzess. Georg nimmt meine Hand. Du gefällst dir zu sehr in deinem Leiden, sagt er, hast du das Gefühl, für irgendetwas büßen zu müssen. Das Leiden, sage ich, fühlt sich an wie Urzustand, wie der Ort, wo ich mir selbst am nächsten bin, das ist es doch, was alle wollen, oder nicht: sich selbst nah kommen. Das ist es nicht, sagt Georg, du fliehst vor dir, das ist es, du willst überhaupt nichts mit dir selbst zu tun haben. Du würdest dich am liebsten bei jemand anderem abladen, soll der doch wissen, was er dann damit anfangen soll. Ich drehe mich zum Fenster. Aber stell dir das vor: ich, an einem Tisch, Brille, übereinander geschlagene Beine, wie ich so ganz geordnet in die Luft schaue und sage: »Es war besser für uns.« Das ist einfach widerlich. Warum denn immer über alles hinwegkommen. Georg sagt: Sei nicht immer so melodramatisch. Er lacht. Ich zittere. Romantisch, sage ich, ich bin scheißromantisch, das ist es. Und ich will Sachen nicht abschließen. Lieber daran kaputt gehen. Scheitern, sagt Georg, das ist es, was du willst. Du willst scheitern, in einem Satz mit Schumann und so weiter genannt werden. Nimm die Günderrode: Ihr ganzes Leben lang liebt sie einen Mann. Aber der ist Rationalist und rationalisiert sie aus seinem Leben weg. Sie ersticht sich am Rheinufer. Ich lache jetzt auch, viel zu laut, und drehe mich um zu Georg. So bist du, sagt Georg, weil du so sein willst. Ich weiß nur noch nicht, ob es etwas mit Stil oder mit Illusion zu tun hat. Du und das Extrem, das du immer suchst. Aber das ist das Prinzip, sage ich, nach dem ich lebe. Das allein ist es nicht, was alles so heftig macht. Und, sagt Georg, was denn. Es gibt keinen Ekel, sage ich, nicht den geringsten, Simon ist der erste Mensch, der mit allen seinen Makeln das Ideal anzweifelt und außer Kraft setzt, und er ist derjenige, bei dem ich auch mich lieben kann. Ich liebe es, wie ich bin, wenn ich bei ihm bin. Georg nimmt meine Hand. Ich weiß, dass Simon mich kennt, sage ich, aber es ist ein anderes Kennen als das, was ich bisher dafür hielt. Ich glaube, er könnte kaum etwas über mich sagen. Aber ich habe etwas in ihm ausgelöst, so ein Bild vielleicht, das immer wieder angeknipst wird, wenn wir uns wieder hören, eine Farbe, was weiß ich, jedenfalls vieles, auf das ich jetzt nicht einfach so wieder verzichten kann. Hast du Angst, sagt Georg. Ja, sage ich, ja, riesengroße.

Wieder zu Hause schlage ich meinen Kopf gegen die weiß tapezierte Wand, bis meine rote Haarfärbung matte Flecken hinterlässt. Ich stelle einen Spiegel im Zimmer auf, ich will mich weinen sehen. Mein Schreien: ein Spuckefaden, der immer dünner wird und dann reißt. Mein Zimmer schwimmt unter mir weg. Ich konstruiere meinen Abschied. Ich weiß, dass er so lang dauern wird, bis das Weinen nicht mehr weitergeht, bis sich etwas ganz herausgelöst hat. Ich höre Simons Lieblingsmusik, in der es immer nur um Abschied geht. Da wird gefallen und gescheitert und abgelöst, und meine Erbärmlichkeit hat auf einmal etwas ganz Jämmerliches, sie ist so unerträglich persönlich. Ich ziehe Simons T-Shirt an, das mir bis zu den

Knien reicht. Ich drücke mir das Kopfkissen gegen das Gesicht, ich will keine Luft mehr bekommen, nur kurz das Stocken auch im Körper haben. Mein pockennarbiges Zimmer und die Luft am Fenster, die ein Geräusch macht von leeren Telefonleitungen. Wo meine Schreie hinklappen, weiß ich nicht, irgendwo müssen sie weitergehen, hinter Wänden. Ich verbeiße mich in der Bettdecke, ich werfe mich gegen die Bettkante, ich will keinen Körper haben, der Gesundheit vorgibt. Ich will Stücke aus ihm schlagen, ich will meinen Mangel offen mit mir herumtragen, durch einen gnadenlosen Sommer, um die Haltestellen, vor die Schwimmbecken, durch die Parks.

Georgs Stimme aus der großen Stadt.

Was ist mit dir, ma petite.

Alles, alles ist schlimm, sage ich, *es fängt schlecht an und es endet noch viel schlechter.*

Das war Vanessa Paradis, *Die Frau auf der Brücke.*

Du machst dich.

Und ehrlich.

Und ehrlich geht es mir noch schlimmer.

Ich hör dir zu.

Ich darf ihn nicht anrufen, das weiß ich. Aber dann kommen die Bilder wieder wie aus dem Hinterhalt: dass er mich auf seinem Rücken durch die Stadt getragen hat. Dass er mitten in der Nacht aufgestanden ist, um Samba auf der Gitarre zu spielen. Dass wir zusammen Pusteblumen angezündet haben. Stichflammen.

Georgs Atmen.

Ich weiß, dass das alles buddhistisch klingt. Aber hör zu, ich muss dir ein Lied vorspielen.

Ein vom Telefon zerquetschter Musikwürfel. Deutlich die

Zeilen: *So if you really love me, say yes/but if you don't, dear, confess/and please don't tell me/perhaps, perhaps, perhaps.*

Was ist das.

Cake. Wunderbare Musik.

Ich hab Angst, Georg.

Ich weiß. C'est la vie.

Solche Sprüche nicht.

Welche dann.

Tout lasse, tout casse, tout passe. Alles wird matt, alles zerbricht, alles vergeht.

Und sonst.

Qui bien aime à tard oublie. Wer liebt, vergisst nicht schnell.

Ich weiß auch einen: C'est trop aimer quand on en meurt. Die Liebe ist zu groß, wenn man an ihr stirbt.

Ich hänge mein Zimmer mit Bildern von Hopper voll. Ich höre Musik, die in meinem Körper herumrennt und mir das Gefühl gibt, schnell zu sein, eine rasende Folge unglaublich schöner Bilder: Ich, wie ich das Gesicht in die Sonne drehe, ich, wie ich beim Blumenpflücken ertappt werde, ich, wie ich hinter einer großen Tasse fast verschwinde, kirschrote Lippen, Augenaufschläge, Verzückung. Musik, die alles drehen lässt, die schön macht. Und zwölf Lieder lang das Gefühl, es auszuhalten.

Vor meinem Haus ein Umhertappen. Was macht ein Mensch, der einsam ist, es muss da Regeln geben, die jeder kennt, was machen die Einsamen in den Filmen, soll ich wie sie in den Bars sitzen und den Blick wie tot in die Maserung der Tischplatte hämmern, was isst ein Einsamer und wie bewegt er sich, ich muss es lernen, es muss da ein Programm geben, ein Konzept, ein Mal, das die Einsamen von den anderen unterscheidet.

Die Schritte, die ebenso wenig Gewicht haben wie das Stehenbleiben. Wenn ich mich umschaue, frage ich mich, wo die Menschen ihre Kraft hernehmen, wie sie einfach weitermachen können oder irgendwas anfangen. Aber es gibt ein paar wenige, die ihre Köpfe gegen die Scheiben der Straßenbahn lehnen, als seien sie zu schwer, eine Handvoll Verwandter.

Ohne die Telefonate gibt es keinen Mittelpunkt mehr, es gibt nichts, wo alles zusammenlaufen kann, zu dem die Tage hin- und von dem sie wegstreben. Wenn ich in der Stadt bin, habe ich kein Gefühl für nichts, ich denke, wenn ich etwas kaufe, bin ich mindestens so lang da, wie ich in meiner Tasche nach den Scheinen wühle. Vergessen und vergessen werden, denke ich, ich trage mein Herz im Gesicht.

Und wieder Georg, der meinen Abend in rotes Licht taucht.

Wie geht es dir, ma chérie.

Falsche Frage. Zweiter Versuch.

Sag schon.

Ich vermisse ihn.

Sehr?

Zum Verrücktwerden. Er kann mir das nicht einfach wieder wegnehmen, was ich nur kurz sehen durfte. Das muss wie bei den Menschen sein, die klinisch tot sind. Die Sache mit dem Tunnel und dem Licht. Dann aus: zurück in eine gräuliche, fusselige Staubsaugerwelt.

Du bist eine unverbesserliche Romantikerin, das weißt du.

Das weiß ich.

Und du musst etwas lernen.

Was denn schon wieder.

Niemanden zu brauchen.

Aber da haben wir schon zwei Probleme: Erstens, ich will nicht lernen, ich will unverbesserlich sein. Zweitens, ich will brauchen, ich will sogar abhängig sein, süchtig.

Hingabe, Überschreibung, ich weiß schon, konnte ich mir denken.

So.

Was machst du.

Nichts. Ich kann nichts machen. Ich versuche, etwas zu machen, aber es gelingt mir nicht. Als würde sich alles von mir entfernen, sobald ich näher komme, sobald ich es anfassen will.

Aber du musst etwas machen.

Ich konzentriere mich darauf, die Tage zu überstehen. Als gäbe es am Ende eine Belohnung fürs Ausharren, für die aufgewendete Kraft.

Sonst nichts.

Doch, ich habe überall in meinem Zimmer die Hopperbilder aufgehängt. Die tun mir gut.

Weil sie dir wehtun.

Weil sie so traurig sind wie ich.

Du kannst jederzeit kommen, das weißt du.

Das ist sehr lieb, aber im Moment bin ich ein Haufen, der nur von einem schwachen Namen zusammengehalten wird, und ich falle auseinander, sobald mich irgendwas aus dem Gleichgewicht bringt.

Du musst es auslaufen lassen aus dir. Aber du klammerst dran.

Weil ich sonst nichts habe. Weil ich mich daran aufschlagen will. Und weil Abgeben auch Nachgeben heißt, und weil Loslassen auch Vergessen heißt, und weil ich nicht vergessen will. Ich muss es doch bewahren, ich will es doch behalten.

Aber es muss Vergangenheit werden. Etwas außerhalb von dir.

Warum.

Weil es sich sonst nicht verändern kann. In deinem Kopf. Es bleibt ja da, aber anders, umgeformt, abstrahiert, korrigiert.

Aber genau das will ich nicht, genau das.

Du bist ganz stur und ganz zäh, das ist das Einzige, was dich stark macht.

Nein, ich bin nur verzweifelt und unternehme verzweifelt den Versuch, mich zusammenzuhalten, und genau da wird meine bodenlose Schwäche zur einzig möglichen Stärke.

Deine Philosophie wird dich noch umbringen.

Ich weiß.

Oder deine Abgeklärtheit.

Ich weiß.

Ichweißichweiß.

Georg.

Ja.

An einem Abend, an dem alles unmöglich ist, glänzen die Fassaden wie gewienerte Tanzböden. Ich erinnere mich genau an den Weg und laufe zielstrebig. Ich kann diese Nacht nicht allein mit mir sein. Meine Schritte hören sich an wie ein gleichmäßiges Zusammenschlagen von Köpfen. Es ist warm auf der Haut.

Ich klingele an der Haustür, ich erinnere mich, es ist lange her, dass sich unsere Körper gekannt haben, und noch länger, dass unsere Köpfe sich kannten. Der Ton des Windes, der über die Straße rollt wie ein Panzer. Mark zieht die Tür auf. Darf ich reinkommen. Mark nickt. Ich muss an *Die Frau auf der Brücke* denken, die sagt, *dass alles wieder so werden wird, wie es vorher war. – Vor was. – Vor Ihnen.* Mark macht irgendeine Geste. Ich setze mich irgendwo hin. Wir trinken irgendeinen Tee. Irgendwo geht eine Waschmaschine und dann riechen die Sachen wieder anders. Mark hat nur ein einziges Lächeln. Seine Wohnung ist zu aufgeräumt. In seinem Bett finde ich seinen Nacken wieder, die Landschaft seiner Haare, die Gabelungen und Deltas, das Mäandern. Mark erzählt mir Dinge, die er mir schon einmal erzählt hat, wahrscheinlich hat er nicht viel zu erzählen. Dann hört er auf damit und schaut mich an, und ich sehe in seinem Gesicht, dass er versteht, dass ich keinen Hunger habe auf ihn. Aber sein Bedauern ist vielleicht das erste Wort einer anderen Geschichte. Ich lege mich auf Mark und habe Mitleid mit seinen Haaren, die auch nicht wissen, was sie da sollen. Ich will keinen Morgen und kein Frühstück.

Vor dem Fenster beginnt es zu regnen. Wir liegen nackt auf Marks Bett, zwischen uns ist viel Platz. Wir frieren, aber wir sind zu träge, die Decke unter uns hervorzuziehen. Marks gedämpfte Atemstöße gegen das gleichmäßige Prasseln, auch die Wände scheinen zu regnen, die unruhigen Schatten sind wie eine Wasseroberfläche. Mark setzt sich sehr langsam auf, er sitzt mit gebeugtem Rücken auf der Bettkante, ich weiß, dass er die Unterarme auf die Knie gestützt hat. Er schlurft weg, ich höre durch die geöffneten Türen, wie sein Urinstrahl in der Kloschüssel auftrifft. Als er wiederkommt, bleibt er nackt im Türrahmen stehen und guckt mir ins Gesicht und dahin, wo der Regen angefangen hat, er legt sich zurück in sein Bett. Ich höre seinen Atem, der einschlafen will. Der Regen wird lauter.

DIE FRAGE, WER ANFÄNGT

Ich will geliebt sein
oder ich will begriffen sein.
Das ist eins.
Bettina von Arnim

Zwei Zigaretten später liege ich auf ihm und weiß nicht, wie ich dahin gekommen bin. Wir rauchen beim Ficken. Er will, dass ich die Zigarette in seinem Bauchnabel ausdrücke, ich schleudere sie aus dem Fenster, ich will nichts davon hören. Von draußen zieht ein Stöhnen ins Zimmer, ich stelle mir vor, dass es vom Mond kommt, dass da am Himmel Dinge passieren, von denen wir nichts ahnen.

Der Neujahrstag ist der erbärmlichste Tag überhaupt. Wir sitzen auf der Heizung. Ich habe ein Ziehen in der Brust, seit ich aus dem Bett und aus dem Schlaf gefallen bin, und ich weiß nicht, wie es dazu gekommen ist und wie es überhaupt so gekommen ist, mit uns und zwischen uns und mit alldem, und was das, was passiert ist, mit mir zu tun hat, und ob es so bleibt oder anders kommt, was danach geschieht und was es für Namen dafür gibt. Wir schwitzen Alkohol aus, unsere Haut trauert. Man muss etwas Neues anfangen, bevor etwas Altes aufhört, hat Mirko gesagt, sonst hängt man in der Luft. Wir trinken grünen Tee aus Tetra Packs.

Der Neujahrstag ist der unbarmherzigste Tag überhaupt. Da liegen Fetzen von Menschen und Papier auf den Gehsteigen und treiben mit dem schmelzenden Schnee in Gullylöcher. Vor sechs gibt es keine Stadt, abends schleichen die ersten zerstörten Gesichter an Häuserwänden entlang, die Schatten körpernah, wenn man in den Menschen lesen will, muss man ihnen nur ins Gesicht schauen, heute sieht man, wie sie aussehen werden, wenn sie alt sind.

Das Zusammensammeln, Zusammenkehren, Zusammenraufen. Das Zusammenflicken. Ein letzter verirrter Chinaböller und das metallische Echo von Stöckelschuhen vielleicht. Etwas ist gebrochen, es muss einen Riss geben irgendwo, ich bin sicher.

Die Stadt macht mir klar, dass sie nichts mit mir zu tun hat. Meine Wollstrümpfe kratzen zum ersten Mal, und alles ist voller Einbahnstraßenschilder.

Leanders Husten kommt über die Treppe näher, ich höre das Kratzen seines Schlüssels und dann das Aufschnappen der Tür, ich höre Leanders überlegte Schritte und ich warte auf sein vorsichtiges Rufen, Luna, ruft er, ein Name, der nur ihm und mir gehört und nur in diese Wohnung, ja, rufe ich leise und behutsam zurück und fahre mit den Fingern durch meine Haare und setze mich so hin, dass meine Beine zur Tür zeigen. Das Fensterbrett ist kalt, und hinter mir wächst der Himmel aus den Dachgiebeln. Leander legt eine Hand auf den Türrahmen, er lächelt und ist müde, er sieht krank aus und so, als ob mit diesem Jahr noch etwas anderes zu Ende gegangen wäre. Ich warte, dass Leander näher kommt, kein Raum ist zu groß, um von Leander ausgefüllt zu werden. Leander legt seine roten Hände auf meine Hüften und gräbt den Kopf in meinen Schoß, er sagt: Das war das kränkeste Silvester, das ich erlebt habe. Ich lege meinen Oberkörper über seinen Rücken wie eine Decke, es ist immer dasselbe: Wenn wir zu Hause sind, lassen wir niemals voneinander ab, unsere Körper sind wächsern und fügen sich zusammen, sie brauchen einander. Ich mag Leander, wenn er erschöpft ist. Er hat dann diese Falten links und rechts vom Kinn, die ihn zerstört aussehen lassen und lebendig, ich kann Leander vertrauen wie keinem anderen, in seinem Gesicht ist etwas passiert, da sind die Jahre hineingegangen. Wir sind tief und kompliziert heute Morgen und zerknittert, wir zittern von Kaffee und Zigaretten, von Alkohol und Erbrechen, und Leander streicht mit seinen Händen meine Waden glatt.

Wir sitzen an der Heizung und machen ein verspätetes Frühstück. Wir hören fröhliche Musik, von der wir nichts verstehen, wie Katzen sind wir manchmal, die schnurren und buckeln und sich überall kratzen. Leander erzählt zuerst, er legt sein Ohr an meine Schulter und raucht eine Zigarette und erzählt von der Frau, die ihm Briefe schreibt, in denen steht, dass ihr Leben ohne ihn keinen Sinn habe und dass dies ihr letzter Brief sei, er erzählt von der Frau, die er auf dem Markt getroffen hat und mit der er später auf dem Rummel war und mit der er sich gut necken kann, er erzählt mir von der Frau, mit der er aus Versehen zusammengekommen ist und die er verlassen hat, er sagt: Es ist schlimmer, eine Tür zuzumachen, als eine Tür zugemacht zu bekommen. Er erzählt mir von der Frau, die ihm seltsame Kosenamen gibt und die ein großes Lachen hat, und von der Frau, die er bei der Blutspende kennen gelernt hat, als er im Vorraum wartete. Er erzählt mir sein Silvester, in dem die Frauen alle vorkommen und ihn verwirren und einnehmen, er erzählt mir davon, wie eine Frau geweint hat und eine andere geschrien und eine noch andere vor ihm gesessen und sich besoffen hat, er erzählt davon, wie er selbst auf einem Balkon stand und die Stadt Feuer spucken sah, er erzählt mir, wie er aufbrach und mit dem Taxi durch die Stadt fuhr. Dann knickt er ein wenig ein und raucht noch eine Zigarette, und ich erzähle ihm von diesem Mann, der bis zwei Stunden nach der Vorstellung auf mich gewartet hat, um mich anzulächeln und mir zu sagen, wie faszinierend er mich finde, und davon, wie einfach es ist, mir zu imponieren. Ich erzähle ihm von dem Mann, den ich jede Woche anrufe, weil ich ihn immer noch nicht loslassen kann, der mir jede Woche wieder verspricht, etwas mit mir zu unternehmen, und der es jedes Mal auf die nächste Woche verschiebt, und ich erzähle mein Silvester. Von diesem Mann erzähle ich, der mich küssen wollte und der meine Brüste angefasst hat, von dem Mann mit dem Telefon erzähle ich, der traurig klang und endgültig und zu freundlich, als dass er mich noch lieben könnte, von dem Mann, der gewartet hat, erzähle ich und dass ich mein Silvester bei ihm verbracht habe. Leander sagt: Ich merke, dass ich mich nicht mehr konzentrieren kann und dass ich vieles durcheinander bringe und dass das Durcheinander mich wahnsinnig macht. Er seufzt und legt seinen Kopf wieder in meinen Schoß. Es fällt uns nicht schwer, uns alles zu sagen. Wir haben uns niemals etwas verschwiegen. Wir reden uns zum einzigen Thema hin, das es gibt, und dann sehen wir uns an und wissen, wie es sich anfühlt, regellos zu leben.

Ich schiebe den Fernseher in die Mitte des Zimmers, und wir schmiegen uns auf der Matratze aneinander. Wir verfolgen Julie Delpy auf dem Bildschirm und verlieben uns in sie, ich sage: Ich finde Frauen viel schöner als Männer, aber ich könnte sie niemals begehren.

Der Neujahrstag ist der empfindlichste Tag überhaupt. Das Abendrot kommt zu früh und ist schmierig und fiebrig. Ich reiße die Fensterläden auf, und Leander schraubt den Weihnachtsbaum aus der Halterung. Dann schleifen wir die Tanne durchs Zimmer und gucken uns durch die Zweige an, Leander grinst. Wir stopfen den Baum durch die Fensteröffnung und sehen zu, wie er fliegt, aufprallt und ausrollt, um schließlich liegen zu bleiben. Durchs Zimmer zieht sich eine grüne Spur.

Leander steht an der Seite des Raums, an der sich die Schatten sammeln. Er stellt den Plattenspieler an, und wir tanzen die einzigen paar Schritte Tango Argentino, die wir gelernt haben, zu Piazollas unfassbarer, ferner Musik, wir sind ungeübt, und ich weiß, dass ich mich mit jedem anderen außer Leander verheddern würde. Das Parkett seufzt unter unseren fusseligen Sohlen, wir müssen ein bisschen was weiter trinken, sage ich, sonst stürzen wir noch ganz ab. Das Zimmer ist wenige Minuten lang aus Gold und voll von Luft, wir schwenken Weingläser, und ich möchte gern kluge Sätze sagen und dabei sicher und fest klingen, aber Leander kennt mich und weiß, was ich sagen könnte an Abenden wie diesen, so wie er immer weiß, was ich sagen könnte, und so wie er niemals aufhört, mir zuzuhören, auch wenn er weiß, was ich aussprechen werde, weil ich weiterrede, obwohl ich weiß, dass er weiß, was ich sagen werde, weil das so ist und nur hier so sein kann und weil ich niemals aufhören will, mich Leander zu erzählen. Ich habe Leander ein einziges Mal geküsst, das war ein Unfall, an der Kasse im Getränkemarkt.

Ich ziehe mich im Bad aus, und Leander geht Zigaretten kaufen, um die Ecke steht unser Automat. Im Bad stockt die Luft, und die Nacht liegt im Waschbecken und regt sich nicht. Ich schaue mir in der Wanne beim Aufweichen zu und steige in ein Nachthemd, ich lege das Metall ab und kämme meine

Haare und sehe vor dem Fenster Leander in der Kälte stehen und zittern, und es ist das erste Mal, dass ich Wiederholung als etwas Angenehmes empfinde, als eine Möglichkeit zu lieben, und ich weiß, dass Leander in der Tür stehen und nichts sagen wird und nur so gucken wird, wie er guckt, wenn er sagen will, dass ich seine Frau von Bedeutung bin, und es nur nicht sagt, weil ich es ohnehin weiß. Das sind unsere kleinen Riten, diese Dinge, die später auf den Fotos nicht mehr zu sehen sein werden.

Leander schleicht die Treppe nach oben, wir legen uns auf die Matratze und schlingen uns umeinander. Das ist alles so schwierig, sage ich, nein, sagt Leander, wir machen es uns nur viel zu schwer. Ich habe einen Traum: Leander und ich und wie wir in einer Kammer aus Menschen stehen, Männer, mit denen ich zu tun hatte, die sich abgewendet haben und sich ab und zu nach mir umdrehen, ich sehe Leander, wie er pustet, und wie die Männer einfach verschwinden wie Staubfiguren, und dann ist nur noch Leander da und ich bekomme Angst, weil es kein Dazwischen mehr gibt, keine Bewegung und kein Irrelaufen.

Als ich am Morgen aufwache, sitzt Leander vor der Matratze und sieht so aus, als habe er mir die ganze Nacht beim Schlafen zugesehen. Er gibt mir Kaffee und Zigaretten und zieht die Gardinen auf, sodass die Sonne von der Terrasse ins Zimmer stürmt mit ihren Lichtfiguren.

Am Nachmittag stehe ich vor Mirkos Wohnungstür und lache und frage, ob da noch ein Zimmer frei ist. Ich schiebe Mirko zur Seite und breite mich aus in seiner Wohnung. Ich koche uns etwas und mache einen Pflaumenschnaps auf, ich erinnere mich, wie Mirko Luftgitarre gespielt hat zu Silvester, er sah so dumm aus und so hilflos, dass ich mich ein bisschen zu schnell verliebt habe. Wir müssen die Sache langsam angehen, sagt Mirko, du darfst nicht gleich alles in mich reinprojizieren. Mirko kennt mich nicht. Mirko macht Dinge, die ich nicht verstehe. Mirko weiß nicht, wie Leander sich anfühlt.

Mirkos Hände sind überall, sie sind schnell und geübt und verspielt, manchmal lacht er unvermittelt auf, heftig und melodiös, ich erschrecke immer wieder darüber. Ich kann ihn nicht finden zwischen seinem grundlosen Enthusiasmus, seiner gelangweilten Kühle und der Jungenhaftigkeit, ich weiß nicht, wann ich seiner Art glauben kann. Manchmal kommt es mir so vor, als wolle er sich möglichst nah an sich heranspielen und bekomme dann Angst.

Nach dem Mittagessen bin ich ein bisschen betrunken. Ich lasse mich von Mirko ausziehen, der sehr erregt ist und seine Blicke zwischen meinen Brüsten herumrutschen lässt. Mirko stöhnt beim Sex, er dreht sich auf die Seite, als er gekommen ist. Er dreht sich noch einmal um, er legt seine Hand zwischen meinen Po und die Oberschenkel und sagt: Die Stelle mag ich besonders an dir. Er weiß nicht, wie mich das entzückt, er weiß nicht, dass das die ersten Worte sind, die mich heute verliebt machen können wie zu Silvester.

Das neue Jahr beginnt mit kindischen Sturmböen, die Linde vor dem Haus, in dem Mirko lebt, schlägt aus. Die Stadt verwittert, und mein Kopf ist ein Raum, den die Bewegungen durchstreifen.

Es wird Abend, und mit dem ersten Schritt über die Türschwelle nach draußen ist die Erhabenheit da, das Nachgefühl der Hände überall, eine Körperoberfläche voll Restwärme, auf einmal das triumphale Gefühl, eben noch beschlafen worden zu sein, das ich den anderen Fußgängern zulache, wenn sie mich streifen. Ich will zu Leander, und ich will mich ein bisschen schmutzig fühlen, damit ich niedergeschlagen sein darf vor seinem weichen Gesicht.

Leander klingt dumpf aus dem Bad, im Duschvorhang tänzelt sein Schatten, Leander, sage ich, du musst mich jetzt auf der Stelle in den Arm nehmen, und Leander steigt aus der Dusche und zieht den blauen Bademantel an, der Frotteestoff kitzelt an meiner Wange. Durch die Socken schraubt sich die Kälte der Badfliesen in meine Fußsohle. Abende im Winter sind gefährlich, sie können einem Angst machen, und wenn sie auch dem anderen Angst machen, macht sie zwei, die Angst haben, zu zweien, die einander nicht ausweichen können. Ich gehe in die Küche und nehme Lachsölkapseln gegen die Traurigkeit, von der ich nicht weiß, woher sie kommt und was sie bei mir will. Ich lege mich auf Leanders Matratze, mit dem Gesicht nach unten, und warte, bis Leander nicht anders kann als sich auf mich zu legen. Es wird kühl, und die Anlage spielt Musik, die immer leise klingt, egal, wie laut man sie dreht.

Bevor wir einschlafen, stellt Leander komische Theorien auf, die mich zum Schmunzeln bringen, er sagt: Man muss nur Stirnfalten haben und große Augen und auf den Boden gucken, man muss ein bisschen tapsig aussehen und sehr gepflegt, man muss schweigen und manchmal ganz wenig sagen im richtigen Moment, das macht die meisten Frauen an. Er erzählt mir von ihren Dreistigkeiten, den Briefen und den Küssen, und von der Frau, die ihre Hand in seine Hose geschoben hat, und von der anderen, die ihm ins Ohr gebissen hat, und ich sage: Dafür kannst du nichts, wenn man in so einem Club arbeitet, da ist die Welt eine andere, da sind Liebesgeschichten so lang wie die dunklen Stunden und meist nur mit Musik und blauem und rotem Licht, da ist auch die Sache mit dem Mut ganz anders und mit der Ernsthaftigkeit. Ich höre Leander lächeln. Wir sprechen das Theaterstück, die Szenen, die mir am schwersten fallen, er berichtigt mich und legt seine Hand auf mein Hohlkreuz. Sarah Kane spüre ich zwischen den Wirbeln. *Mach mich glücklich. – Ich kann nicht. – Bitte. – Nein. – Warum nicht? – Kann nicht. – Ich liebe dich. – Ich liebe dich nicht.*

Ich stelle mir vor, dass Leander mich nach dem Schlussapplaus in den Arm nimmt und nach Hause trägt. Ich stelle mir vor, dass Leander auf dem Weg nach Hause wieder diesen unbeschreiblichen Gang hat, der ein Schaukeln ist, ein rhythmisches Wiegen, wie ein Ja-Sagen mit den Beinen, ich stelle mir vor, dass ich glücklich bin und dass alle anderen das auch sehen und dass mir das aber ausnahmsweise egal ist, weil ich selber so glücklich bin, dass ich das gespiegelte Glück in den Gesichtern der anderen nicht brauche.

Am Ausgang steht Mirko und schenkt mir Handschuhe für den Winter. Er macht blöde Witze und nennt mich seine Prachtstute. Er knetet meinen Nacken und wirft Schnee nach mir, und ich finde das alles nicht lustig. Mein Verliebtsein in ihn ist vielleicht nur ein Wunsch, weil Mirko einfach ist und ein bisschen dumpf und weil es unheimlich wäre, wenn monatelang nichts funktionierte mit mir.

In Mirkos Wohnung ist der Strom ausgefallen. Wir legen uns sofort in sein Bett. Je t'aime, sagt Mirko. Wirklich, sage ich. Nein, sagt er, aber das ist der einzige französische Satz, den ich kenne. Wir schlafen miteinander, und es ist schön, weil ich laut sein darf und weil er mein Gesicht nicht sehen kann, wenn die Geräusche Lücken suchen, durch die sie nach draußen dringen können.

Wenn Leander und ich in einem Bett schlafen, schlafen wir uns zueinander hin. Wenn ich bei Mirko einschlafe, schlafe ich mich von ihm weg. Der Schlaf unterbricht meine Anstrengung, nach Dingen zu suchen, die mich in ihn verliebt machen könnten.

Zu Hause bei Leander wasche ich Mirkos Überreste von mir ab, aber es ist etwas davon durch die Haut nach innen gegangen, da bin ich sicher. Ich weiß noch nicht, ob es besser ist, Leander schmutzig oder sauber gegenüberzutreten. Leander sieht bei allem, was er macht, aus, als habe er eine Gelassenheit, die niemals aufhört, die unbegründet und unbezwingbar ist. Leander schläft, und ich kann in seinem Gesicht lesen, dass sich etwas umschichtet und ordnet, wenn er schläft, dass sich etwas leise bewegt. Seine Haut ist warm und schmeckt nach Rauch, und sogar im Schlaf ist Leander jemand, der weiß, was er tut.

Ich würde Leander gern sagen, dass die Dinge durchschaubar werden in seiner Anwesenheit, dass ich mich sehe, weil er mich sieht, dass er mich sichtbar macht. Aber ich will ihn nicht wecken.

Der Schlaf hat ihn umgarnt, Leander murmelt etwas Flüchtiges, dann hebt er den Arm für mich, als Einladung.

Der Morgen ist blau, eine Schar blauer Vögel oder Lichter, ein Treibsandmorgen. Ich habe das Gefühl, angestoßen zu werden, ich stelle mir Fragen. Was unsere Absichten waren zum Beispiel, als wir zusammengezogen sind, warum Leander alles für mich tun würde, warum ich mich scheue, ihn zu berühren, und ob das, was ich für Leander fühle, eine Form haben könnte. Leander ist schön. Die Haut an seinem Hals ist müde. Ich mag Leanders Beine und wie sie so tun, als würde er auf Schaumgummi gehen. Leander zieht ein weißes Hemd an und eine blaue Hose, seit ich ihn kenne, mag ich sogar den Morgen.

Beim Frühstück sitzen wir in der Mitte unseres Staubzimmers, Musik tastet unsere Rücken ab, und wir sehen einander an, es gibt zwischen uns immer nur diese eine Frage: die Frage, wer anfängt.

Leander fängt an und erzählt mir seine Dummheit: Die Frau mit dem Lachen, sagt er, hat einen tollen Körper und einen trägen Kopf, ich habe gestern mit ihr geschlafen, und es fühlte sich an wie lästige Briefe schreiben. Ich habe auch eine Dummheit gemacht, sage ich, aber nicht zum ersten Mal. Ich verrate Mirko. Du schmeißt dich ja weg, sagt Leander, er sieht aufgebracht aus. Aber ich meine das doch nicht ernst, sage ich. Aber der meint es noch weniger ernst als du, sagt Leander und zündet sich eine Zigarette an. Ich mag es, sage ich, wenn er so ein kleines bisschen blöd ist und wir deshalb nicht viel reden. Leander schiebt seine Hand in mein Haar. Ich gehe auf den Balkon und sehe, wie die Nacht sich über die Landstraßen aus der Stadt schleicht, eine große, verhüllte Frau mit dunklen Haaren und Händen. Leander, sage ich, was würdest du machen, wenn ich etwas tun würde, das du nicht erwartet hättest. Leander steht auf und geht mir nach auf den Balkon, er bläst immer zweimal aus, obwohl beim zweiten Mal gar kein Rauch mehr aus seinem Mund kommt. Ich würde vermutlich etwas anderes machen, das dann du nicht erwartet hättest, sagt er und sammelt braune Blätter aus einem Blumenstock vor dem Brüstungsgeländer.

Vor Abenden mit Leander allein habe ich Angst, weil ich Angst davor habe, dass sich etwas verändert. Wir hören Piazzollas *Oblivion,* ich kann nicht anders, als dazu meine Arme zu bewegen, ich kann nicht anders, als aufzugeben, dies ist meine Musik vom Weinen, das außerhalb des Körpers geschieht, anderswo. Wie ich Piazzolla für *Tristeza, separación* liebe, weiß nur Leander, die Sirenenvioline im Hintergrund, die meine Nackenwirbel erklimmt. Die Musik macht das Nichtreden einfach, sie löst die Worte auf, dass da, wo eben noch welche waren, nur Farben bleiben und die Erinnerung an einen Versuch, sich auszudrücken, an einen kleinen, heiteren Krampf. Pizzicato in *Los sueños* und ich bin zu allem bereit und weiß von nichts. Man darf Piazzolla niemals abrupt abstellen, sonst ist man augenblicklich allein und nackt.

Ein Mädchen ruft am Morgen bei uns an, ist Leander da, fragt es. Es hat eine Stimme ohne Ton, die nach Geschirr klingt. Nein, sage ich und sehe zu Leander, der schläft, nein, sage ich noch einmal, Leander ist nicht da. Naja, sagt das Mädchen. Ist es denn wichtig, sage ich, soll ich ihm vielleicht was ausrichten, und ich drehe eine Zigarette zwischen den Fingern und drücke den Tabak fester. Naja, sagt das Mädchen, ich müsste schon mit ihm selber reden. Das geht nicht, sage ich. Soll ich ihm nicht vielleicht doch was ausrichten. Das Mädchen fragt: Sind Sie seine Schwester? Ich schaue zu Leander und aus dem Fenster in die tiefroten Straßenschluchten und sage: Nein, ich bin die Verlobte. Das Mädchen klingt noch mehr nach Geschirr, als es sagt: Ich rufe dann später noch mal an.

Ich will, dass etwas passiert, dass irgendjemand irgendetwas von Bedeutung tut. In den Straßen liegen graue Schneedünen, ich nehme das Telefon wieder in die Hand, es wiegt schwer. Hallo, sagt der andere. Hallo, sage ich, ich wollte mich nur mal wieder melden. Hören, wie's dir geht. Wie immer. Ja, sage ich, dachte ich mir schon. Der andere sagt nichts. Wollen wir uns vielleicht diese Woche mal sehen, auf einen Kaffee vielleicht. Du, sagt der andere, diese Woche ist schlecht, aber nächste Woche sieht gut aus. Ja, sage ich, dachte ich mir schon. Ich ruf an, sagt der andere, na denn. Ja, sage ich. Tschüss, sagt der andere.

Der Kopfleerlauf und die Sicherheit, wieder schwach gewesen zu sein, der Versuch einer Rechtfertigung vor mir selbst, Umherstreifen zwischen den Wänden wie ein verwundetes Tier. Frank Sinatra singt charmant an mir vorbei, ich muss einkaufen gehen, denke ich und ziehe mich an, ich zerre meinen Körper durch die Stadt und lasse mich zerreiben von den Sonntagspaaren, ich bin angewidert und aufgekratzt und fasziniert, ich kaufe ein Kleid, das ich nie anziehen werde, ich kaufe Unterwäsche und ein schwarzes Satinnachthemd, ich esse Amerikaner in der Bäckerei, ich tue so, als ob ich Geld hätte, ich fahre mit dem Taxi nach Hause und schlage die Beine sauber übereinander. Der Taxifahrer trägt mir die Tasche hinterher, die ich vergessen habe.

Wo warst du, sagt Leander und lächelt, einkaufen, sage ich. Leander hat Augenringe und lässt sich von Sinatra betören, den ich in der Wohnung stehen gelassen habe, für das Heimatgefühl beim Öffnen der Tür. Leander hört Musik anders als ich. Die Wohnung ist warm. Da war ein Mädchen für dich am Telefon, sage ich, es hat aber den Namen nicht verraten. Ich setze mich auf die Matratze im Wohnzimmer, ich sehe mir *Lost in translation* an, wieder, aber ich kann mich kaum konzentrieren, wenn ich an Leander denke, denke ich an Florentino Ariza. Unser Balkon fängt den Schnee auf, Januartage sind eng und seltsam substanzlos. Wir waren lange nicht zusammen draußen, sagt Leander.

Winterrummel. Ich sitze auf einem verschneiten Plastikpferd und lasse mich schaukeln und drehen, ich kaue Zuckerwatte, die am Gaumen festklebt, und zwischen den Karussells halten Leander und ich uns an den Händen und hören den Losmännern zu, wie sie ins Mikro gurgeln. Leander schießt mir einen roten Hasen und eine weiße Rose, ich schieße Leander einen orangefarbenen Herzluftballon. Mein Körper ist nicht mehr luftdicht, er ist durchlässig, auf der Achterbahn reißen die Schreie nicht ab, sie sind Schleier, die hinter uns herwehen. Ich will kopflos sein und widerstandslos.

Vor der Garderobe presse ich mich an Leanders Brust, jetzt kommt die Spiegelwelt, in der ich jeden Abend gleich schön sein muss, in der ich jeden Abend wieder etwas gelten muss, jetzt kommt die Welt, in der ich zweifellos sein muss und in der ich aufrecht gehe und in der ich weiß, was ich zu tun habe, ich schließe die Tür und lasse mir das Unentschiedene wegschminken.

Als ich spiele, denke ich an Mirko, ich fühle nichts dabei außer vielleicht ein Sattsein. Die Scheinwerferlanzen reißen meinen Körper auf heute Abend, nur manchmal sprengt eine durch mich hindurch ohne zu verletzen. Ich denke an diesen Satz von Marguerite Duras: *Ich habe ein zerstörtes Gesicht,* ich denke auch an Piazzolla, und als ich mich nicht mehr konzentrieren kann, wachsen meine Gedanken an Leander fest, sie werden geschmeidig und weich und absolut.

Im Schnee steht Mirko und kaut Streichhölzer. Er nimmt mich an der Hand und schlenkert meinen Arm, wie war's, sagt er, er fragt zu viel, und ich antworte zu viel, und dann beschimpfen wir uns gegenseitig. Du mieses Wrack, sagt er. Du lauwarmer Dickhäuter, sage ich. Du personifizierte Unvernunft, sagt er, was mich glücklich macht.

Wir setzen uns auf den Sockel eines Denkmals und essen Schokolade, und Mirko bemerkt mich nicht. Wollen wir ficken, sagt Mirko. Ich stehe auf und muss mich zum Geradelaufen zwingen, der Schneewind beult meinen Bauch aus und will meine Knie brechen. Ich renne ein Stück.

Als ich zu Hause bin, hat sich der Mond wie ein Loch ins Finstere gefressen, ein Himmel wie ein Sieb fährt über die Siedlungen. Ich haste Treppen nach oben und schließe mich im Badezimmer ein, ich lasse die Wanne volllaufen und schminke mich ab bis zurück zu meiner Unentschiedenheit. Im Spiegel habe ich Falten, die von der Angst kommen, Falten um die erschrockenen Augen und von der Nase bis in die Mundwinkel. Ich weiß Leanders gespannten Kopf auf der anderen Seite der Tür, seine gespannten Finger. Du darfst nicht in meine Nähe kommen, schreie ich, ich bin heute Abend unerträglich.

Es wird still. Mein Ohr denkt sich Geräusche. Ich bin ein Vorhang, durch den die Nacht steigt. Ich habe nichts als Ekel übrig in mir. Ich will die Seife von mir werfen, das Waschbecken anschreien, ich will nicht auf den Fliesen laufen müssen, ich will die Deckenlampe bespucken. Ich will, dass sich etwas verändert. Im Bad schiebe ich alle Dinge in andere Richtungen, verrücke den Schrank und die Baumwollvorleger, den Handtuchschrank und die Kommode, erst als mir das Bad fremd ist, weiß ich: Das ist mein Neujahrstag, das ist die Stadt, die nicht zu mir gehört.

Ich fliehe vor der Wohnung, die sich ohne Leander aufbläht, auf die Matratze, ich decke mich zu und lege mir die Hände auf die Brüste.

Als es Morgen wird und ich meine verklebten Wimpern aufschlage, wirft die Sonne einen Takt ins Zimmer, sie tänzelt über den Boden und schwingt. Neben mir liegt Leander, als würde er schon immer da liegen. Die Luft flimmert orange zwischen den Büchertürmen, und die Vorhänge wabern wie hinter Kerzenlicht. Das Laken unter mir ist nass, auch das Hemd, das ich trage. Ich krauche durchs Zimmer und den Flur ins Bad, ich dusche mich und wasche das Prickeln von meinem Unterleib. Ich koche viel zu starken Kaffee und schlurfe über den Boden auf den Balkon, ich schneide die Luft mittendurch, laufe eine Schneise ins Zimmer.

Die Sonne steigt in meine Augen, an diesem Morgen fühle ich mich schön. Ich trage ein hellblaues Nachthemd, das bis zu den Fesseln reicht, und bade im Winter. Noch bin ich schlafdurchdrungen und glänze, ich sitze mit angewinkelten Beinen am Terrassengitter und rauche. Es ist, als wäre heute Morgen alles einfach, weil ich beschlossen habe, nichts mehr begreifen zu wollen, ich halte meine Aufmerksamkeit in den Fingerspitzen fest, und Augenblicke sind kleine Plateaus, auf denen ich mich ausruhen kann, während davor und dahinter alles in schwefelfarbenem Nebel verschwimmt.

Ich esse im Stehen in der Küche, ich gehe aus dem Haus ins Glühen, heute zügellos. Am Ende irgendwelcher Straßen stehen Boutiquen, ich will mich verführen lassen. Ich ziehe Kleider an, die eher wie ein Vorschlag aussehen als wie ein Versprechen, ich kaufe beinahe alle, ich bin gewichtiger mit Tüten in den Armen, ich bin unübersehbar. Einmal habe ich zu Leander gesagt: Wenn wir uns ausgetobt haben, dann. Ich habe gelacht dabei. Leander hat gesagt: Ich glaube, es geht eher darum, dass du dich austobst und wann du damit fertig bist und ob es dann zu spät ist. Leander hat nicht gelacht.

Ich verbringe den Nachmittag bei Mirko. Er drückt Windbeutel auf mir aus und leckt die Sahne von meinem Bauch. Wir schlafen miteinander, und die Taubheit zieht sich von den Füßen durch den gesamten Körper. Das geht so nicht, sage ich und ziehe mich an, nimm mir das nicht übel, sage ich, ich glaube, ich habe mich geirrt.

Hinter der Bühne lacht jemand und legt seine Hände auf meine Schultern. Du bist eine tolle Frau, sagt er, du bist so eine Fangfrau, in der man sich verheddert. Ich kann nicht mehr spielen. Wir sind eine Handvoll Halbnackter, in meinem Kopf tragen wir fleischfarbene Unterwäsche und sind unbewegt schweigende Newtonfotografien, ausgestellte Körper, ich bin verletzlich, ich bin Haut.

Nach der Vorstellung renne ich nach Hause. Ich werfe den Mantel ab und schleudere mich in Leanders Arme und ein klein wenig weine ich auch. Wenn ich die Augen schließe, ist es nicht schwer, meine Schwäche zu ertragen, ich fühle mich dann, als wäre ich mit Leander allein auf der Spitze eines Eisbergs, ich fühle auch den Wind und das Knacken unter den Sohlen, ich fühle auch so etwas wie Horizontlosigkeit.

Ist es Mirko, sagt Leander. Nein, sage ich. Der mit dem Telefon, sagt Leander. Nein, sage ich. Das neue Jahr, sagt Leander. Nein, sage ich. Piazzolla, sagt Leander. Nein, sage ich. Winter, sagt Leander. Nein, sage ich. Ich, sagt Leander. Ja, sage ich und wundere mich. Auf dem Balkon lehnen wir aneinander und lassen uns festfrieren. Ich höre die letzten Worte auseinander fahren und sehe sie auf dem Gehsteig zerschellen wie Glasperlen, ein klimperndes Zerspringen. Ein Wort und sein Danach und die Angst vor wässrigen Rechtfertigungen, Leander schweigt und streckt den Arm, als wolle er die Stadt segnen, du bist am schönsten, sagt er, wenn du von dir selbst angewidert bist, dann bist du dir am nächsten. Ich erschrecke erst über Leander, dann über mich selbst. Heute Abend ist Leander ein Gefäß, eine Tür, ein Bett und eine Möglichkeit. Es gibt nichts, was nicht schon einmal zwischen uns gesagt worden wäre. Ich habe Angst, könnte ich sagen, oder: Tu mir nicht weh, oder: Lass deinen Kopf da liegen, ich könnte auch sagen: Lieblingsmensch, ich könnte sagen: Jetzt vielleicht. Ich denke mir eine Nacht, aus der der Frühling wächst.

Wir haben mit dem Danach angefangen, würde ich sagen, wir müssen lernen, wie das ist, sich zu verlieben. Leander würde sagen: Ich muss mich jeden Tag neu von dir überzeugen und von diesem Zustand. Welchem Zustand, würde ich sagen und die Zigarette über das Gitter werfen. Dich küssen zu dürfen. Ich würde lachen. Krankheit, würde ich sagen, Lieblingsfrau, würde er sagen. Du bist der Erste, würde ich sagen, der zählt, weil nur die zählen, die einen mehr lieben als man selbst. Wir könnten heiraten, würde Leander sagen. Idiot, würde ich sagen, niemals. Wir haben uns lange Zeit erfolgreich gegeneinander gewehrt, würde Leander sagen. Es ging nur darum, wer anfängt, würde ich sagen, darum geht es immer. Nein, würde Leander sagen, das kommt erst danach. Davor geht es darum, wer zuerst genug hat.

Ich bin müde, sagt Leander. Die Stadt hat blaues Blut und ist in der Nacht nicht geometrisch. Leander tritt aus dem Bild heraus, das sich in meinen Kopf zurückfaltet. Manchmal denke ich an Zwiebeln, die man endlos schälen kann, manchmal denke ich daran, dass es einen Kern geben muss, immer, manchmal stelle ich mir die Frage, ob man auch den Kern noch schälen kann und ob man das merkt. Manchmal denke ich, Leander muss überlaufen vor Zärtlichkeit. Die Stadt atmet Fäulnis aus und Gift, darum ist es so schwarz.

Leander schläft, als ich mich neben ihn lege. In sein Schlafgesicht hat sich ein Warten festgewoben. Die Falten um die Augenwinkel sind ein Strahlenkranz. Eine Heizung tickt. Ich könnte neben Leander sitzen bleiben und warten, bis ich nicht mehr anders kann als ihn zu wecken. Ich könnte noch einmal alles sagen, was zwischen uns schon gesagt worden ist. Ich könnte versuchen, auch das zu sagen, was ich ausgelassen habe.

Leanders Zehen sind kleine Eisberge. Bis zur ersten Sonne sind es noch zwei Schachteln Zigaretten und vier Mal Piazzolla im Repeat.

WINTEREINBRUCH

Das Hemd ist näher als der Mantel.
Tschechisches Sprichwort

Jonas ist mit den Schneeketten beschäftigt, und Anja sitzt auf den Stufen und hat die Socken ausgezogen, immer wieder stößt sie ihre Füße in den Schnee, damit sie nachher im Auto nicht kalt sind, sagt sie. Ich hauche und kratze die Eisblumen von der Frontscheibe, hieve die Essenskisten und Decken in den Kofferraum. Die erste Sonne sickert durch die Häuserlücken. Anja stopft ihre rot aufgequollenen Füße zurück in die Bergsteigerstiefel und trottet zu Jonas. Guck mal, sagt sie, und streckt ihm ihre blauknöchernen Finger entgegen. Jonas nimmt ihre Hand und pustet und leckt, und dann ist wieder dieser Blick zwischen den beiden. Es ist nicht gut, zu dritt wegzufahren, denke ich, und vielleicht ist es überhaupt nicht gut wegzufahren.

Im Auto riecht es nach Kokosduftbäumchen und den Tannennadeln, die noch in den Rillen der Polster und Fußmatten liegen und trocknen, seit wir den Baum vom Weihnachtsmarkt abgesägt und mitgenommen haben. Die Dunkelheit ist noch da und sammelt sich in der Mitte des Autos. Anja streckt ihre Hand nach hinten aus, ich gebe ihr eine CD. Cassandra Wilsons Kopfkissenstimme: *Love is blindness.* Sie ist die Einzige, der ich solche Texte verzeihe.

Über dem Auto wird die Sonne sandig, die Städte links und rechts sieben das Licht und saugen es ein. Ich würde auch mal wieder gern gar nichts machen, sagt Anja und zieht sich die blaue Decke bis an den Hals. Durch den Spalt zwischen Sitz und Kopflehne fallen ein paar ihrer schwarzen Strähnen nach hinten, es knistert, wenn ich sie zwischen den Fingern reibe. Da ist die Nacht drin, in diesen Haaren.

An einer Shell-Tankstelle parkt Jonas das Auto, und wir wollen uns in eine Fernfahrergaststätte setzen. Niemand blickt auf, als wir die Tür öffnen. In allen Gesichtern ist diese blasse Teilnahmslosigkeit, wie Gräue. Die Kellnerin trägt Kaffee an die Tische, die Männer haben ihre Köpfe in die Hände gestützt und trinken gegen ihre Augenringe an. Eine halbtote Jukebox blinkt und spielt *When love goes wrong/nothing goes right/this one thing I know,* und Anja legt die Hand auf Jonas' Schenkel und Jonas seine in Anjas Nacken. Ich rauche und friere. Das Gesicht der Kellnerin ist aufgedunsen und mittagsrot, draußen rollt das Licht über die Autobahn und wickelt sich um die Tankstelle. Mit Jonas' kleiner Narbe auf der Nasenwurzel ist da auf einmal so ein halb transparenter Erinnerungsfetzen zurück: Jonas in langen, grau gerippten Unterhosen, über die Balkonbrüstung gelehnt, das zu große T-Shirt und wie er ein Bein nach hinten anwinkelt, sodass ich seine vom Barfußlaufen schwarze Fußsohle sehe, und wie er sich umdreht und die Haare aus dem Gesicht nimmt und ich die Kamera zurückbaumeln lasse, wie er sagt: Daran wirst du dich erinnern, in dreißig Jahren, und dann wirst du dir sagen: Das war also der Jonas. Wie er seine Hand zwischen meine Schulterblätter legt und ich von seinem Kaffee trinke, der zu heiß ist, wie ich mir die Zunge verbrenne. Wie wir uns dann drinnen gegenseitig die Haare föhnen und wie sich auf Jonas' Brust die hellroten Härchen aufstellen.

 Du siehst aus, als würdest du in den nächsten paar Tagen

krank werden, sagt Anja zu mir. An der Theke leuchten Lichter auf und erlöschen wieder, bunte Ketten. Die breiten Rücken der Fernfahrer wie Zelte.

Anja kann nichts sehen, sie hat sich ihre rote Wollmütze bis über die Nase gezogen. Der Schnee unter den Reifen knirscht harschig, und von links und rechts weht sacht weißes Pulver gegen die Scheiben. *Why does it always rain on me,* summt Anja durch die Poren ihrer Mütze, und ich springe auf die letzte Seite der Zeitung und dahin, wo es heißt: *Lassen Sie andere ihre eigenen Fehler machen, genießen Sie Ihre Zeit – es ist ein tolles Gefühl, endlich angekommen zu sein. Und regen Sie sich nicht mehr über Dinge auf, die längst geklärt sind.* Ich schiebe die Zeitung unter meine dreckigen Füße und zünde mir eine Zigarette an. Meine Unterarme glänzen kalt. Ich spreize beim Rauchen die steifen Finger ab. Die Häuser zerstreuen sich, und kurz vor Oberwiesenthal geht es nicht mehr weiter. Jonas dreht den Kopf hin und her, und in seinem Nacken knackt es. Die Scheiben sind die Grenze zum Schneesturm. Das tollwütige Wirbeln in den Augen: stillsitzen und die Decke noch enger um den Körper schnüren. Ich packe drei dieser asiatischen Snacks aus, *Tom yum flavour instant noodles,* lege sie in die Campingbecher und gieße heißes Wasser aus der Thermoskanne darüber. Wir stecken fest und drehen scharfe Nudeln mit Plastikgabeln. So ein Winter ist etwas Ekelhaftes, der kommt nicht von irgendwoher, der kommt direkt von oben und fällt wie ein Beil auf einen Hackklotz, mitten rein. Da vorn, sagt Jonas und schüttelt seine Haare, ist die Grenze.

Im Radio lachen die Moderatoren viel zu viel, als dass es echt sein könnte. Die Schneeschichten sind wie ein Baumkuchen. Jetzt lächeln, sagt Anja, dann kommen wir schneller über die Grenze.

Wir rauschen nicht hinein in die fremde Stadt, wir tuckern nur, und Boží Dar ist klein und weiß und hat uns wieder. Boží Dar, sagt Jonas, heißt »Gottesgab«, sein Lächeln im Rückspiegel ist für mich.

Unsere Pension finden wir schnell, das letzte Haus der Straße, ganz in der Nähe des *Ski-Areal Novako*, knapp 400 Kronen pro Person und Nacht. Dobrý den, sagt Anja. Der Mann ist dick und spricht ein schlechtes Deutsch, er hat nur noch ein Auge und führt uns an den vergitterten Käfigen mit den eingeschlossenen Skiern vorbei, Schuhe ausziehen, sagt er und erklärt das Haus mit müden Gesten und einem trotzigen Tschechisch. Die anderen Zimmer sind von einer Reisegruppe besetzt. Unser Dreierzimmer ist hässlich und dämmrig: drei kurze, schmale Betten und die mit weißen, zerklüfteten Styroporplatten abgehängte Decke. Děkuji, sagte Anja und nickt, und der Dicke schließt die Tür hinter uns. Jonas sagt leise: Der plärrt, wenn er redet.

Anja und Jonas halten sich an den Händen beim Schlittern, sie spreizen ihre steifen Beine ein wenig und lehnen sich nach vorn. Anja trägt eine rote Sturmhaube mit Bommel und tellergroßem Ausschnitt fürs Gesicht. Sie sieht glücklich aus und wirbelt mit ihren Armen herum. Ich kaue Kandiszucker gegen die Kälte, zerbeiße die kleinen weißen Steine zwischen den Zähnen und schlucke.

Der Ratskeller ist nicht weit. Wir setzen uns in eine Nische und berühren die warmen Steinwände. Anja schiebt ihre Hand in Jonas' Nacken, sie fasst ihn ständig an, niemand darf ihre Zusammengehörigkeit übersehen. Ich denke an den Film

Nackt, an die *kleinen, unzerstörbaren Einheiten,* und meine Wut fühlt sich an wie Schwielen unter der Haut, wie winzige lautlose Kopfexplosionen. Cassandras *You don't know what love is,* das würde jetzt gut tun, ein bisschen warm, ein bisschen dumpf. Mit roten, schimmernden Wangen bestellt Anja gebackenen Camembert für alle, ihre Hände zwischen Jonas' Knien. Meine Sonne, sagte sie, mein Tiger, und Jonas' Blick flüchtet über das Mustertischtuch und fällt auf der anderen Seite herunter.

Der Kellner ist jung und höflich, er redet deutsch und stellt die weißen Platten mit den großen, runden Käsescheiben auf den Tisch. Wir trinken Pivo, und über uns wird es Mittag, und der Schnee wechselt seine Farbe. Was ist, sagt Anja, schmeckt es euch nicht, ihr Gesicht glüht. Ich gehe schon mal vor, sage ich, zum Skiladen.

Ich lege zweihundert Kronen auf den Tisch und stiefele die Treppe nach oben, draußen flutet das Grellweiß meine Pupillen. Ich laufe an einem Laden vorbei, drücke die Tür auf und schlendere durch die Regalschluchten, packe Pepsi ein und 7up. Irgendwo hinten das Schild Lihoviny. Dosen im Staubmantel, Flaschen, ich suche die richtige: Vodka.

Aus den Schneewehen lugt eine grob zusammengezimmerte Holzhütte. Drinnen ist es warm. In den Ecken stehen weiße, knackende Heizkörper zwischen den aufragenden Skiern. Ein Mann nickt, und ein zweiter in der anderen Raumhälfte nickt jetzt auch.

Alles geschieht fast lautlos: Der ältere der beiden Männer bringt mir Skischuhe in meiner Größe, ich nicke, der jüngere holt ein Paar blassgelbe Skier, verstellt etwas und passt die Schuhe an, und wieder nicke ich. Ich gebe ihnen ein paar Scheine und beim Hinausgehen nicke ich noch einmal, ohne etwas zu sagen.

Der Thermoanzug klebt an meiner gereizten Haut, ich bestehe aus groben, steifen Teilen, die willkürlich aneinander befestigt sind. Aber ich weiß: Der Schnee ist das Eigentliche, und ich will nicht wissen, was darunter liegt. Ich habe das Land nie ohne Schnee gesehen. Der winzige Hügel hebt sich vor mir aus dem Boden, wie ein haarloser Unterarm, flach und hell. Die Kinder auf dem Spielplatz beschimpfen sich im Singsang der fremden Sprache. Ich kaufe mir einen Schokoriegel am braunen Kiosk.

Auf dem Tellerlift nach oben gezogen werden bedeutet vor allen Dingen: den letzten Winter wieder finden wie einen Melodiefetzen, den letzten Winter, bevor Jonas' Name nur noch in einem Satz mit Anjas fiel. Meine Skier liefen auseinander im frischen Schnee, bis ich im Spagat nach hinten kippte, Jonas ließ sich einfach fallen, seine Hände rechts und links von meinem Oberkörper, sein Gesicht stand genau über meinem, und er lachte leise mit offenem Mund. Und dann die Bildfolge: Wie Anja sich auf uns warf und lachte, wie Jonas und ich in entgegengesetzte Richtungen auseinander rollten. Wie wir einander kalte Hände ins Gesicht drückten. Wie wir barfuß durch Boží Dar schlitterten, umeinander wirbelten, die Arme umeinander warfen, uns verhedderten. Wie wir später am Ofen saßen in der Pension, unter der Styroporplattendecke, und meterlange Eiszapfen von den Fenstersimsen brachen und daran lutschten, wie wir vodkabetrunken vorm Fernseher im Gemeinschaftszimmer saßen und die tschechischen Simpsons auf dem Bildschirm bellen sahen, wie wir auf dem Filzteppich vor dem Kamin unsere Füße verglichen. Wie wir ineinander verhakt Sidsel

Endresen lauschten, die die Töne streichelte, *I think it's gonna rain today* und *Shadows in the rain,* wie wir weinten und uns mit der Faust über die Augen wischten. Wie Anja und ich umschlungen im Bett neben Jonas lagen, wie wir ihn fotografierten, als er schlief, wie wir ihn bemalten, kleine schwarze Schneekristalle. Wie Anja meinen Nacken küsste. Wie wir uns versprachen, einander zu gleichen Teilen zu gehören.

Wind geht, als ich ganz oben stehe, wackelig und dünnhäutig. Und als ich weiß, dass sonst nichts da ist, außer diesem Erinnern, dass es die Erinnerungskrankheit ist, die diesen Tagen ihre Gestalt gibt. Weil etwas aufgebrochen ist, das mit dem Versprechen zu tun hat, und mit dem Schnee und meiner Wehrlosigkeit, wenn ich ahne, was darunter liegt.

Dieser Ort hat etwas Sakrales mit seinem Wind und seiner Blässe und der Verschleierung. Vielleicht war der letzte Winter in seiner Intensität schon so etwas wie ein Aufbegehren, ein Aufbäumen. Woher hätten wir aber wissen sollen, dass man sich auf Dauer nicht zu gleichen Teilen einander schenken kann.

Als ich die Bänder meiner Kapuze zuschnüre, fangen die Stunden an, in denen ich mich fühle, als sei ich nur da, um umgeblasen zu werden. Vom nächsten leisen, unbedeutenden Wind.

Am Imbiss, wo die Mütter mit ihren Kindern anstehen, lehnen Anja und Jonas und winken. Sie machen Fotos, wie ich nach unten fahre, mit geschlossenem Gesicht, wie ich neben ihnen zu stehen komme und verbissen lächele. Anja sagt: Wir können ja auch mal zu dritt runterfahren, Anja glüht.

Die Kinder donnern nahe am Lift mit ihren Sitzschlitten nach unten und klatschen in Schneewehen. Jonas sieht besorgt aus. Mein Tiger, sagt Anja und legt ihre Hand an Jonas' Kinn, als ich mir einen der Teller zwischen die Beine klemme und das Gefrieren sehe, wie es einsetzt.

Anja hat dasselbe Lachen wie letztes Jahr, nur ein bisschen irrer, weil sie die Einzige ist, die lacht. Wenn wir alle drei lachen würden wie letztes Jahr, dann würde das nicht so auffallen, aber Anja ist die Einzige. Die Dämmerung überzieht den Hügel von hinten mit Silbergrau, aus dem Imbiss kommt tschechische Gitarrenmusik, und an meiner Schläfe gefrieren ein paar Strähnen. Ich geh heim, sage ich, wollt ihr nachkommen. Wir gehen mit, sagt Anja. Oder Jonas, wir gehen doch mit, und Jonas guckt auf den Boden und zur Skihütte und zum Hügel und über die winzigen Häuser von Boží Dar.

Ich gehe zum Imbiss und lasse mir den Beutel geben, den ich dort hinterlegt habe, dann stapfen wir die Straße hinunter, schwerfällig und stumm geworden, und alles, was mir einfällt, ist dieses Lied: *Ich nehm deine Katze und schüttel sie aus/bis alles herausfällt/was sie jemals aus meiner Hand fraß,* zaghaft singt Jonas schließlich mit: *Sag nicht, dass das gar nicht nötig wär/denn schmerzhaft wird es erst hinterher/wenn wieder hochkommt, was früher mal war,* unsere Stimmen sind dünn und luftig, *dann lieber so rein und dumm sein wie weißes Papier,* und gerade, als es möglich wäre, noch einmal zu weinen, packt Anja Jonas am Unterarm und lacht und sagt: Mein Tiger, wir sind da, hast du den Schlüssel.

Wir könnten auch ein Spiel spielen, sagt Anja. Als Jonas den Aschenbecher ausleeren will, halte ich ihn an der Hand zurück, ich will mir dabei zusehen, wie ich zu viel rauche. Anja ist schön und hat sich ein buntes Kleid angezogen, sie schiebt die Betten zusammen, und dann spielen wir wieder

Geschlechterkampf, weil Anja dieses Spiel so liebt. Auf der ersten Karte steht: *Männer denken: Die meisten Frauen wissen, wie sie einen Mann für sich gewinnen können, die wenigsten wissen allerdings, wie sie ihn halten können.* Das stimmt, sage ich. Falsch, sagt Anja entschieden, auf keinen Fall. Jonas lächelt schwach und dreht sich zu mir: Du hast Recht. Dreiundsechzig Prozent. Ich nehme eine Karte und schaue an Jonas vorbei, weil sein Gesicht hell ist und blendet, ich lese: *Frauen denken: Frauen messen dem, was Männer sagen, zu viel Bedeutung bei.* Jonas nickt. Einundsiebzig Prozent, sage ich, richtig. Jonas nimmt noch eine Karte vom Stapel und liest: *Männer denken: Für eine befriedigende Beziehung muss man jedes Opfer bringen.* Anja sucht Jonas' Augen und nickt fest. Ich schüttele ein Lachen vor mich hin. Nein, sage ich. Du hast Recht, sagt Jonas und räuspert sich, nur dreiunddreißig Prozent. Ich sehe Jonas ganz schamlos an und weiß, dass Anja seinem Antwortblick folgt, der ein kleines Verbrechen ist, der etwas bedeuten könnte wie: Ich kann dir nicht erklären, wie es so gekommen ist, ich habe es vergessen. Scheißspiel, sagt Anja, und sie versucht, das Gekränkte in ihrem Ton wegzuräuspern. Wenn jetzt alles einmal ausgesprochen würde, könnte alles noch einmal beginnen, ich bin sicher, dann wären die Worte unbelegt und unvoreingenommen, wir könnten noch einmal so eindeutig und nüchtern reden, so unverbissen und einfach wie am Anfang, ohne das Hintergründige darin, das Verletzende und Zurückgehaltene, und ohne dass sich irgendetwas entscheiden müsste.

Anja raucht eine Zigarette, und ihre Gesichtszüge sind verzerrt. Jeder Winter macht mich so zäh und tragisch und schwermütig wie eine Russin, ich muss an Filme denken von Sergej Eisenstein und an die gefährliche Stille zwischen wenigen klumpigen Sätzen. Ich öffne drei Flaschen Budvar, hebe meine und sage sehr laut: Auf euch, da guckt Jonas aus dem Fenster und Anja auf ihre Flasche, Budweiser, sagt sie, hab ich noch nie gemocht.

Ich packe mein kleines, schwarzes Kofferradio aus, stelle es aufs Fensterbrett und schalte es ein: tschechische Gitarren und tschechisches Geschrei, und zwischen den Liedern ein Moment und ein Gedanke an Prag, die goldgraue Stadt, aber wir sind in Boží Dar, und Boží Dar ist klein und weiß und fremd. Anja trinkt in hastigen Schlucken, sie wischt sich mit zwei Fingern über den Mund und manchmal hüstelt sie leise. Das Kichern ist schon bald nicht mehr aus ihr herauszubekommen, es klebt am Gaumen und stolpert über die Lippen, kleine Lachpioniere. Ich öffne die nächsten Flaschen. Das Ausgeliefertsein hat im letzten Winter noch einen anderen Geschmack gehabt, es hat woanders stattgefunden, wo im letzten Winter die Lust gekitzelt hat, platzen jetzt Häute auf.

Anja ist die Erste, die euphorisch wird. Sie kreischt und dreht eine leere Flasche und will eine Aufgabe, als der Hals auf ihre Schenkel zeigt. Jonas sagt: erste Erinnerung an Ekel. Anja beginnt sich an ihrem Körper zu kratzen. Ich rauche und will mitschreiben, damit ich mich morgen daran erinnern kann, worüber ich gelacht habe. Anjas Augen sind fiebrig und abwesend, sie sagt: Es gab in unserer Schule ein altes Biozimmer, das keins mehr war, da wurden wir als Reliklasse immer reingeschickt, eine Handvoll verstörter Kinder. Es stank nach Krankheit, muffig und warm und träge, und in den Zimmerecken standen Terrarien mit irgendwelchen Viechern. Direkt hinter unserem Lehrer waren Eidechsen, und jedes Mal, wenn der zu reden anfing, über Luther oder Hiob oder was, waren die am Ficken. Die fickten einfach, die Eidechsen, die ganze Stunde lang, und machten Geräusche, und jedes Mal habe ich die Oberschenkel zusammengepresst und gedacht: Irgendwann sehen die mir an, dass ich feucht bin.

Anja lässt sich von mir eine Zigarette geben und schubst die Flasche an. Sie sieht verloren aus und wie eine Siegerin, und die Stille im Zimmer hat nichts damit zu tun, dass wir den Gitarrenlärm überhören, oder den tschechischen Sprecher, der *padni co padni* sagt, *um jeden Preis,* und mich damit, obwohl ich nicht weiß, worum es geht, erschaudern lässt. Anja lacht und zeigt auf Jonas, der auf die Flasche starrt. Dein schönstes Erlebnis, sagt sie. Der letzte Winter, sagt Jonas und lächelt.

Anja ist aus dem Zimmer gegangen. Jonas hat eine seiner Locken im Mund und wippt auf der Bettkante. Das Radio spielt, und friedlich fällt ein bisschen Putz neben dem Waschbecken auf den Boden. Was ist, sage ich. Jonas steht auf und trinkt aus dem fauchenden Wasserhahn. Schatten wachsen in die Wände und springen, und ich sage: Was ist. Jonas legt sich aufs Bett und nimmt seine Knie zwischen die Arme, wie es Menschen tun, die niemals aufhören zu frieren.

Unten im Gesellschaftszimmer sitzen zwei Tschechen und freuen sich. Sie machen Handzeichen und nicken, und ich gehe nach draußen. Vor der Tür steht Anja und hat blaue Lippen und rote Unterarme, sie hat wieder ihr verzerrtes Gesicht, und als ich sage: Was ist, fängt sie an zu lachen und will nicht mehr aufhören.

Die Zigarette in Anjas Mundwinkel zittert, und der Mond erbricht sich über einem Hügel. Etwas beginnt zu kreisen, das Licht aus den Kneipen schwemmt über die schmalen Gassen, die wie Kerbtäler sind, das Feixen zieht gedämpft wie hinter Schaumstoff die Straßen hinunter, kollert und versinkt, was machen wir heute Abend, denke ich, *Kam pujdeme dneska vecer,* diese blöde Sprachsendung und alles andere, was vor Boží Dar lag, vor diesem Einbruch. Anjas Filter macht den Schnee gelb, und Anja atmet weiße Luft aus, sie sieht bitter aus und schön wie eine Wachsfigur, und ich gehe hinter ihr her und habe das Gefühl, schleichen zu müssen.

Die Tschechen im Gemeinschaftsraum gucken *Das Krankenhaus am Rande der Stadt* und haben ihre Füße in Schüsseln gestellt. Was ist, sagt Anja jetzt, als ich stehen bleibe, und ich sage: Ich habe eine *depka.* Was, sagt Anja und schiebt ihre Finger ins schwarze Haar. Mir geht's nicht so gut, sage ich.

Wie Vorwürfe sitzen wir da: steif und unverrückbar und hart, Anja kämmt ihr Haar, Jonas sitzt oder liegt auf dem Bett und hat sein Gesicht ins Kissen getaucht, ich hocke auf dem Boden, rauche und trinke Slivowitz. Anja sieht aus wie eine Zigeunerin in ihrem bunten Kleid, sie schiebt erst ihre nackten Füße und dann sich zu Jonas unter die Decke, und ich muss wegschauen. Ich muss Anja nur ansehen, um zu wissen, dass das ihre letzte Möglichkeit war, ihn, Jonas, ganz für sich zu beanspruchen, etwas wie Verrat hat sich zwischen uns geschoben, ich bin mir nicht sicher, woher das gekommen ist und wann. Ich stehe am Fenster, und ein paar Tschechen blicken hinauf und winken. Anja hat Jonas in ihren Körper eingeschlossen, Jonas' Blick ist wütend und resigniert, und das Bett ist ein verriegeltes Zimmer. Ich gehe runter, sage ich und schließe die Tür.

Die Tschechen nicken mir freundlich zu und zeigen auf meine Flasche und auf den Fernseher und auf den Tisch mit staubigen, trockenen Salzstangen. Sie reiben ihre roten Füße ab und ziehen Socken an und sehen nicht aus, als würden sie irgendetwas erwarten. Im Fernsehen schreit eine Frau einen Mann an und ein Mann geht aus einem Zimmer in ein anderes, wo eine andere Frau ist. Der Gemeinschaftsraum kommt mir wie ein Versteck vor. Ich gebe den Tschechen vom Slivowitz ab und esse Salzstangen, ich versenke mich in die krisseligen Farben des Fernsehers und fühle den Teppich durch die Strümpfe. Manchmal fällt es mir nicht schwer, mich wohl zu fühlen.

Ich bin warm und müde geworden, steige die Treppe nach oben und summe und lache manchmal kurz auf, ich fühle mich wie Felljacke, wie Rummelplatz und wie Umarmung, erst das Zimmer in seiner beängstigenden Endgültigkeit macht mich wieder ernst. Jonas hat das Gesicht zum Fenster gedreht, der Mond liegt darin und ruht sich aus, Anja bedeckt Jonas und ist noch schöner im Schlaf, ihre kindliche Entschiedenheit ist etwas, das ich ihr jetzt nicht übel nehmen kann. Ich lehne mich an die Wand und stoße ein paar Mal mit dem Hinterkopf dagegen. Bist du denn gar nicht müde, sagt Jonas, und ich löse mich von der Wand. Warum schläfst du nicht, sage ich. Du siehst noch genauso aus wie im letzten Jahr, sagt Jonas. Nein, sage ich, ich habe mich verändert, aber du hast dich noch mehr verändert, das ist der Unterschied. Das gedämpfte Ächzen des Bettes, als Jonas sich von Anja abschält und die weißen Füße auf den Teppich stellt. Ich habe mich nicht verändert, die Umstände haben sich verändert, sagt Jonas, du sollst wissen, dass ich es genauso wenig ertrage, wenn sie mir Tiernamen gibt. Er steht auf, und ich muss seiner Nacktheit ausweichen, ich bin sie nicht mehr gewöhnt. Vor einem Jahr war ich noch ziemlich sicher, was wir voneinander wollen, und ich dachte, das funktioniert auch, weil wir erhaben sind oder so, sage ich und öffne das

Fenster. Die Luft draußen ist noch kälter als die im Zimmer, ich zucke zusammen. Anjas Gesicht liegt schutzlos und starr da, es sieht aus, als könne sie jedes Geräusch unmerklich in sich aufsaugen, im Schlaf ist Anja noch entschiedener und ausgelassener als sonst, weil sie es sich einfach gemacht hat. Die Dinge, die den letzten Winter ausgefüllt haben, stehen im Raum, das Unbegreifliche, und mein Kopf ist ein Karton voll verwackelter Fotografien, oder ein Zimmer, in dem sich Wörter zusammenfügen. In meinem Kopf wächst eine Geschichte, von der ich nur die Mitte kenne: *Wenn wir morgens die Zapfen aus unseren Augenwinkeln brechen und uns wie aus Kokons aus den Decken schälen, kommt es vor, dass hinter dem Fenster auf der anderen Seite jemand dasselbe tut. Dann stehen wir verwischt hinter klimpernden Gardinen und heben ein Körperteil, damit der andere antworten kann. Auf dem Tisch steht die Milch und wartet darauf, sich zu häuten, und den ersten Schnee gibt es nur in der Wettervorhersage. Es kommt vor, dass ich mich noch einmal umdrehe, es kommt vor, dass der andere am Fenster dasselbe tut. Wir verharren und halten die Verlegenheit hinter dem Stoff ganz fest. Dann denke ich, es gäbe vielleicht Momente, in denen wir dasselbe denken, am Morgen, das wäre ein Anfang.*

Jonas' Flüstern hört sich an, als solle es gefährlich klingen. Ich habe niemals einen Unterschied zwischen euch gemacht, sagt Jonas, ich lehne mich aus dem Fenster und lache. Als Jonas seine Hand zwischen meine Schenkel schiebt, bin ich nicht einmal mehr überrascht. Ich denke wieder an das Lied von *Element of Crime, Weißes Papier,* und daran, dass mein Kopf träge ist und längst davon ausgeht, dass alles vorbei ist und dass Anja besser lieben kann als ich: unbedingter und unbeirrbarer. Und noch etwas weiß ich, vielleicht das Wichtigste von allem: Ich höre auf, Jonas zu begehren.

Jonas schiebt von hinten ein Knie zwischen meine Beine. Er beißt mir in den Hals und fährt mit einer Hand in mein krauses Haar. Anja schläft, aber sie ist anwesend, mit ihrer ganzen verschwenderischen Schönheit und ihrer kleinen, zielgerichteten Liebe. Sie ist da als Gedanke und als Warnung und vielleicht als Geruch, und ich sage: Lass das, und zünde mir eine Zigarette an. Ich ziehe die letzte Flasche aus dem Beutel und proste Jonas zu. Vor dem Fenster gleiten ein paar undeutliche Menschen über den verharschten Schnee, sie schlittern gebückt vom Nachtski nach Hause, die Kälte ist bitter und lautlos und fühlt sich an wie Splitter im Hals, sie bläht sich bis in die Zimmerwinkel.

Es sieht aus, als würde Anja die Nacht einatmen. Auch Jonas guckt Anja an. Ich trinke einen Schluck Kräuterschnaps und würde mich jetzt gern übergeben. Jonas kommt auf mich zu und schiebt noch einmal sein Knie zwischen meine Schenkel, diesmal stemmt er einen Arm rechts und einen links von mir gegen die Wand, sodass ich ihm nicht ausweichen kann. Bei dem Gedanken, ihn zu küssen, passiert in meinem Körper nichts. Ich schmecke nur den eigenen bitteren Speichel. Lass, sage ich, du musst auch an Anja denken.

Jonas weicht zurück und macht eine unbestimmte Geste des Bedauerns. Als ich mich an der Wand herunterlasse, habe ich eine Gänsehaut auf der Zunge und dieses Kontrahieren im Magen wie nach dem Erbrechen, ich würde jetzt gern weit entfernt von Jonas liegen und seinen Blick in der Mitte des Zwischenraumes fangen und zerreißen, ich wäre jetzt gern weit von allem entfernt. Jonas schnaubt und wirft sich auf der anderen Zimmerseite an die Wand wie in einen weichen, schwarzen Vorhang.

Ich stehe auf und schwanke kurz. Jonas hat sich in Anjas Arme eingepasst wie in einen Rahmen, als hätte es diese lächerliche Verirrung nicht gegeben. Ihre weichen Gesichter. Ich nehme den Schlüssel aus Jonas' Hosentasche und drehe mich mit dem Koffer durch die Tür in den Gang und die Treppe hinunter. Ich gehe schnell und leise, stelle mich vor der Tür in den Neuschnee und gucke der weißen Luft beim Toben zu. Meine Wut ist wie das Geräusch eines startenden Flugzeuges.

Die Heizung im Auto und dann Cassandra Wilson als Heizung im Bauch, *Travelling Miles,* und einen kurzen Moment lang bin ich entschieden.

An der Grenze nicken die Beamten lahm, das eigene Land ist dumpf und kalt, wahrscheinlich habe ich mir etwas erhofft vom Überqueren der Grenze, etwas wie Vertrautheit vielleicht oder Reue.

Der Himmel zerstäubt über weiten Straßen, er gibt ein leichtes, rhythmisches Gewitter frei, eine Laune. Die Autobahnraststätten sind ruhig und dreckig. *A little warm death won't hurt you none,* und das Bild von Jonas und Anja, widerwillig verwachsen. Ich verschlinge zwei Packungen chinesische Instantnudeln und darf kotzen.

Die Nacht schließt sich um die Stadt, der Horizont ist Saum und dahinter das Erwachen. Das erste Blinzeln der Straßenlaternen bricht sich in der Frontscheibe. Ich rauche sehr langsam eine Zigarette und sehe meine knittrigen Finger an, ich lasse mir warme Luft um die Fesseln blasen. Ich fahre einen Fluss entlang über das Gesicht der Stadt. Das Gaffen der leeren Fenster überall, und ich denke, dass sie hässlich ist, meine Stadt. Da ist das Kopfsteinpflaster und das halb fertige Künstlerhaus und die weiße Kirche und die kleine Allee, da ist das Eckhaus mit dem Efeu, der Zaun, an dem sonst immer der Mann steht, und das Café, in dem sie Ella Fitzgerald spielen, da sind die Altglascontainer und die Schmierereien und der abgebrannte Kindergarten und die Asiatenläden, da ist der Platz, auf dem die alten Tannenbäume verrotten ohne Weihnachtsstern, und da ist das Haus, in dem ich Jonas am Ende des letzten Winters geliebt habe, und ich will aussteigen und flüstern.

WENN DIE FLUGZEUGE KOMMEN, MÜSSEN WIR WINKEN

intro/outro

Als ich zu mir komme, habe ich das Gefühl, mich aus mir herauszuschälen. Ich fühle mich klebrig von innen. Es riecht verbrannt, und meine Schläfe pocht. Ich bin ausgelaufen, und da, wo mein Kopf war, ist nur ein schweres Tocken. Ich rolle mich nach links und presse mich gegen die Tür, bis sie aufspringt und ich auf die Wiese falle. Unter mir wächst das Gras in meinen Rücken, über mir taumeln kubistische Baumkronen. Es ist dunkel, von allen Seiten kommt Wind. Oriana, sage ich. Ein Qualmpilz und eine Geräuschlosigkeit, die so groß ist wie ein Stillstand. Ich strecke die Arme zu beiden Seiten aus und wische meine Hände im Gras ab. Von irgendwoher muss das Blut kommen.

Ich stehe auf und falle hin und stehe noch einmal auf, um durch den Graben zur Straße zu laufen. Die Straße schießt wie ein Filzstiftstrich ins Dunkel, und gegenüber, wo keine Bäume stehen, rollt sich ein helles Feld in die Ferne. Ich sage ein paar Dinge vor mich hin, um sicherzugehen, dass ich noch sprechen kann. Das Gehen fühlt sich an wie Wasserwaten. Der Weg zurück zum Auto. Ich lehne mich gegen die Seitentür und schließe kurz die Augen. Ich taste mich am Dach entlang zur Frontscheibe. Oriana, sage ich, und meine Stimme ist nur Luft. Da sind Orianas goldene Haare und das, was ihr Gesicht war. Die Scheibe ist zersprungen. Das Radio spielt noch. Curtis Mayfield: *We've only just begun to live/white lace and promises.* Ich lasse mich an der Motorhaube hinuntergleiten und bleibe im Gras liegen. Über mir reißt ein Flugzeug den Himmel auf, es blinkt und fliegt nach Westen. *And when the evening comes we smile/so much of life ahead.* Ich ziehe die Zigarettenschachtel aus meiner Hosentasche, sie ist leer.

rewind

Seba, sagt Oriana, es nervt mich, wenn du immer keine Meinung hast, einfach zu gar nichts. Aber das ist so, sage ich, wenn man schreibt, man bewegt sich dann immer in diesen Zwischenwelten. Du musst bereit sein, jede erdenkliche Meinung anzunehmen, sie wenigstens im Ansatz zu durchdringen. Jaja, sagt Oriana, du hast Angst, dich festzulegen, das ist alles, du willst immer in Bewegung bleiben.

Seit zwei Wochen schwitzen Oriana und ich unseren Winter aus. Vada ist klein und touristenverseucht. Wir wohnen in einem hölzernen Bungalow und essen jeden Abend Gnocchi. Oriana sitzt jetzt auf unserem Balkon und trinkt Gordon's, Oriana wird schnell betrunken. Sie sieht aus wie eine marmorne Statue, wie sie da sitzt in ihrer weißen, empfindlichen Haut, mit ihrem lieblichen Puppengesicht und den zartgliedrigen Fingern. Seba, sagt Oriana, und sie genießt es, meinen Namen auszusprechen, die beste Gabe einer Frau ist, einen Mann abhängig zu machen. Nein, sage ich, noch viel schöner ist es, verschwenderisch zu lieben, zu verschlingen und verschlungen zu werden.

Orianas Dummheit kleidet sie wie Brokat, Orianas Dummheit ist so vollkommen, weil Oriana nichts von ihr weiß und darum so glücklich ist. Oriana ist wie ein blendendes, verziertes Gefäß ohne Boden. Durch Oriana gehen die Dinge hindurch, ohne Spuren zu hinterlassen. Oriana lernt nicht. Sie bleibt ein Raum, an dessen Wänden die Dinge abperlen. Oriana ist auf eine unbewusste, unschuldige Art klug, indem sie sich ihrer Umwelt gefügig und selbstverständlich anpasst und einfügt. Oriana, sage ich, ich liebe dich, und Oriana verfällt wieder in ihr gläsernes Kichern. Ich weiß, sagt sie. Ich gieße Oriana noch einen Drink ein, Gin mit ein wenig italienischem Leitungswasser.

Hier geschieht nichts. Hier sind die Dinge geschehen und hinterlassen nur ihre schleimigen Spuren. Das ist der Zeltplatz: laut debattierende Schwaben, flanierende italienische Pappagalli, die Hitze, die uns am Morgen wie heißer Teer überschwemmt. Jugendliche Körper, die sich am Strand verknoten und verschachteln. Von der Sonne in Brand gesetzte Gesichter. Afrikaner, die ihre immergleiche Litanei über die Rücken der Touristen brüllen. Oriana mit ihrem langen, rotblonden Haar und der königlichen Blässe und wie sie geht, wie sie immer die Zehenspitzen aufsetzt und dann unheimlich behutsam den Fuß bis zum Ballen abrollt.

Ich war Oriana nie näher als jetzt.

Ich singe ihr Chansons vor, um sie bei Laune zu halten. Komm, sage ich, gehen wir ein bisschen am Strand entlang. Oriana zieht sich ein helles Kleid an, darunter ist sie nackt. Ich habe ihr einen Sonnenhut gekauft, damit sie sich das Gesicht nicht verbrennt.

Wir bohren unsere Füße in den lauwarmen Sand. Oriana geht immer ein kleines Stück voraus mit ihrem Federschritt.

Ich gehe auf der Grenze zwischen dem trockenen und dem nassen Sand und zerknacke Muscheln mit den Fersen. Die Dunkelheit ist leicht wie Rauch, der nach oben steigt. Hinter einem Dünenvorsprung stehen die Afrikaner, die tagsüber Uhren, Handtücher und Badehosen verkaufen, und rennen ins Wasser oder trocknen sich ab. Ihre Augen glänzen wie polierte Murmeln.

Oriana und ich gehen dicht nebeneinander her, wir haben uns nichts zu sagen, Orianas Tage sind meine Tage und meine Orianas. Da, wo der Strand aufhört, stehen ein paar Fischerhütten. Es stinkt. Ein Mann sitzt draußen auf einer Bank und raucht, und ich kann mir nicht vorstellen, dass er heute auch nur einen Fisch losgeworden ist. Wir laufen direkt in den Fliegenschwarm. Auf dem kleinen Markt wird billiger Schmuck verkauft. Alle sind in Paaren unterwegs. Kleine Kinder verschlucken riesige Eiskugeln. Man erkennt die anderen Deutschen an der Unfähigkeit, tatsächlich gelassen zu sein. An einem Süßwarenstand kaufen Oriana und ich uns Lakritz- und Zuckerstangen. Wir setzen uns auf den Rand einer dieser steinernen Blumenkästen und sehen zu, wie zwei Männer mit Stöcken auf ein Gebüsch einschlagen. Nach einer Weile fällt eine Schlange aus dem Geäst, eine Viper. Die Männer dreschen auf die Schlange ein, bis sie tot ist. Orianas Blick liegt noch wie ein Segensspruch über der Viper, als ich sage: Komm, lass uns gehen, und sie mit mir ziehe.

Die *Costa del Sole* ist ein Schuppen, der mich an den Film *Betty* erinnert. Draußen hängt ein Fernseher: Es laufen ununterbrochen italienische Verkaufsshows mit billigen Gags und noch billigerer Musik, mit vielen Frauen, die grinsen und ihre Beine herumschleudern wie in Schlagerparaden. Alte Männer stützen ihre behaarten Ellbogen auf die Tischplatte und trinken

Bier, wir bleiben beim Gin. Oriana hat einen unbehelligten, begeisterten Blick für alles, und einen unverständigen dazu. Als sie sich wieder mir zuwendet, sagt sie: Ich weiß jetzt, warum ich am Anfang nicht mit dir klargekommen bin. Ich bin nämlich eine Waage und darum bin ich so harmoniebedürftig. Und überall wo du bist, ist alles so ungeklärt und schwierig, weil du es auch selbst gar nicht anders willst. Ich lächele. Du bist also vor mir weggelaufen, sage ich, richtig. Ja, sagt Oriana, aber du hast mir auch gefehlt, weil du so anders bist. Ich lege meine Hand auf Orianas Wange. Das hast du schön gesagt, sage ich und verstecke mein Gesicht hinter dem Ginglas. Je später es wird, desto näher rutschen wir aufeinander zu.

Auf dem Rückweg schreibe ich »Du bist meine Sonne« in den Sand. Oriana lacht und hüpft über die großen Steine. Wir kommen an einer Bar vorbei, vor der Mädchen in Bikinis tanzen und sich glatt gegelten Italienern an die Brust werfen. Ich will Oriana bei der Hand nehmen, da entreißt sie mir ihren Arm und sagt: Ich kann selber auf mich aufpassen. Sie funkelt und streicht ihr Haar zurück und sagt: Ich komme dann später nach, ja.

Ich sitze auf dem Balkon und trinke gegen die Müdigkeit an. Ich schiebe den Aschenbecher auf meinem Oberschenkel hin und her. Über dem Warten werde ich krank. Im Bungalow versuche ich zu masturbieren und mir Oriana dabei vorzustellen. Ich erschrecke und spucke mich im Spiegel an. Jedes Geräusch vor dem Fenster ist Oriana.

Als Oriana in den verrauchten Bungalow geschlichen kommt, kriecht die Sonne aus der warmen Erde. Orianas Kleid ist dreckig. Oriana legt ihr Gesicht in meinen Schoß. Ich schiebe meine Hand in ihr funkelndes Haar und sehe ihren Rücken beben.

Später wasche ich Oriana die verlaufene Schminke von den Augen und trage sie zum Bett. Oriana rollt sich an meinem Bauch zusammen und wimmert in meine Handfläche.

Am nächsten Morgen laufen wir einen Bogen in die Stadt. Auf dem Markt werden Mussolini-Poster neben Bildern von Britney Spears und David Beckham verkauft. Ein Farbiger bietet herumrobbende, schießende Plastiksoldaten an. Orianas Blick fliegt über die ausgebreiteten Tücher mit Strandhüten und gefälschten Prada-Taschen. Ich bleibe vor einem alten Mann mit Baskenmütze stehen, der auf einem Klappstuhl sitzt und uns freundlich zunickt. Liebes, sage ich, lass dich malen, mir zuliebe, dann habe ich ein Bild von dir. Oriana kichert und legt den Kopf schief. Dann setzt sie sich doch und dreht ihr Gesicht in die Sonne. Ich weiß nicht, ob ihr Zwinkern für mich ist. Oriana ist noch viel schöner jetzt, mit ihrem wässrigen Kranz aus Sonnenlicht. Ich verstehe niemanden, der seinen Blick nicht an sie verliert.

Wir fahren am selben Abend nach Rom. Im Auto schläft Oriana ein. Ihr Kopf knickt auf die Brust und pendelt zwischen der Scheibe und meiner Schulter. Wir fliegen auf einen lachsroten Himmel zu. Ab und an öffnet Oriana die Lippen und plappert etwas Unverständliches; einmal höre ich sie wispern: Wenn die Flugzeuge kommen, müssen wir winken, dann ist sie wieder still. An den Rändern frisst sich schwarze Tinte in den Himmel; wir fahren an einem riesigen Friedhof vorbei, der in einen Hang eingelassen ist, zwischen Ginster und Ölbäumen leuchten prächtige Grabsteine in der fiebrigen Abendsonne.

Es geht nicht weiter. Vor uns schlängelt sich eine endlose Autokette bis über den nächsten Berg. Ich trinke Red Bull gegen die Müdigkeit, die wie eine Decke ist, und höre Giardini di Mirò: *From endless waits for strawberries to the great beyond of our tragedies* und *No one could give us wind.* Wenn Oriana schläft, ist sie ausdruckslos, ist ihr Gesicht nicht so bestechend und streng, ein bisschen sieht sie dann aus wie eine Madonna von Filippo Lippi. Inzwischen kreisen Helikopter über den stehenden Autos. Ich verstehe kein Italienisch und steige aus dem Wagen. Es ist nichts zu sehen. Zwischen den Autos flimmert die heiße, dunstige Luft, Gestalten gehen hin und her und telefonieren, sie gestikulieren und rauchen und machen sogar beim Schreien bella figura. Ich strecke mich in der brennenden Luft, alles klebt. Das Fenster beschlägt von Orianas Atem und bildet einen neuen Kranz um ihren Kopf. Ich rauche, schnipse die Kippe vor meine Füße und trete sie aus.

Wieder im Auto, schiebe ich eine Kassette ins Deck, Paolo Cattaneo, *Non provo odio,* ich verstehe nichts. Unsere Frontscheibe ist schwarz von Insekten. Unter Orianas Kinn sammelt sich Schweiß. Ich ziehe mich bis auf den Bikini aus. Die Helikopter fliegen Spiralen und dröhnen.

Als es endlich weitergeht, zuckt Oriana aus ihrem flachen Schlaf hoch und wischt sich das Haar aus dem Gesicht. Das Knattern der Helikopter ist verschwunden. Als wir nach rechts sehen, stehen am Rand qualmende Wagen, auf dem Boden noch Umrisse von Liegenden in getrocknetem Blut. Sind die tot, sagt Oriana, ihre Lider zittern. Ich zucke mit den Schultern und rolle langsam an der Unfallstelle vorbei, die von Carabinieri in schicken blauen Uniformen abgesperrt wird.

Ich fahre das Auto in ein Parkhaus, und wir steigen in die kreischende Metro in Richtung Trastevere. Ein Mann spielt wild Akkordeon, ein kleiner Junge tanzt dazu und schlägt sich dabei rhythmisch auf Schenkel, Bauch und Kopf. Er trägt eine Mütze mit einem Propeller darauf. Orianas Augen wachsen, sie drängt ihren Arm gegen meinen. Wir steigen aus und laufen zum Monte Testaccio. Oriana zupft an ihrem Kleid herum. Sie ist aufgedreht und hat dabei immer diesen quängelnden, beleidigten Ton. Sie sagt: Komm, lass uns was Verrücktes machen.

Was denn.

Na weiß nicht. Wenn einer mit einem Dolce&Gabbana-Pullover vorbeikommt, heben wir die Röcke.

Nee.

Du bist so unspontan.

Was.

War nicht so gemeint.

Wir stehen vor dem *Akab*, einer umgebauten Industriehalle. Oriana reißt mich mit sich, sie wirft ihr Haar zurück und stürzt sich in die Gruppen wippender Italiener, die von der Sonnenbrille bis zu den Schuhen in Versace, Cavalli, Armani und Pal Zileri gehüllt sind und deren gestylte Frisuren im Licht glänzen. Es sind dieselben, die jeden Nachmittag an den Stränden nicht weit von Rom herumlümmeln, Energydrinks schlürfen und ihre Sonnenbrillen auf der Stirn tragen. In ihren Neoprenanzügen auf den Wakeboards stemmen sie sich gegen den Wind und lassen sich die braunen Gesichter aufreißen.

Die pulsierende Musik fährt mir durch die Fußsohlen in den Körper. Gelb und rot leuchtende Gesichter blonder Frauen, bunte Drinks und das stoische Hämmern der Base Drum, Oriana packt mich und verschwindet selbst in der Schlange vor der Kasse. Italiener sind niemals allein unterwegs.

Ein Himmel voller Zirruswolken. Es wird schon hell, als ich Oriana zu einem Taxi schleppe. Orianas Gesicht knickt über meinen Arm nach hinten, sie riecht nach Erbrochenem, und ihr Atem rauscht schwer. Als ich sie auf den Sitz hieve und ihr die verklebten Haare von den Wangen zupfe, öffnet sie mühsam die Augen, bevor sie wieder zur Seite und in meinen Schoß klappt. Fahren Sie schon, sage ich, als der Fahrer uns verstört mustert, Krankenhaus, sage ich, Ambulanz, my friend needs some help, you know, da fährt er zögernd an, ohne im Rückspiegel mit den Augen von uns zu lassen. Faster, sage ich und drücke ihm einen Schein in die Hand. Aus Orianas Mundwinkeln läuft Speichel, ihre fiebrige Stirn ist feucht, einmal sagt sie: Paul anrufen, du musst Paul anrufen, aber als ich Schschsch sage und ihre Hand fest drücke, wird sie wieder still. Pazienza, sagt der Fahrer leise und biegt um die Ecke in einen stickigen, süffigen Morgen.

Ich weiß nicht, wie lang ich da sitze, abgeschirmt vom glänzenden, restaurierten Rom, in diesem improvisierten Raum mit den Schläuchen und den Betten. Ich halte Orianas feuchte Hand und sehe, wie die freien Stellen ihres Körpers immer mehr ausbleichen. Ich würde gern wütend sein. Eine Ärztin mit walnussbrauner Haut erklärt mir, Oriana habe ein ungünstiges Gemisch von Alkohol und Drogen zu sich genommen. Die Wunden am Hinterkopf müssen noch beobachtet werden, sagt sie, auch Orianas Schläfe ist aufgeschürft.

In dieser Nacht trinke ich vier Becher betäubenden Automatenkaffee. Ich gewöhne mir den schleppenden Gang an, den jeder hier zu haben scheint. Ein paar Minuten stehe ich draußen und setze mich in der wuchtigen Hitze unter eine Pinie, ich überlege, ob ich mit jemandem telefonieren sollte, aber da ist niemand außer Paul, und Paul jedenfalls werde ich nicht anrufen.

Das Hotel ist pompös, aber nicht barock, es sieht teuer aus mit dem Marmor und dem Stuck. Die Lobby ist überwiegend weiß gehalten, und die Angestellten tragen cremefarbene Anzüge. Rechts und links der großen, silbern gerahmten Spiegel stehen Vasen voller Lilien. Mein Hotelzimmer hat riesige französische Fenster und Terracottaboden. Auf dem Nachttisch steht eine Porzellanlampe, und im Schubfach finde ich eine mehrsprachige Ausgabe der Bibel. Ich ziehe die Tagesdecke von meinem Bett und strecke mich auf dem Laken aus. Ich erinnere mich an die Blicke im Foyer, bevor ich einschlafe.

Ich wache zähneklappernd auf, schalte die Klimaanlage ab und öffne die Fenster. Die Sonne steht schon tiefer, sie färbt sich kirschrot. Ich denke daran, dass irgendetwas aus den Fugen geraten ist, hier oder in Vada, vielleicht auch schon viel früher, vielleicht auch schon, als Oriana Paul und mich gesehen hat, wie wir Bauch an Rücken eingeschlafen waren.

Als ich auf die Uhr schaue, ist es schon nach fünf. Ich klaube die Sachen zusammen und wasche mein farbloses, gegerbtes Gesicht, ehe ich auf den Gang hinausgehe. Vor der Zimmertür stehen weiße Säcke voller Laken und Bettbezüge, in den Nebenzimmern jaulen die Staubsauger der Zimmermädchen. In der Lobby nicken mir ein paar Männer in weißen Flanellanzügen zu und schlagen die *La Repubblica* auf ihren Knien auseinander. Ich lasse mir an der Bar einen Klaren einschenken, dann gebe ich den Schlüssel an der Rezeption ab und zahle, auf die erstaunte Frage, ob ich nicht diese Nacht noch bleiben wolle, sage ich: Wo ist der nächste Taxistand, ich muss ins Krankenhaus.

Oriana sitzt apathisch auf ihrer Bettkante und rollt ihren Kopf hin und her. Ihr Gesicht glänzt fein in der Sonne. Wo warst du, säuselt sie, als ich näher komme. Wir müssen hier raus, sage ich, aber Oriana glotzt mich nur aus irren Augen an und grinst. Alles okay, frage ich, wie fühlst du dich, und Oriana dreht mir ihr blickloses Gesicht zu. Was ist mit deinem Kopf, sage ich, wegen dem Sturz. Oriana lässt sich zur Seite aufs Bett gleiten und bleibt liegen. Ich stelle mich ans Fenster und ziehe die fleckigen Vorhänge über ein Hupkonzert der verbeulten italienischen Wagen. Rede mit mir, sage ich, was ist mit der Wunde, was hat die Ärztin gesagt, wollen sie dich hier behalten. Oriana zuckt mit den Schultern und sagt: Du musst mich hier rausholen.

Es sieht aus wie eine Flucht, wie wir da im Auto sitzen und uns durch das verwinkelte Rom kämpfen. Neben uns rauschen langhaarige Italiener auf Vespas vorbei, ganze Gruppen brauner Jungen auf Motorrollern. Einmal halten wir an einem der fahrbaren Getränkestände, um Oriana ein überteuertes eisgekühltes Wasser zu kaufen. Guck mal, sagt sie und zeigt auf einen Lolli, auf den das Gesicht des Papstes aufgedruckt ist, und wir können wieder lachen.

Wir sind erst am späten Abend in Vada zurück, ein ganzer Tag ist uns verloren gegangen. Ein heftiger Sturm peitscht die Zelte und prasselt gegen die Bungalows. Am Strand ist die Luft hart und gelb vom Sand, die Menschen, die sich gegen den Wind stemmen, um zu ihren Wohnwagen zurückzulaufen, haben eine dünne, brüchige Schicht auf der Haut.

Oriana und ich liegen auf dem Bauch und sehen uns ein Video an, das ich mitgebracht habe, einen Film von Nanni

Moretti. Ich muss an Scarlatti denken und daran, dass ich lange nach einem Film gesucht habe, in dem sie Keith Jarrett spielen. Ich würde Oriana gern sagen, dass es alles in Ordnung ist, wie es gekommen ist, ich will ihr gern sagen, dass ich es liebe, wie sie ihre Gefühle mit sich herumträgt wie eine Korona, ich will ihr sagen, dass ich den Schlüssel immer draußen lasse, wenn ich mich verstecke, ich will ihr sagen, dass sie niemals verzweifeln wird wie ich vielleicht, weil die Dinge für sie alle gleich groß sind und ihr darum nie etwas geschehen wird, egal was sie tut, und ich will ihr sagen, dass sie mich rührt, weil sie mich so gar nicht rühren will.

Später setzen wir uns an den kleinen Tisch und spielen Master Mind, wir schlecken Eiskrem und sind konzentriert. In unserem Zimmer ist der Sturm nur ein leises Zischeln. Ich sehe mich um und muss lachen: Wir haben die gleichen Hüte gekauft, die gleichen Armreifen, Strandtaschen, Badelatschen und Ohrringe; nichts, was eine von uns besaß, hat die andere nicht sofort auch gekauft. In einer Ecke des Zimmers steht eine saubere Reihe der ganzen Spumante- und Frizzante-Flaschen vom Rummel, wir haben beim Schießen, beim Werfen, an der Torwand nie etwas anderes als billigen Sekt gewonnen. Wir sind Achterbahn und Top Spin gefahren, auf einem Filzteppich eine hügelige Rutsche hinuntergeprescht. Als uns das Geld ausging, sind wir mit Armen voller Schaumwein zum Zeltplatz zurückgekehrt.

Ich zünde eine Kerze an und öffne eine der Flaschen, der Schaum läuft mir über das Handgelenk und auf die nackten Knie. Oriana kichert und legt mir ein Geschirrtuch in den Schoß. Wie geht es deinem Kopf, sage ich. Orianas Blick tastet das Spielbrett ab. Ich will morgen noch nicht fahren, sagt sie. Es wird still zwischen uns.

Mir ist heiß, als ich die Koffer ins Auto packe. Wie ein Schatz liegt noch immer die Ruhe über dem Zeltplatz, sogar wir bewegen uns langsam und umsichtig. Als wir im Auto sitzen und uns nicht mehr regen, legt Oriana kurz ihren Kopf auf meine Schulter. Im Radio läuft Aimee Mann, wir summen mit: *Sleep, close your eyes, say goodnight now/he is waiting/sleep, close your eyes, say your prayers now/he is waiting.*

Auf der Autobahn fühle ich mich elektrisiert. Meine Müdigkeit, das ist: ein Brennen im Bauch und die kalte Haut darüber. Vor uns steigt eine Stadt nach der anderen aus der Erde, wie Nebelschwaden. Hinter Orianas Stirn bricht etwas hervor, das seit zwei Wochen da gelagert hat, es macht ihr Gesicht morsch. Auf der Autobahn läuft alles schneller.

Oriana dreht sich zu mir. Was war das mit Paul, sagt sie, du kannst ihn nicht geliebt haben, du würdest niemals etwas für jemanden tun. Ich strecke meinen Rücken durch. Neben uns schießen Horden von Flaumeichen, Pinien, Öl- und Feigenbäumen vorbei, wir passieren einen steilen Weinberg, hinter dem sich eine lange Reihe Zypressen in den kobaltblauen Himmel streckt, eine Schar einsamer Wächter. Du täuschst dich, sage ich, ich habe ihn geliebt, wie er mich geliebt hat, es war das erste Mal, dass es keinen gab, der mehr geliebt hat als der andere. Du denkst vielleicht, ich verachte die Männer, aber mit Paul war das was anderes. Wir haben uns gekannt. Brandrot stülpt sich neben uns die Sonne über die Bergspitze. Rubinrote Schlieren auf Lupinenblau. Oriana fährt schneller. Ihr blondes Haar blendet mich. Ihr Nacken spannt sich an, als sie einen Gang höher schaltet. Und jetzt, sagt Oriana, was ist jetzt. Ich halte eine Hand aus dem Fenster, der Fahrtwind kühlt den Schweiß in meiner Handfläche. Paul kann mich nicht vergessen, sage ich, das ist so, wenn die Vergangenheit über einen hereinbricht, dann ist die Erinnerung manchmal leuchtender und versprechender und anziehender als das, was im Moment passiert. Aber es bedeutet nichts. Es ist zelebrierte Erinnerung. Orianas Gesicht verzieht sich wie eine Wasseroberfläche, auf die ein Stein geworfen wird. Du verstehst überhaupt nichts, sagt Oriana. Paul soll mir ganz gehören, kapierst du das, er darf sich nicht ablenken lassen. Paul ist der Erste, den ich liebe, richtig liebe, meine ich, ernsthaft, nicht nur begehre. Als ich das erste Mal mit ihm geredet habe, war da nichts Sexuelles, verstehst du, ich war von Anfang an vollkommen offen zu ihm, weil ich unverkrampft war, weil ich ihm nicht gefallen musste und weil ich nicht stecken geblieben bin. Er weiß alles. Ich liebe und ich brauche ihn, und er ist meine Zukunft, verstehst du das. Ich ziehe meine Hand zurück und kurbele das Fenster hoch. Orianas vulkanischer Atem und die Linie der Spannung in ihrem Körper. Weißt du, sage ich, wenn Paul und ich uns sehen, gibt es nur diese eine Umgangsform, und dann träumen wir zusammen, nicht weil es einen Anlass dazu gäbe, sondern weil auch alles ganz anders hätte kommen können. Wenn du nicht gewesen wärst, hätte das zwischen Paul und mir ein Anfang sein können: wie wir da in der Kneipe saßen und *Which one of your lovers* hörten und wie Paul mich anstierte, wie er sagte, dass er in mich verliebt sei, wie er mich von der Arbeit abholte, wie wir an den unmöglichsten Orten miteinander schliefen und Poppers schnieften, und wie wir trotzdem wussten und wollten, dass es ernst würde. Wie er mir die schönsten Komplimente machte. Wahrscheinlich hat er dir das auch schon gesagt: »Warum glaubst du nicht an Gott – wer etwas wie dich aus einer Rippe macht, muss großartig sein«. Jetzt gehört das alles dir: seine grobe Klugheit, seine herrlichen Theorien vom Trichterleben, wenn von dem, was wir zu brauchen meinen, am Ende nur die Liebe übrig bleibt. Weißt du, wir hatten denselben Traum von einer Bindung, die so stark sein würde, alles andere auszublenden, sich nicht ablenken zu lassen, die keine Flucht in Vernunft oder Ablenkung zulassen würde. Wir glaubten an Innigkeit, an Hingabe, an Wagners Art zu lieben, an etwas, das uns ein antikes Gefühl gäbe, Wachskerzen und Leiden und völlige Einsamkeit oder absolutes Glück. Und wir wussten, dass das erst noch kommen würde, zwischen uns, später, es war erst ein Gedanke, ein Spiel im Kopf, alles für den anderen zu tun, alles zu investieren. Dann kamst du, und du kamst zur rechten Zeit, du bist gekommen, als alles am verletzlichsten war. Oriana beugt sich weiter nach vorn. Unter ihrem Atem beschlägt die Frontscheibe vor ihr. Die Sonne geht auseinander und wird immer mehr zu einer Linie, die Nacht wird sichtbar. Ich drehe den Radioknopf, damit wir nicht allein sind. *Are you serious?/ Did you think I'd fall in love,* und ein paar Knopfdrücke später *We're not supposed to be lovers/or friends, like they'd have us believe/We're not supposed to know each other/accept my apology.* Nein, sagt Oriana, es ist egal, wann wir uns begegnet sind. Und wäre ich ihm ein Jahr später begegnet: Wir wären zusammengekommen. Du kannst nicht lieben, Seba, du kannst nur geliebt werden. Das ist eine andere Sache, sage ich, ich kann nicht allein sein, aber Paul hat mich erlöst damals, von meinen Spielen. Orianas festgezurrtes Gesicht. Sie beugt sich zu mir und sagt: Bei dem ganzen Zeug, was du machst und erlebst, kann er dir nichts bedeuten, bei dir passiert alles gleichzeitig, aber ich will mich nach ihm ausrichten. Es ist ganz einfach: Wenn ich ihm genüge, darf er dich nicht mehr brauchen, dann geht es um uns, und alles, was zählt, ist unsere gemeinsame Zeit, die Gegenwart und die Zukunft. Die quarkige, schwarze Luft macht ein Geräusch an unseren Scheiben. Wir fahren an einem kleinen, finsteren Wald vorbei, gleiten über die glatte Fahrbahn. Der Staub der letzten Sonne glitzert über dem Horizont. Zeiten überlappen sich, sage ich, und das, was wir hatten, hat nichts zu tun mit dem, was ihr habt. Das, was zwischen uns war, ist vorbei, und es sind dieselben Bilder, die wir jedes Mal heraufbeschwören, es gibt nichts Neues, nichts, was entstehen könnte. Ich habe ihn geliebt, ja, so wie ich ihn jetzt noch liebe, und ich kann es nicht geheim halten, ich trage es im Gesicht. Wenn ich Paul nichts bedeute, dann bin ich wenigstens diejenige, an die er sich erinnert, auch wenn es das Einzige ist, was wir gemeinsam haben. Ich spüre den Ruck, der durch ihren verwundbaren Körper geht, ich will ihr sagen, dass es mir leid tut, dass ich hart zu ihr bin, ich will sie in den Arm nehmen, ich will, dass wir wegbleiben von zu Hause, von Paul, ich will, dass wir aufhören zu sprechen, dass wir anfangen, einander zu gefallen. Als das Graphitgrau einer lehmigen Nacht aus den Sträuchern steigt und die Hänge erklimmt, leuchtet Orianas Gesicht in der Abendsonne, aggressiv und lüstern. Orianas Augen glänzen wie Silberpapier. Ich drücke meinen Hinterkopf fest in die Lehne. Oriana lehnt sich nach vorn. Ihr Rücken ist eine Schanze. Bitte, sage ich, fahr nicht so schnell.

NEBENSACHEN

Wir waren immer sehr traurig, wenn wir miteinander schliefen.

Janus, sagte ich, nimm mich mit zu dir nach Hause, und Janus trank sein letztes Schwarzbier und drehte den Kopf über die Schulter und nickte, dann kam Theo und steckte sich das Geld in die Hosentaschen und fuhr sich durch die grauen Locken. Janus ließ uns ein Taxi kommen und redete während der Fahrt nur mit dem Fahrer. Er berührte mich nicht, bevor wir ausstiegen, das tat er nie, und er sprach mit dem Fahrer über die Studentendemonstrationen in Berlin und über seine Gastauftritte bei Hochzeitsfeiern und Firmenfesten. Vor den Scheiben gefror die Nacht zu einer Bilderkette, die Alleen waren starr und gesichtslos, und die Menschen gingen schnell und nervös in ihren Kapuzenjacken und hatten Ziele.

Ich konnte mir niemals merken, wo Janus wohnte. Wenn das Taxi hielt, gab der Fahrer Janus die Hand und musterte mich dabei ernst und traurig, und ich blinzelte. Wir liefen eine Weile schweigend und verbissen, und irgendwann schob Janus eines der vielen Tore auf, das durch einen Hof in ein renoviertes Jugendstilhaus führte, das blanke Treppen hatte und innen nackt war. Er stieg die Stufen hinauf, schloss seine Wohnungstür auf, dann wartete ich vor der Tür, er rief den Namen seiner Freundin, und als es still blieb, sagte er: Komm, ich mach uns einen Kaffee.

Die Spiegelwand erschreckte mich jedes Mal wieder, ich mied sie, und wir setzten uns in seine Küche, wo ein Kühlschrank summte und über der Spüle alte Werbetafeln aus Blech hingen: Zigaretten und Waschmittel und Bohnenkaffee, grinsende Teufel und großbusige Frauen mit Locken und Lachen. Wir ließen mit den Augen nicht voneinander ab und waren empfänglich für jedes Signal. Seine Küche schmolz zu einer Zeltplane zusammen.

Janus ist sehr weich. Ich habe ihn angesehen und habe gedacht: Janus ist weich. Wir haben nach seinem Auftritt nebeneinander gesessen, und er hat geschwitzt und mit seiner Freundin telefoniert, und dann hat er gesagt: Hast du Papers, und er hat eine Tüte gedreht und dabei gelächelt, und ich habe überlegt, wie er ohne Sachen aussieht. Wir haben unsere Pupillen verwirrt, ich habe seine etwas zu weit auseinander stehenden Augen angesehen, mit denen er überall eindringen kann, ohne aufzufallen. Janus' Unterarm lag neben meinem, und das reichte auch schon, um dieses Gefühl in mir auszulösen, das seitdem immer wiederkam, wenn Janus' Gesicht im Schlaf ganz weit und offen wurde und er unzufrieden schmatzte, wenn ich mich aus seiner Ummantelung schälte, vor der blauen Stunde.

Irgendwann begann Janus sich auszuziehen. Er tat das ohne Scheu und ausdruckslos, es hatte etwas Beruhigendes, Unverwüstliches. Manchmal sah er mich dabei an, nicht gleichgültig, aber mit dieser Müdigkeit, die ich kannte, einer leisen, unbesorgten, vorübergehenden Hingabe. Er stellte in seinem Zimmer das Radio auf Mittelwelle ein und drehte ins Gurgeln, das war unser Fenster nach draußen: das flüsternde Reden aus dem Hintergrund, verrauscht und nicht für uns bestimmt.

Auf dem Weg zu seinem Bett zog ich mich schließlich auch aus. Ich versuchte, das mit der gleichen Bestimmtheit und Unmittelbarkeit zu tun wie Janus, während Janus bedächtig die Asche von seinem Bettlaken wischte. Das Zimmer war wüst und schön, der Boden bedeckt von Unterhosen und einzelnen Socken, und in den Zimmerecken hingen die Gitarren mit Namen an den Wänden, die schattengemustert waren. Durch Glas fiel der Blick nach unten in eine Straße, die zeitlos war und still und in der die leeren Fenster wie offene Münder über dem Boden standen. Nebel flocht sich um die verkeimten Balkone. Janus blies den Zigarettenrauch durch die Nasenlöcher aus und legte eine Hand auf meinen ungeschützten Po. Wir waren blass.

Vielleicht war es nur, dass wir uns einig waren auf eine einfache Art. Wir beschlossen, das meiste für uns zu behalten, uns nicht zu nahe zu kommen, wir beschlossen, Jalousien zu haben und uns die meiste Zeit nicht zu sehen. Wir beschlossen, unsere Oberflächen aneinander zu reiben, und wir beschlossen, dass das reichen und uns ganz ausfüllen würde und jede Wucherung verhindern könnte. Wir trafen uns an Tagen, wo es zu kalt war, um etwas anderes zu tun als zu trinken. Ich trank Wermut, Janus trank Bier, und dann war dieses Gefühl da wie kurz vor dem Einschlafen, das Auseinanderstreben der einzelnen Teile, das Wabern, die Gegenwärtigkeit aller Möglichkeiten. An den Stuhlbeinen kroch Heizungswärme bis an die Knie nach oben, mein Schoß war ungeduldig, das Keifen der Häuser draußen war nur ein weiterer kleiner Sturm, und sonst hatte alles seine Ordnung. Die Selbstverständlichkeit, mit der wir uns gegeneinander lehnten, war die gleiche, mit der Janus sich auszog, wenn ich bei ihm war. Als ich zur Toilette ging, lag auf dem leuchtenden Zigarettenautomaten ein Stapel handflächengroßer Flyer von Janus. Er sah darauf aus wie einer, der jedem Angriff etwas entgegensetzen könnte. Der ist so glatt, sagte meine Freundin.

Zu dieser Zeit ging das Jahr zu Ende, es verlief sich einfach zwischen den Straßenbahnhaltestellen und den Pappschildern mit der Werbung für Jahrmärkte und Tom-Jones-Konzerte. Hendrik sprach mit meinem Anrufbeantworter. Hier ist Hendrik, ich hoffe, du kennst mich noch. Wir haben Weinschorle zusammen getrunken in diesem Undergroundkino, wir haben Chabrol gesehen, einen ganz bunten Achtzigerfilm, und dann hast du deine Nummer in meine Handfläche geschrieben, damit ich sie festhalten kann. Jedenfalls will ich Silvester über der Stadt feiern, im siebenundzwanzigsten Stock, und ich will Silvester mit dir feiern, weil. Also ruf einfach an, wenn du wieder da bist.

Ab und zu begann mein Handy zu zittern und zu rumpeln und stürzte von der Tischplatte ab. Drei Fingerbewegungen weiter wuchsen die Zeilen in meinen Kopf: DENKE ZU VIEL AN DICH. IN MEINEN TAGTRÄUMEN KÜSSE ICH DEINE FÜSSE. DU BIST ZAUBERHAFT UND NIEMALS RICHTIG DA. VERMISST DU MICH DENN GAR NICHT? DAD. SILVIO.

Der Janus nutzt dich nur aus, sagte meine Freundin, der will nichts von dir. Ich konnte ihr nicht erklären, dass es eben das war, was mich so beruhigte. Janus und ich, wir waren zwei, die nichts wollten, und am wenigsten voneinander. Meine Freundin schüttelte fortwährend den Kopf, und irgendwie hatte sie Recht, und es wäre möglich gewesen, mich in eine andere Richtung zu drehen, es wäre möglich gewesen, noch am selben Abend zu Silvio zu ziehen, zu Hendrik, es wäre möglich gewesen, einen von denen, die um mich herumstanden, auch nur mittelmäßig glücklich zu machen durch meine Anwesenheit.

Meine Freundin und ich hielten uns an den Händen und standen an der Kreuzung, wir machten unseren Winterschrei mit zurückgeworfenen Köpfen, unser kleines Ritual, und das Gellen raste die Plattenbauten entlang. Ich war heiser, und meine Freundin sagte: Pass auf dich auf. Dann ging sie, weil sie ihre Bahn nicht verpassen wollte. Meine Freundin war immer einfach irgendwann weg, sie konnte Dinge abbrechen, ohne das einzuleiten.

Ich dachte an Janus' Grübchen, als ich ihn anrief, ich saß auf einem Sofa in einer Kneipe und fühlte mich unwohl dabei, ihn anzurufen, ohne zu wissen, woran das lag. Die Kneipe war weich und groß und hatte rote Vorhänge, alles erinnerte mich an Janus, auch die gepolsterten Lehnen der Stühle, das dunkle Holz der Theke, die Besonnenheit der Kellner, der dezente Swing aus den Boxen wie ein Dauergast, das Hin und Her der Blicke und Gerüche, das mich wattig und geschmeidig machte. Ich hatte Stulpen an den Armen und Beinen, ich war vermummt in einen Mantel, die Zigarettenstummeln im Aschenbecher ließen sich nicht anmerken, dass sie nervös geraucht worden waren. Das Licht war gnädig gefiltert und matt und schützte. Die Menschen in der Kneipe saßen Knie an Knie, sie beugten sich einander entgegen und hatten viele Berührungspunkte. Ich bin im Studio, sagte Janus, kannst vorbeikommen, wenn du willst.

Janus und ich, wir haben uns immer wochenlang nicht gesehen. Wenn wir uns sahen, gab Janus mir Küsse und stopfte meine Hände unter sein T-Shirt, er sagte Dinge, die schön klangen und wie Gänsehaut im Ohr waren, du bist meine Insel, sagte er, oder: Wenn du da bist, kann ich ruhig schlafen. Und später, wenn wir, ohne uns zu berühren, zum Taxi liefen, sagte er Dinge, die traurig klangen und wie kleine Kurzschlüsse waren im Nacken: Warum tu ich ihr das an, oder: Wenn niemand etwas weiß, habe ich manchmal kein Gewissen.

Wenn wir uns wiedersahen, war alles wie vor Wochen, und vor Wochen war es gewesen wie Wochen zuvor, und da schon war es gewesen wie zu Beginn, und in diesen wiederholten Einbrüchen lag alles begründet, was es jemals zwischen uns gab. Wir fingen niemals von vorn an, weil wir uns auf einem Punkt befanden. Wir bewegten uns nicht.

Der Himmel bewegte und verschob sich, und es hagelte und schneite ein bisschen. Janus gab seinen Freunden die Hand und machte Absprachen, ein kleines Säuseln lag immer in seiner Stimme, wie leise singendes Metall. Ein Freund von Janus gab mir ein Bier und legte seine Hand vor mir auf den Tisch. Er hatte ein staubiges Gesicht. Und wie kommst du heute heim, fragte er und guckte an mir vorbei zum Schlagzeug, wo ein anderer Freund von Janus die Felle der Toms und der Snair auswechselte. Ich bring Janus noch nach Hause, sagte ich. Warum machst du das, sagte der Freund. Weil ich ihn gern habe, sagte ich und drehte mich weg.

Im Taxi waren wir noch stiller als sonst, wir krampften uns in den Sitzen zusammen, und ich stieß meine Blicke in die Schaufenster der Warenhäuser. Die Scheibenwischer flitzten und machten mich wahnsinnig. Der Taxifahrer hatte uns im Rückspiegel und auch das Verkrampfen.

Beim Stolpern über die Gehsteigkante dachte ich an Janus' Wasserbildfreundin, von der ich nichts wusste, als dass sie sehr schön war und im Winter meist depressiv, ich dachte an Janus, wie er sich verhielt, wenn er betrunken war, ich dachte an seine weißen Zähne und dass das mit dem Glattsein vielleicht stimmte, an seine Narbe hinterm linken Ohr dachte ich und daran, dass man sich an alles gewöhnt, und ich erinnerte mich an diesen Abend, an dem Janus noch betrunkener als sonst gewesen war, wie er gerufen hatte: Ich will auch ne Muschi, und wie ich nach Hause geirrt war, seltsam verdrossen, und wie ich weinte auf dem Weg zwischen den Springbrunnen und Häuserwänden. Und an das Geflüster erinnerte ich mich, als wir tanzten und mir schlecht war und ich meinen Brechreiz wegtanzte, weil ich an Janus' Schulter lag, und wie wir uns immer wieder zuflüsterten: Monogamie ist eine Menschenerfindung, und wie meine Lippen zitterten, als dieser Satz immer wieder absprang. Und jetzt, als wir die Tür erreichten, wusste ich zwei Dinge. Erstens: Janus und ich, wir haben keine einzige identische Erinnerung. Zweitens: Etwas bewegt sich.

Das Halblicht in seinem Flur und seine Kippelstimme, als er nach seiner Freundin rief. Komm rein, sagte er. Wir tranken einen Rotwein aus Saftgläsern in der dunklen Küche, ich sah nur seine Umrisse und hörte, wie er gleichmäßig atmete. Ich wollte ihm etwas erzählen, das mit mir zu tun hatte, und erzählte ihm von dem türkischen Rosenverkäufer in der Kneipe und davon, wie ich mir immer selbst eine Rose kaufte, aus Mitleid mit ihm und aus Mitleid mit mir und vielleicht auch, um etwas tun zu können, das zwei Minuten ausfüllte, und wie ich so redete, sah ich sein Gesicht in meine Richtung wachsen und die Augen aufspringen und ich dachte: Wie schön das wäre, wenn wir eine gemeinsame Erinnerung hätten, nur eine einzige, vielleicht zwei Hände an der zerkratzten Scheibe einer röhrenden Straßenbahn, eine von innen, eine von außen.

In Janus' Bett hatte sich die Wärme ausgerollt. Große Schatten verschlangen kleine. Wir schliefen miteinander, konzentriert und gewissenhaft, leicht und behutsam, und wir lagen nebeneinander und hatten die Augen auf die Decke gerichtet. Wir rauchten. Janus erzählte mir, dass er nach dem Studium mit seiner Band eine kleine Sommertournee machen wolle, er erzählte mir davon, wie er Texte schrieb und wann, und er erzählte mir niemals etwas von seiner Freundin. Unsere Körper wollten einander noch nicht in Ruhe lassen, und als es draußen noch ein zweites Mal zu regnen begann, schliefen wir wieder miteinander, heftig und traurig und ernsthaft. Ich kratzte Janus die Lende auf und Janus biss meinen Bauch wund, wir schlugen uns mit unseren Körpern und verkrallten uns ineinander. Uns rutschten dabei Sätze über die Lippen, die etwas Endgültiges und Beängstigendes hatten. Wir schwitzten und wehrten uns gegeneinander, und als ich Janus meinen Rücken ins Gesicht drehte, um zu weinen, legte er seine Finger auf meine Wirbelhügel, und wir schliefen ein, als der Hagel sich für einen Rhythmus entschieden hatte.

Ich wachte nach zwei bis drei Stunden auf, wie immer, ich war wund gescheuert und durchsichtig und konnte mich nicht daran erinnern, ob ich noch oder schon wieder leise weinte. Ich dachte an ein portugiesisches Sprichwort, das ich immer sehr dumm gefunden hatte: *O namorar e o amasar, no se ten porque apurar.* Beim Verlieben und beim Teigkneten muss man sich Zeit lassen. Welche Zeit, dachte ich, wo ist unsere und wann, welches Verlieben, dachte ich, meins, seins, unseres, und wann.

Ich war niemals nach Janus aufgewacht. Wenn die Nacht ausfranste, wenn es draußen schmierig wurde und grau, stand ich auf und zog meine Unterwäsche unter Janus' schlafwarmen Beinen hervor, ich zog mich leise an und deckte ihn zu. Ich war niemals ohne ein Zeichen gegangen. Ich hatte Briefe hinterlassen, in seiner Frischwäsche, auf dem Fensterbrett, in der Kaffeetasse, in seiner Faust, ich hatte Türen geöffnet und geschlossen, hatte Blütenblätter oder Würfelzucker oder Bonbons in seinen Briefschlitz gesteckt, ich hatte Tische und Stühle und Regale verrückt, ich hatte Spiegel und Scheiben und Geschirr mit Lippenstift beschrieben.

Ich war Janus niemals bei Tageslicht und nüchtern entgegengetreten.

An diesem Frühmorgen waren die Straßen duster und brüchig, sie waren wie Hornhaut über einer neu gebildeten Hautschicht. Etwas war ein- oder auf- oder durchgebrochen, ich hing schief in meinen Sachen und berührte beim Laufen mit dem Zeigefinger die Wände, bis die Fingerkuppe schwarz war und heiß. Ich hatte Angst und einen Kopf, der klug war und Sätze ausspuckte, die sagten, dass das mein letzter Besuch war bei Janus und überhaupt die letzte Janusnacht und dass alles, was jetzt kommen würde, Bewegung bedeuten müsse und Eskalation, und dass das nicht möglich sei, dass überhaupt nichts möglich sei außer diesen kurzen Nächten, und dass Erinnerungen, wenn sie zu viele werden und sich zwischen den Köpfen hin und her spinnen, alles andere klein werden lassen, dass alles von diesem Zeitpunkt an nur noch im Rahmen dieser Geschichte passieren würde und dass alles, was von diesem Zeitpunkt an passieren würde, an dieser Geschichte gemessen würde, und ich hatte einen Körper, der zurück wollte, dahin, wo jetzt der Zettel zwischen Janus' Gitarrensaiten flatterte, auf dem dieser Liedanfang stand: *Yeah, yeah, you make me come/ yeah, yeah, you make me complete/yeah, yeah, you make me completely miserable.* Einen Körper, der sagte: Es ist so und so zu spät. Eine Haut, die sich duftend anfühlte und sehnsüchtig und infiziert.

Wir haben niemals zu Janus' Musik miteinander geschlafen.

wie es anfängt

Ich habe Henry Miller im Blut. Ich liege auf einer Federkernmatratze zwischen nackten Wänden. Heiko sitzt vor dem Computer und telefoniert nach London. Die andere Stimme ist geometrisch und klar. Heiko sagt »drugged up« und »go for another location«. Ich zünde mir eine Zigarette an und lege einen Arm um die Knie. Draußen bricht der Tag auf wie eine Knospe. Ich stehe auf und beuge mich vor, schüttele mir den Schlaf aus dem Gesicht und wühle mein Haar auf. Heiko streckt die Hand aus und wirft mir sein Lächeln wie eine Schlinge um den Hals, ich beiße ihm in den Nacken und will seinen Rücken küssen, bis keine freie Stelle mehr bleibt.

Gestern die Wärme der Küche, Sven und wie ich mich wieder verliebt habe in seine Locken, in die Bodenlosigkeit seiner Augen. Seine Stimme klang nach Schlaf, und er nahm mich in die Arme wie jemand, der nichts vergisst.

Ich war überschwänglich und verzaubert, ich redete von mir und von dem, was kommen würde, und als ich sah, dass ich Sven noch beeindrucken konnte wie am ersten Abend, erzählte ich von Italien, gesammelte, abgerundete Bilder, ich erzählte von den anderen Städten und den anderen Wunden und wurde trauriger, je länger ich mir zuhörte. Ich klang klug und selbstverliebt und stark, und Sven hörte mich und wusste, er muss mich nicht bewundern, da gibt es genug andere, die das tun, und ich wollte die Wörter in meinen Mund zurückzerren, ich fühlte mich beschwert von der Hartnäckigkeit und Wiederholbarkeit unseres Verhältnisses, gerade so, als hätte ich zu viel Schmuck um den Hals. Ich wollte etwas Einfaches sagen, etwas Richtigeres, da hob Sven den Kopf und sagte: Ich liebe es, dir zuzuhören.

Später kamen Freunde von ihm in weißen Hemden, sie lachten zu viel und kochten Risotto, und das Mädchen, das neben mir saß, sagte: Ein Teil davon bleibt immer im Magen, wie ein Stein. Wir redeten über die Dietrich, über die Monroe und wie sie aussah, als sie in ihrem Bett gefunden wurde, ich hielt einen Vortrag über Valerie Solanas und Warhol, ich war betrunken und fand mich großartig. Ich redete auch von Miller, von seinen substanzlosen, riesenhaften Sprachseifenblasen, der labyrinthisch-pedantischen Auslotung des Raumes zwischen Wesen und Erscheinung eines Menschen, von Millers sporadisch auftauchenden, klar funkelnden Wahrheiten. Svens Freunde schenkten mir immerzu Wein nach, wir brachten uns gegenseitig unsere Dialekte bei und versteckten unsere anschwellenden Gesichter hinter Zigarettenrauch. Wir hörten griechische Musik und unterhielten uns über die sexuelle Anziehungskraft von Buchstaben.

Als Heiko zur Tür hereinkam, als er sich an den Herd stellte, mit den Fingern Risotto aus dem Topf aß, als er sein Shirt auszog und allen die Hand gab und sagte: Ich geh noch ein bisschen rüber arbeiten, wusste ich: Ich würde ihm nicht aus dem Weg gehen können.

Wir sehen richtig durchgevögelt aus, sage ich. Heiko wischt sich den letzten Rasierschaum von den Wangen. Heikos Gesicht ist ein kleines bisschen zu wenig überrascht und ein kleines bisschen zu beherrscht; er wirkt so abgeschlossen. Das Bad ist voller Zeitungsartikel, Buchseiten, Liedtexte, Polaroids. Über der Kommode Rilke: *So lass uns Abschied nehmen wie zwei Sterne/durch jenes Übermaß von Nacht getrennt/das eine Nähe ist, die sich an Ferne erprobt/und an dem Fernsten sich erkennt.* Ich beiße Heiko in die Schulterblätter. Im Spiegel gehören wir zusammen.

Wir setzen uns mit Sven in die Küche, in Unterwäsche, zerrupft und wund gelegen, wir backen eine Pizza zum Frühstück. Eine Lichtwelle schwemmt unsere Küche, wir sind aus Gold. *What's in your mind in your mind in your mind that tells you ...*, und auch Svens Gesicht ist ein kleines bisschen zu wenig überrascht und ein kleines bisschen zu beherrscht, ich weiß nicht, wo ich stehe, ich weiß nur, wo ich gelegen habe, *for me it's love of chase,* darf ich denn jetzt schon wissen wollen, was es ist, *what's in your fuckin' head ...*

Den Tag über laufe ich allein durch diese Stadt. Ich esse und lächele viel und federe beim Gehen. Ich singe die ganze Zeit vor mich hin, *have you ever/have you ever/been all messed up,* ich weiß nichts und löse mich auf. Ich liege auf dem Rücken in einem Park und erinnere mich an vorgestern:

Die Fahrt in die Stadt. Das Treffen vor dem Parkhaus, jeder zehn Euro für die Fahrerin, der kirschrote VW-Bus, Julia und ihr Retro-T-Shirt, Kisten voller Kassetten, Iggy Pop und die Stone Temple Pilots, Bilder von Musikfestivals und verschwommenen, heiß getanzten Gesichtern. Gardinen und Decken und ein Mann neben mir, der einfach auch dahin wollte, wo ich hin wollte. Seine kranken Augen, die nach jeder Frage wegzuckten und sich tiefer in die Höhlen kauerten. Sein Körper, der feiner war und geschlossener, klüger als seine Fragen. Ich sagte: Peter

Stamm ist für mich der konzentrierteste Minimalist. Das ist wie dieses Spiel mit den Türmen, wie lang man die Steine ziehen kann, ehe er zusammenfällt. Er sagte: Du musst doch manchmal eifersüchtig sein auf das, was du sagst. Ich sagte: Das Wichtigste wäre vielleicht, sich von der Schönheit der Sprache selbst zu lösen.

Wir drehten unsere Gesichter ins Halbprofil. Wir hatten die ersten Wörter weit draußen ausgeworfen und uns immer näher zu uns hingeredet. Thomas mochte es, wenn ich polemisch wurde, er lachte, als ich sagte: Die Literaturwissenschaft hat das Missverstehen erst erfunden. Thomas wand sich unter meinen und seinen Wörtern. Thomas gab mir seine Adresse und klang immer noch kühl und verschwommen wie jemand, der mit dem Rücken zu mir spricht.

Später auf dem großen Platz regnete es mir in den Nacken. Ich saß auf dem Rand des Springbrunnens und ließ das wütende Getrappel jiddischer Musik die Tür zu meinem Kopf eintreten, neben mir bellte ein Türke seine paar Sätze gegen meine Wange.

Eva und Dylan holten mich ab. Eva trug einen langen Parka, sie drückte mein Gesicht in ihr hennarotes Haar und sagte: Shame on you, du hast dich so lange nicht gemeldet, meine Liebe! Dylan nahm meinen Kopf zwischen seine groben, fleischigen Hände und küsste mich auf die Stirn. You're back, sagte er, we thought of you, how's life?, und wir fuhren mit der U-Bahn in ihren Teppichpalast.

Hier hatte ich Dylan und Eva kennen gelernt, vor einem Vierteljahr vielleicht, an Martins Seite. Wir hatten bei Dylan und Eva gewohnt, eine Woche lang, wir waren mitten in der Nacht eingezogen. Martin und ich waren seit vierzig Stunden wach gewesen. Dylan und wie er da auf dem Sofa saß und rauchte. Seine teigige Blässe und seine klugen, packenden Augen, drei Schachteln Marlboro, Bärenfelle und irgendwo das Dösen eines Ventilators. Eine große Wohnung und eine kleine Frau mit einem glänzenden Lachen. Wir saßen auf den Teppichen, stundenlang, ließen uns vom Jägermeister umwerfen. Martin und ich kämpften und balgten, wir gefielen uns.

Sieben Tage lang machten wir die Stadt unsicher, kleideten uns in Second-Hand-Läden neu ein, ich zog Charlestonkleider an und setzte Martin Melonen auf. Wir waren auf komischen Partys zukünftiger Produzenten, Regisseure, Philosophen und Schauspieler, verschütteten teuren Wein auf teuren Anzügen, und ich war fasziniert davon, wie viele schöne Jungen, wie viele saubere Indie-Frisuren es gab. Martin tänzelte neben mir übers Pflaster, seine Hand an meiner Hüfte. Er lachte und sagte: Du bist eine wunderbare Frau. Eigentlich sollte ich dich nach Hause tragen. Aber ich bin nicht in dich verliebt. Ich: Es gibt Schlimmeres. Martin: Ich wollte dir nicht wehtun. Ich: Das kannst du nicht, da bin ich viel zu abgestumpft. Martin: Es ist eben nur einfach so, dass … Ich: Halt den Mund. Und dann der Abend, als Martin sich in meinem Schoß vergrub. Ich: Du sagst Dinge nur, um auszuprobieren, wie sie klingen, was sie anrichten. Du willst etwas zu Ende bringen mit deinen Worten, weil du es einfach haben willst, obwohl noch nichts entschieden ist.

Martin und ich fuhren aus der Stadt nach Hause, in entgegengesetzte Richtungen, den Kopf im Kissen des Zuges vergraben. Wir riefen uns immer seltener an, ich schrieb ihm aufwändige Briefe, die mir als Beweis meiner Liebe galten. Der Sommer kam, und mit dem Sommer kamen Jan, Peter und Malwin. Und Philipp. Und nun bin ich am Ende des Sommers angekommen und fühle mich nicht mehr.

Als es dunkel wird und ein feiner grauer Teppich den Park überrollt, falte ich mich auseinander und stehe auf, ich esse an einem Kiosk eine feuchte, ölige Pizza und fahre mit der Tram zu Dylan und Eva.

Wir sind Nachtgewächse. Es ist spät. Ich sitze mit Dylan auf dem Bärenfell im Schneidersitz und öffne die dritte Schachtel Zigaretten. Der Regen schmiegt sich an die Hauswand. Es ist schrecklich, sage ich, wie hilflos ich bin, im Grunde wäre ich gern geistig treu, Martin oder wem auch immer. Dylan lacht trocken und sagt: Du musst dich aus dem Fenster lehnen, solange du kannst. Vielleicht nimmt es ein bisschen von deiner Melodramatik, das kann dir nur gut tun. Ich weiß, sage ich, don't take yourself too serious. Nicht nur dich, sagt Dylan, vor allem das, was um dich herum geschieht. Du hast drei Mal so große Augen wie andere. Du siehst zu viel, you know. Und was mache ich jetzt, sage ich, mit Heiko. Don't try to impress him, sagt Dylan, talk about your feelings. Du hast ein Problem mit deinem Stolz: Eigentlich bist du mutig. Du kannst nichts zurückhalten, und wenn, dann nur schlampig. Du sendest Signale aus, auch über die hinaus, die du senden willst. Du nimmst den ganzen Raum ein, den du betrittst, und deine Gefühle sind wie ein Duftmantel um dich. Das sehen die Männer. Sie gewöhnen sich an dich, dein Tempo, dein offenes Spiel. Wenn du schon halb nackt bist, zuckst du zurück. Das ist wie ein Muster, dem du immer wieder folgst. Du musst einfach einmal wirklich alles aufs Spiel setzen und nicht jedes Mal kurz vor dem Sprung zurückrennen. Du versprichst etwas mit dem, was du tust.

Dylan saugt tief an seiner Zigarette, er lässt den Rauch kurz aus seinem Mund quellen und zieht ihn dann in die Lunge zurück. Mein Handy bleibt still. Dylan fährt sich mit der Hand über die Glatze. Mir ist das linke Bein eingeschlafen. Ich strecke mich auf dem Fell aus und zünde mir noch eine Zigarette an. Das Geräusch des Regens ist wie ein Fluss zwischen meinen Ohren. Dylan sieht aus wie ein amerikanischer Buddha. I don't understand them, sagt Dylan, vielleicht haben sie Angst vor dir, vor deiner Stärke, deiner Klugheit, deiner Schönheit. Dylan sagt so etwas mit der gleichen dunklen, beiläufigen Selbstverständlichkeit, mit der er alles andere ausspricht, Dylan ist der Einzige, von dem ich das hören kann, ohne es zu bezweifeln.

Ein kleiner Satz, als es schon hell wird, und ein großer Taumel: HÄTTE DICH JETZT GERNE HIER. HEIKO.

Ich bin dumm, sage ich zu Dylan, und Dylan rubbelt mir mit der Faust durchs Haar. Sei dumm, sagt er, und jetzt mach, dass du wegkommst.

Es ist die erste Nacht, die so kalt ist, dass mir das Kleidergefühl abhanden kommt. Ich stehe an der Haltestelle und warte auf den Nachtbus und weiß nicht, ob ich mich tragisch oder mutig finden soll. Das spärliche Licht der Anzeigetafeln und ab und zu das Rauschen einer entfernten Tram, die wie verirrt um die Häuser streift. Das Licht, das aus den Fenstern fällt und auf dem Pflaster liegen bleibt. Das trockene Klacken von trippelnden Schritten. Ich halte einen Lastwagen an und frage den Fahrer, ob er mich ein Stück mitnimmt. Ronny fährt unfertige Backwaren aus. Mehr reden wir nicht, aber manchmal lachen wir uns an. Er fährt schnell. Im Radio spielen sie *Purple Rain*. Durch die Frontscheibe tropft weißes Licht. Der Mond ist perlmuttfarben. Ronny fährt langsamer, und einen Augenblick lang weiß ich nicht, warum ich das alles mache. Im Rückspiegel sehe ich mein schlafloses Gesicht. Ronny hilft mir nach draußen und gibt mir die Hand.

Heiko öffnet die Tür und zieht mich ins Dunkel. Die Wohnung riecht nach Schlaf und Rauch. Schön, dass du da bist, sagt Heiko. Er hat einen karierten Schlafanzug an und hebt die Bettdecke, damit ich zu ihm krieche.

Heiko flüstert mir seine Augenliderinnenseitenlandschaften ins Ohr. Wie lang bist du noch hier bei Sven, sage ich, und Heiko rückt ein Stück von mir ab und sagt: Ein paar Tage, bis die Produktion durch ist. Heikos struppige Haarsträhnen kitzeln mich im Nacken. Ich blähe meinen Bauch auf, damit sich unsere Bäuche berühren.

Heiko dreht sich aus meinem Arm. Was singst du da. Entschuldige, sage ich, ich wollte dich nicht wecken. Heiko schließt die Augen. Was singst du da. Nichts, sage ich, nur so, *I don't want to impress anyone/I just want to be someone's one-way-street.* Heiko verschränkt die Arme vor meiner Brust. Ich erinnere mich wieder: Der VW-Bus, der Springbrunnen, Dylan und Eva. Am selben Abend noch hatte ich Philipp wiedergetroffen. Philipp mit den dreißig Vokabeln. Philipp, der den schönsten Körper hat und ihn für sich behält. Tagsüber ist Philipp wie ein abgelenktes Kind, das sich absichtslos und unbewusst ausziehen könnte. Die Arglosigkeit seiner Blicke erschüttert mich. Ich sehe noch einmal Philipp und mich und die Chinanudeln in der S-Bahn-Station. Die heiße Bahn und dass ich genau wusste, was als Nächstes passiert. Philipps Balkon, die Katze, das Gras, Rap-Gebrabbel. Philipps Harmlosigkeit und wie ich mich in seinem Zimmer aufs Bett legte. Wir bewarfen die Katze mit Sachen, bis sie verschwand. Wir bissen uns und waren nackt. Philipp sagte: Lass uns wieder zwei Löwen sein. Wir waren laut zusammen. Wir zuckten und sagten den Namen des anderen. Ich zitterte. Philipp brachte mich im Schlafanzug zur S-Bahn.

 Ich schiebe Heiko einen Finger zwischen die Rippen. Heiko

rückt ein Stück von mir ab. Heiko, sage ich, es ist wichtig: Rate mal, mit wie vielen Männern ich geschlafen habe. Heikos knarrende, stolpernde Stimme und sein schlafzerknautschtes Gesicht. Zwanzig, sagt er. Denkst du, sage ich und lache. Sag mal, wie alt bist du eigentlich, sagt er. Zweiundzwanzig, sage ich. Ein freches, trauriges Lachen zieht seine Mundwinkel auseinander, ich lege beide Hände vor mein Gesicht und kichere.

Ich wache auf, als ich Heiko telefonieren höre. Don't blame me, sagt er, und: We didn't fit together, why do you question it again and again. Dann sagt er etwas wie »meet again« und dass er bald für drei Monate nach England komme, wegen der Arbeit. Als ich die Decke von mir schiebe und mir eine Zigarette anstecke, dämpft Heiko die Stimme. Er sagt: Bye, und zieht sich das Headset vom Kopf. Ich lehne mich gegen die Wand. Ich habe einmal vier Stunden auf dem Bahnhof auf jemanden gewartet, sage ich. Heiko sagt: Das würde ich nie machen. Du würdest keine vier Stunden auf dem Bahnhof auf mich warten, sage ich. Nein, sagt Heiko. Du würdest wirklich gar nichts für mich machen, oder, sage ich. Doch, sagt Heiko, ich würde dich anrufen, wenn ich dich vermisse.

Wieder sitzen wir in der Küche zusammen. Ich habe Heiko auf dem Bildschirm. Heiko lacht. Ich zoome auf die glatte, haarlose Haut seines Oberkörpers. Heiko ist jemand, der auf mich wirkt wie die fünfzeiligen Sätze in Tocotronic-Songs. Sven summt vor sich hin und brät Eier und Speck, ich filme ihn und seine dunklen Augen. Wir hören *Le Tigre* und nicken mit den Köpfen, ich lege meine Hände in Heikos Nacken.

Als wir dann in Heikos Zimmer hocken, rutsche ich im Kopf wieder zurück: der VW-Bus, Dylan und Eva, Philipp, und am selben Abend noch meine Entscheidung, Martin anzurufen, warum, weiß ich nicht, vielleicht, um wieder ein Alibi für meine Traurigkeit zu haben, vielleicht, um zu hören, wie es klingt, wenn ich von Liebe spreche, vielleicht, um nicht zu verlernen, davon zu reden.

Ich war betrunken und hatte mir meinen Vortrag auf einen Zettel geschrieben. Ich sagte so was wie: »Ich habe mit Dylan über dich geredet. Ich denke, im Grunde sind wir uns ähnlich, wir sind Schauspieler, wir müssen leiden. Du hast Angst, dass in deinem Leben ausnahmsweise etwas funktionieren könnte. Weißt du, ich bin sie leid, die Strategien, die mir zum Schutz dienen, die mich ablenken. Ich habe mit Philipp geschlafen, vorhin. Es fühlte sich an wie Staubwischen. Irgendwann fand ich es mal schick, so zu leben. Als wir uns gesehen haben, habe ich versucht, dir ein vorsichtiges Angebot zu machen. Ich wollte dir die Entscheidung lassen, ich wollte dich nicht erdrücken. Dylan meinte, du hättest Angst, mich nicht ganz halten zu können, mich teilen zu müssen. Du hast mir kein Signal gegeben. Ich denke, dass ich jetzt nichts anderes tun kann, als mich ganz auszuziehen. Hört sich melodramatisch an, ich weiß. Alles, was ich sagen will: Ich will dich ganz und ich will, dass du mich ganz willst.« Ich klang verdammt gut dabei, es brachte mich selbst zum Weinen.

Ich erzähle Heiko davon, ich will, dass er mir nicht ausweichen kann. Heiko streckt eine Hand nach mir aus, und ich kaue auf seinem Finger herum. Ich fand mich überragend, sage ich, aber ich wusste nicht mehr, warum ich das gemacht habe. Draußen vor dem Fenster steht der Mond über dem Balkon. Gegenüber gewittern die Fernseher rot und blau. Und, sagt Heiko, was hat er gesagt. Ich winke ab und ziehe mich aus. Er hat was gesagt von »großartige Frau«, whatever, jedenfalls ist er in eine andere verliebt, sage ich. Ich drehe mich in Heikos Richtung. Wahrscheinlich brauche ich einfach jemanden, der mich heiratet, weißt du, darum bin ich so schnell.

Ich mache so was nicht, sagt Heiko, als ich ihn an der Hand nehmen will, es hat nichts mit dir zu tun. Wir laufen durch eine Hotelpassage in eine Gasse voller Cafés. Wie viele von den Männern, sagt Heiko, hast du denn geliebt. Keine Ahnung, sage ich, mit den meisten habe ich nicht geredet. Dann weißt du auch nicht, dass es bei mir anders ist, sagt Heiko. Wir laufen an den Hotelportiers vorbei, die ihre weiß behandschuhten Hände auf dem Rücken falten, sie sehen uns nach. Doch, sage ich, und außerdem will ich, dass es endlich ernst wird. Ich bleibe an einem Eisstand stehen und kaufe mir drei Kugeln Kokoseis. Wir stehen gerade an ganz unterschiedlichen Punkten, sagt Heiko. Ich bin gerade in einer Zeit, in der ich mich erst langsam wieder daran gewöhne, mich wohl zu fühlen. Ich bin nüchtern wie noch nie. Und ich habe es nicht eilig, ich will warten, was passiert. Die Eistüte tropft. Es ist anstrengend, unbekümmert auszusehen. Ich halte die Eistüte zwischen uns, wir schlürfen, bis sich unsere Zungen berühren. Wir springen eine Treppe hinauf und rennen über eine Straße, es ist ein herrlicher Mittag. Heiko sagt: Ich werde jetzt ganz anders angeschaut, wenn du neben mir läufst. Wie denn, sage ich, da zerrt Heiko mich um eine Ecke, küsst mich auf den Mund und sagt: Bin spät dran, bleib du in der Stadt, ich rufe an, wenn ich fertig bin, kann dauern.

Dylan sitzt mit gekreuzten Beinen auf dem Fell und saugt an seiner Zigarette. Eva hängt die Wäsche auf. Ich koche uns einen Kaffee und stelle eine neue Coke auf den Tisch. Oben hört so ein Langhaariger *Sepultura* bei offenem Fenster. Dylan spielt *Sherlock Holmes Criminal-Cabinet,* er löst einen Fall nach dem anderen. Willst du plaudern, sagt er, erzähl mir von ihm. Ich lege mich neben Dylan auf den Teppich und zünde mir eine Zigarette an.

Als es Mittag wird, setze ich mich in die U-Bahn und fahre in der Stadt herum. Ich liebe das Kreischen in den Ohren, ich liebe das Aufreißen der Türen, den Rhythmus der Haltestellen, die Perfektion der Frauenstimme, die zum Einsteigen auffordert. Ein Junge mit langen Haaren und einem Gesicht, das irgendwie fein und wichtig aussieht, verhakt sich in meinem Blick, sein Vater zieht ihn am Ärmel weiter. Drei Frauen sitzen mir gegenüber und strecken mir ihre bunt geschminkten Gesichter entgegen, sie fragen, ob ich mich zeichnen lassen wolle, sie seien auf der Suche nach charismatischen Modellen für Akte und Porträts. Eine Frau mit Bügelbrett und großer Brille steigt ein und setzt sich neben mich. Sie sagt, es werde sicher ein großartiger goldener Herbst. Irgendwo steige ich aus und gehe über einen Platz, ich setze mich in ein Café. Ich trinke Espresso, bis ich ganz zittrig bin, dann gehe ich in ein Kino und schaue zwei Filme hintereinander an. Da ist diese eine Szene: Nathalie, wie sie glänzt vor Freude, wie sie sicher ist und auf ihn wartet, der sie gerade erst verlassen hat. Wie er aus dem Zimmer kommt, wie er sie ansieht. Wie sie leuchtend neben ihm hergeht, wie sie sagt: *Ich hab sehr viel nachgedacht, ich hab es von allen Seiten beleuchtet, jetzt weiß ich es, jetzt bin ich ganz sicher: Ich liebe dich. Ich möchte deine Frau werden. – Wie bitte? – Ich möchte dich heiraten, ich möchte, dass wir heiraten. – Wir beide? Ich versteh da was nicht. – Ich versteh da auch was nicht. Warum sind wir beide denn nicht zusammen? Meine Liebe ist so stark, dass du mich auch lieben wirst. Du wirst gar nicht anders können.* Ich liebe diese französische Hektik, dieses Gewitter der großen Worte.

Was mich zum Weinen bringt: *Weißt du, was ich glaube? – Nein, was? – Du siehst müde aus, du hast Ringe unter den Augen. Ich glaube, ich könnte niemanden lieben, der mich nicht liebt. Ich glaube, dass Gefühle, wahre Gefühle, immer Erwiderung finden. Glaubst du nicht? Nein? Es muss aber so sein! – Nein, ich bin der Beweis für das Gegenteil. – Dann sag, dass du mich nicht liebst. Sag es. Sag »Ich liebe dich nicht.« – Ich liebe dich nicht. – Und es ist unmöglich, dass du mich einmal lieben wirst. – Es ist unmöglich, dass ich dich einmal lieben werde. – »Es ist endgültig«, sag das auch noch. – Es ist endgültig. – Weil ich dich anwidere. – Weil du mich anwiderst.*

Ich werfe mich aus der Tür, ich bin nicht allein, ich taumele. Ich rufe Philipp an, um nicht einsam zu sein, später jagen wir uns durch einen Springbrunnen, bis wir nass sind, wir essen Wassereis, und Philipp ist schön mit seinen Goldlocken, er ist vollkommen, ich liebe seine Schönheit und kann meine Augen nicht von ihm abwenden. Solange wir nicht reden, bin ich glücklich. Solange der Abend nicht kommt, solange ich immer jemanden habe, den ich anrufen kann, solange Heiko nur eine Möglichkeit ist, solange der Abend nicht zur Nacht wird …

Ich bin wieder bei Dylan und Eva, ich könnte die Wassereisflecken und den Knutschfleck in der Halsbeuge nicht erklären, aber Dylan fragt nicht danach. Er hört Musik und sieht sogar beim Dösen konzentriert aus. Eva hat ihr Haar hochgesteckt und läuft mit nackten Beinen im Zimmer umher, sie trägt nur ein gelbliches, gerades Leinenkleid. Sie schleppt Einkaufszeug in die Wohnung, während Dylan mir von der russischen Mafia erzählt, vom Pokern, von Fromm und seinen geborenen und ungeborenen Menschen, von Spiellokalen, von seinem Glück, reicher Erbe zu sein, vom Grasanbau. Dylan ist der klügste Mensch, dem ich jemals begegnet bin. Dylan hat ein Herz, das unregelmäßig schlägt. Dylan sagt: We love you, you know, du kannst jederzeit hier wohnen, wenn etwas passiert, wenn nichts passiert, it doesn't matter, du bist willkommen.

Wir setzen uns zusammen auf Kissen und Felle und sehen uns Valerie Solanas' *I shot Andy Warhol* an, unter einem Diamanthimmel, der bis ins Zimmer reicht. Ich schmiege mich zwischen die beiden, ich lehne mich an Dylan und lege mir seinen Arm auf den Bauch, das Gewicht lässt mich sicher sein, dass ich da bin. Ich muss an s.c.u.m. denken, an das Manifest von achtundsechzig, an Sätze wie diese: *Jeder Mann gleicht einer Insel: in sich selbst eingesperrt, emotional beschränkt, unfähig, mit anderen zu kommunizieren, hat der Mann einen Horror vor der Zivilisation, vor Menschen, vor der Stadt, vor Situationen, die die Fähigkeit verlangen, Menschen zu verstehen und mit ihnen in Beziehung zu treten.* Der Film macht uns schweigen. Nur Eva steht auf und schlurft zum Kühlschrank, sie lässt einen Korken knallen, sie sagt: Cheers. Auf das Unvorbereitetsein, auf die Überraschung, und unser Lachen klingt schön wie ein Chor.

Es ist drei, und unsere Augen sind vom Sekt immer kleiner geworden. Dylan erzählt irische Witze, bis unser Kichern zwischen den Zähnen hängen bleibt. Auf dem Fußboden tanzen Fliegen zwischen den Duftkerzen. Es ist gut, dass niemand nach Heiko fragt. Wir reden über Pisaturmlampen, über amerikanische Sonnenbrillen, über *Clockwork Orange,* Eva hängt halb nasse Kleider zum Trocknen über die Möbel, und Dylan kocht uns Schokopudding als Mitternachtsimbiss. Die beiden strengen sich an, mir Gutes zu tun. Mein Körper fühlt sich an wie kurz vor einer Krankheit: die Panik, die Vorbereitung auf den Ausbruch. Als ich das Fenster öffne und den Kopf nach draußen schiebe, geht die Linie zwischen einer kühlen, unbekannten Nacht und der Wärme des Wohnzimmers durch mich hindurch, die Wärme der beiden, die meine Wohnung sind, die da auf dem Teppich sitzen und noch eine Flasche Sekt öffnen, die letzte, sagt Dylan, just for you, weil du so traurig bist, weil das Abhärten so lange dauert.

Ich wache erst richtig auf, als ich schon in der Wanne sitze, als der Schaum wie Flügel um meine Schulterblätter wächst. Jetzt erinnere ich mich, die Erinnerung ist wie ein Brennen auf der schlafgetränkten Haut: Da war noch ein Gedicht im Badezimmer, über dem von Rilke, da war Cocteaus Schnörkelstimme: *Rien ne m'effraye plus que la fausse accalmie/d'un visage qui dort/Ton rêve est une Egypte et toi c'est la momie/avec son masque d'or.* Ich tauche unter. Ich kann meine Knie fühlen, die aus dem Wasser ragen wie öde Inseln. Brachland. Ich höre ein Dröhnen, dumpf wie durch Filzdecken, ich höre das Schlagen in der Brust. Erst als ein Poltern ins Wasser fällt und bis an mein Ohr dringt, tauche ich auf. Evas Stimme von der anderen Seite der Tür: Dein Handy hat geklingelt.

Heiko klingt nach zerlegenen Haaren, nach Kissenabdrücken auf der Wange, er klingt nach einer lauten Nacht. Was ist, sage ich. Ich wollte mich nur melden, sagt er, bevor du abreist. Ich steige aus der Wanne und knote ein Handtuch über der Brust zusammen. Bist du nackt, sagt Heiko. Nicht mehr, sage ich. Ich sehe in den Spiegel beim Telefonieren. Du wolltest mich anrufen, sage ich, gestern. Sorry, sagt Heiko, und in seiner Stimme ist ein kleines Lachen, es hat nicht mehr geklappt, hat halt gedauert.

Ein bisschen schäme ich mich, wie ich da frisch geföhnt vor seiner Tür stehe. Heiko und seine viel zu großen Schuhe und die Frechheit seines Lachens. Er zündet sich auf der Schwelle eine Zigarette an. Hallo, sagt er. Er fragt mich, warum ich mich so schick gemacht habe, und wir laufen ein Stück zusammen. Wir gehen über einen Marktplatz und kommen an einem Stand mit Süßigkeiten vorbei. Ich kaufe einhundert bunte Herzlollis. Heiko erzählt Dinge, die ich vergesse, ich will über uns reden und was es ist, ob er diese Selbstverständlichkeit auch fühlt und diese Besonderheit trotz allem, was es heißt und um wie viel es geht. Heiko kauft uns etwas zu essen, dann legt er eine Hand auf meinen Hinterkopf und lächelt.

Als wir wieder in Svens Wohnung sind, geht alles leichter. Wir gehören in diese Wände. Wir kochen Kaffee, und Heiko fragt: Was ist denn los mit dir. Ich lege meinen Kopf an seine Brust und will alles auf einmal sagen, damit Heiko gar nicht anders kann als verliebt zu sein.

Später ziehen wir uns alte Filme aus dem Internet, lehnen uns an die Wand und legen uns Decken über die Beine. Ich weiß, dass wir nur noch ein paar Stunden haben und dass ich nichts weiß von dem, was danach sein wird. Heikos Gesicht ist eine dunkle Gardine, *Bettgeflüster* ist ein scheußlich leichter Film, und das Zimmer ist leer wie vor zwei Tagen, nichts wird an Heiko erinnern, wenn er in England ist.

Ich packe Heikos blanken Rücken aus und lege meine Handflächen auf seine Schulterblätter. Heiko bekommt eine Gänsehaut. Ich schreibe ihm mit den Fingerkuppen Buchstaben auf den Rücken, Wörter, einen Satz. Will you miss me.

Da stehen wir vor dem Haus und sind gestreift vom Licht, ich blinzele und will mich in Heiko eingraben. Hinter meiner Stirn marschieren die möglichen Abschiede im Kreis. Mein Hals fühlt sich rot an von der Kälte, meine Augen quellen auf.

Die Stadt lässt uns allein, es gibt nichts, das uns ablenken könnte. Hör auf, mich so dramatisch anzugucken, sage ich. Heiko gibt mir die Hand und sagt: Mach's gut.

und was dann kommt

Zu Hause klaube ich meine ganzen halben Freunde zusammen und erzähle ihnen, dass es mir schlecht geht. Wir singen zusammen alte Lieder aus der Grundschulzeit, wir erinnern uns an *La Bouche* und *Caught in the Act,* an die Gummibänder auf dem Schulhof, und wir klingen ausgesucht tragisch, wenn wir uns tief in die Augen blicken und sagen: Siehst du, schon jetzt haben wir genug von dem ganzen Mist. Irgendwann fängst du an, deiner eigenen Hoffnung zu misstrauen, und von dem Punkt an, wo du über die, die was von einziger Liebe sagen, nur noch lachen kannst, geht alles den Bach runter.

Ich fange an zu arbeiten: Ich stehe in einem flauschigen Plüschanzug in der Fußgängerzone und verteile Luftballons und Flyer. Ich sehe albern aus und lasse mich mit feixenden Kindern fotografieren. Zu Hause weiß ich nichts mit mir anzufangen, ziehe mich an und aus und wieder an, schminke mich und putze mich heraus, um am Abend doch zu Hause zu bleiben. Manchmal ruft einer an und ich flüstere einen Namen, manchmal ist es der falsche. Manchmal schlafe ich in anderen Betten, weil sie wärmer sind als mein eigenes.

An einem dieser Morgen danach sitze ich mit Albert in seiner Badewanne, ich puste ihm den Schaum aus dem Gesicht. Ich muss dich etwas fragen, sage ich, es ist wichtig. Albert seift meinen Rücken ein und pfeift eine Bluestonleiter. Bist du in mich verliebt, sage ich. Ich weiß nicht, stottert Albert, keine

Ahnung, also verguckt hab ich mich schon, sehr verguckt. Ich lache und lehne mich an Alberts glänzenden Oberkörper. Ich frage nur, sage ich, weil alles ein bisschen kompliziert wird, gerade. Albert nimmt meinen Kopf zwischen seine Hände und sagt: Du weißt schon, dass du ein Sonderling bist, oder, eine richtige Perle. Ich steige aus der Wanne und schaue an mir herunter, der Schaum tropft aus meinem Schamhaar und läuft an den Oberschenkeln herab. Pass auf, sage ich, er heißt Heiko und er liebt mich nicht, aber ich muss an ihn denken, es kann sein, dass ich mich verliebt habe. Albert lacht kurz, ich kann sehen, wie die Spannung sich von seinem Gesicht schält, als er beide Arme nach mir ausstreckt und so ein Hey sagt, so ein Hey, das ich nie wollte, eins, das mich klein macht und zu jemandem, der sofort in den Arm genommen werden muss, weil es ihm erbärmlich geht oder er irgendwas falsch verstanden hat oder weil er die Dinge zu ernst nimmt oder alles zusammen. Ich weiß nicht, ob meine Erleichterung über Alberts Erleichterung gegen die Enttäuschung ankommt und gegen die Wut auf dieses Hey, ich drehe am Knopf unseres marineblauen Badradios, das eine fietschende Gitarre zwischen meine Gedanken jagt. Hey, sagt Albert, komm her, was ist denn los. Die Sachen, die ich mir überwerfe, kleben an meiner Haut. Ich stelle mir vor, dass ich jetzt nach Hause renne und Heiko da sitzt in seinen Travellerhosen, und dass ich weinen und mich schämen darf. Nichts, sage ich, ich gehe, wir sehen uns Freitag.

Heiko meldet sich nicht. Er sitzt irgendwo in einer großen lauten Stadt, die für mich nur nach Buckingham Palace klingt, ich habe London nie gesehen, mein London hat auf einer Briefmarke Platz.

 Es waren nur drei Nächte, sage ich, drei verdammte Nächte, mehr nicht, ich kann mir ja wohl nicht erlauben zu sagen, dass ich ihn brauche, dass ich ihn liebe, so was kann man doch nicht nach drei Nächten sagen, oder nicht. Dominik lacht und sagt: Du hast schon ganz andere Sachen gemacht. Willst du türkischen Kaffee? Ja, sage ich, und diese Schokoriegel, die deine Freundin immer kauft. Dominik nimmt meine Haare zwischen die Finger und streicht über meinen Rücken. Manchmal weiß ich nicht, was das, was wir haben, von dem, was zwischen seiner Freundin und ihm ist, unterscheidet. Seit einem Jahr gibt es diese Treffen, daran hat auch Judith nichts geändert, sogar ihr Einzug hat unsere Treffen nur für wenige Tage unterbrochen. Wenn wir uns verabreden, lehnen wir die Köpfe aneinander und schieben die Hände auf die Knie des anderen, wenn wir uns begegnen, wissen wir, dass es immer etwas zwischen uns geben wird, dass das vielleicht das Beständigste ist. Dass alles so gut funktioniert, macht mich sicher, dass es nie etwas anderes geben wird als diese Gleichzeitigkeit, und sollte einer den anderen zu lieben beginnen, würde der andere von uns das zur selben Zeit auch tun. Dominik würde niemals über mich sagen: Wir treffen uns manchmal, wir ficken manchmal, sonst nichts, auch wenn wir nichts anderes machen als Albert und ich. Dominik ist der Einzige, den ich nie fragen würde, ob er mich liebt.

Wir sitzen Schulter an Schulter auf seinem Wohnzimmerteppich und gucken uns Trickfilme an, den ganzen Vormittag, Pinky und Brain, Fix und Foxi, Tim und Struppi, Nick und Perry, Timon und Pumba, es sind immer zwei.

Einer liebt immer mehr. Und wieder bin ich die, die wartet, die schreibt, die sich zu ihm hin erzählt. Da sind Heikos elektronische Küsse, großgeschrieben, angewöhnt. Ich schlinge mir den

Schal um den Hals, und als es ganz dunkel ist, laufe ich in die Stadt. Meine Füße sind flink und klacken auf dem Pflaster. Ich bin wütend auf mich selbst, weil ich weiß, was passieren wird, und trotzdem hingehe, in diesen Club, in den *Temple,* wo Albert spielt, zusammen mit den anderen. Die Kälte gräbt sich in meine Haut und macht mich fest und steif. Der *Temple* ist ein warmes, quadratisches Lichtfenster. Diese Silhouetten: Claxton hätte sie fotografiert, Albert und die anderen, und diese Zärtlichkeit zu ihren Instrumenten. Im *Temple* ist die Nacht wie in Paris: fantastisch und unendlich langsam, anschmiegsam und veredelnd. Ich schleiche mich ein und setze mich in einen Sessel neben den Clown. Der Clown heißt Juri und hat früher beim Zirkus gearbeitet. Seit ein paar Jahren tritt er bei Konzerten und Shows auf, als Special Guest im Vorprogramm. Er macht Salti und Flic-Flacs und hat Tränensäcke, die größer werden, wenn er lacht. Er hat ein silbernes Zigarettenetui. Juri legt mir eine Hand in die Armbeuge zur Begrüßung und nimmt sie wieder weg. Da vorn lehnt Albert in der Ecke und wartet sein Solo ab. Er hat die Augen geschlossen und nickt mit dem Kopf. Der Trompeter, wie er die Töne sterben lässt, klingt nach Miles Davis. Sie spielen *It never entered my mind: Once I laughed when I heard you saying/that I'd be playing solitaire/ uneasy in my easy chair/it never entered my mind.*

Als Albert mich endlich ausmacht zwischen den anderen, grinst er und lehnt den Kontrabass an die Wand. Er kommt langsam auf mich zu und fährt sich durch die Haare dabei. Na, sage ich. Machst du denn hier, sagt Albert und seine Stimme lässt mich frieren. Ich zucke mit den Schultern und sage: Nicht zu Hause sein. Albert setzt sich auf die Armlehne meines Sessels und nimmt zwei Zigaretten zwischen die Lippen, die er gleichzeitig anzündet, eine gibt er mir. Willst du heute allein schlafen, sage ich, und Albert sagt: Hey, tut mir leid, ich glaube, das, was du willst, kann ich dir nicht geben, ich kann dich nicht in den Arm nehmen, das willst du doch.

Ich winke nach der Frau mit den vorgeschobenen Hüften, die mit eingeknickten Knien und einem schwarzen, geflochtenen Zopf zwischen den Tischen hin und her läuft. Ein Bier, sage ich, bitte.

Albert ist bei der Musik. Die Musik passt heute nicht zu mir und ich nicht zur Musik und nicht mal in den Sessel. Albert sagt: Es geht mir ein bisschen seltsam. Es hat sich nichts geändert, äußerlich nicht. Ich denke, ich hab einiges kapiert, weiß selbst nicht richtig. Ich starre zur Bühne und versuche, mit den Fingern neben dem Aschenbecher einen Takt zu finden. Meine Augen rutschen aus den verzerrten Gesichtern der Musiker. Und, sage ich, was ist es, was du brauchst. Albert zündet sich die nächste Zigarette an und fährt sich durch die Haare, er sagt: Keine Ahnung, warum fragst du. Ein Mädchen schaltet das Mikro an und singt: *Night and day/you are the one/only you beneath the moon and under the sun,* ich denke an Heiko und sage: Weil ich dich vermisst habe.

Die Sängerin dreht sich aus dem Licht an den Tresen, lächelt und bestellt sich etwas. Juris Blick bleibt im eigenen Wimpernzaun hängen. Ich friere. Albert sagt: Entschuldigung, dann steht er auf und geht auf die Bühne, um sein Solo zu spielen.

Es ist voll geworden. Die faltenlosen, gepuderten Gesichter der Gesangsstudentinnen leuchten. Junge Männer in tadellosen Anzügen stehen an den Tischen und unterhalten sich gedämpft, und überall hängt der Ton der gefiederten Stimmen in der Luft. Später am Abend sehe ich Albert mit einem Gitarristen flüstern, sie drängen ihre Gesichter aneinander, und manchmal rutscht ein Blick aus und in meine Richtung. Albert klopft ihm auf die Schulter. Dann setzt er sich neben mich in einen Sessel und trinkt sein Bier. Frauen werfen ihre Blickköder zwischen die Männer, manchmal passiert etwas Magnetisches, manchmal geht einer auf jemand anderes zu. Was habt ihr geredet, sage ich. Albert winkt ab und dreht sich nach vorn: Er hat mich nur gefragt, ob wir was miteinander hätten. Er lacht trocken und hebt das Glas an seine schmalen Lippen. Und, sage ich, du hast Nein gesagt. Ich schüttele noch eine Zigarette aus Alberts Schachtel und zünde sie an. Albert sagt: Ich hab erzählt, wie es ist: dass wir uns seit drei Wochen kennen und ab und zu vögeln. Ich schlucke Rauch. In der Erinnerung ist Albert jemand, der es mir einfach macht, in der Erinnerung staunt Albert über mich, bewundert mich für die richtigen Dinge, lacht an den richtigen Stellen, nimmt mich zur richtigen Zeit in den Arm, es ist mir egal, ob er mich versteht oder nur weiß, was ich brauche. In der Erinnerung können wir über das Selbstverständliche staunen: ein langes, verirrtes Haar auf meinem Oberschenkel, die Gänsehaut vom Kaffee und der ersten Sonne im Nacken, unsere Stimmen beim Aufwachen, Bob Ross' Art, seine Pinsel sauber zu machen, das fing mit dem ersten Morgen schon an, als wir darüber staunten, dass ich über das Frühstück hinaus blieb. Und jetzt: Albert häuft die letzten Trompetenseufzer in seinen Kopf, er wartet, bis alles verklungen ist, dann zieht er sich an und geht, an der Tür dreht er sich um und winkt und sieht weit weg aus, wie jemand, der aus einem Flugzeug winkt, das die Startbahn verlässt und sich in die Wolken schraubt.

Ich bleibe sitzen. Ich könnte jemanden anrufen und fragen: Was machst du heute Abend. Kann ich zu dir kommen. Ich könnte noch ein Bier trinken. Der Gitarrist setzt sich neben mich und flötet Komplimente. Er schafft es, jedes Mal, wenn er mir etwas ins Ohr flüstert, meine Brust zu berühren. Er hat so ein »Dich will ich mal gehabt haben« in seinem Blick. Die Schwärze der Nacht gleitet an der Glasfront ab, hier drinnen herrscht ein Licht, unter dem alle Menschen schön sind, wie das Licht der Straßenlaternen um den Gardasee. Als der Gitarrist merkt, dass er mich mit seinen Abhandlungen über die Kunst des Alterierens nicht beeindrucken kann, erklärt er mir etwas über Marshall-Verstärker und beugt sich dabei galant über meinen Ausschnitt. Ich werfe Juri mein Angewidertsein in einem Blick zu. Juri setzt sich neben mich und sagt: Komm, wir laufen ein Stück zusammen, wir müssen in dieselbe Richtung.

Wir gehen schweigend. Diese Nacht ist eine besonders stille Nacht. Mein Schluckauf reißt die gespannte Luft zwischen uns auf, und Juri hat in dieser Nacht besonders traurige Augen. Es ist mir egal, als Juri meine Hand nimmt, und es ist mir egal, als Juri mich auf einen Tee zu sich einlädt, es ist mir egal, als wir vor seiner Haustür stehen, und es ist mir egal, als er mich zu seinem Sofa führt und mir die Schuhe abstreift. Es ist mir egal, dass es keinen Tee gibt, sondern nur schäbigen Weißwein, es ist mir egal, dass wir eine Dokumentation über den Blues gucken, es ist mir egal, wie die Schwarzen da auf ihren Äckern stehen und Work Songs singen. Es ist mir egal, dass Juri mich anstarrt, und es ist mir egal, dass er mir den Pullover auszieht. Es ist mir egal, dass Juri sagt, ich hätte eine schöne Haut auf der Brust, und es ist mir egal, dass der Bildschirm flimmert, weil der Film zu Ende ist. Es ist mir egal, dass Juri auf die Toilette muss, es ist mir egal, dass Juri einen Bauch hat, der von ihm herunterhängt, es ist mir egal, dass Juri nichts mehr anhat. Es ist mir egal, dass Juri verlegen ist, es ist mir egal, dass er auf dem Weg zum Lichtschalter ausrutscht, es ist mir egal, dass er ständig Dinge erzählt, die ich überall genauso nachlesen kann. Juri sagt: Ich hab immer drauf gewartet, dass es einmal so kommt. Das hätte Juri nicht sagen dürfen. Ich ziehe mich an und denke: Ich mag traurige Menschen, trotz allem, da lässt sich nichts machen, ich sage: Nimm es mir nicht übel.

Am nächsten Tag stehe ich wieder in meinem Kostüm in der Stadt und verteile Flyer und Luftballons. Die Stadt ist aufgewühlt und umgekrempelt: Überall in den Straßen rennen blökende, brüllende Männer mit Schals herum, es geht um Fußball. Die Erwachsenen halten ihre Köpfe gesenkt und tragen Taschen und Tüten nach Hause. Die Kinder lärmen und tänzeln um mich herum. Du musst springen, hat der Mann gesagt. Also hüpfe ich ein bisschen. Die Kinder finden das großartig und haben ihre Plastikkameras nicht umsonst mitgebracht. Die Kinder mögen es, wenn ich sie an die Hand nehme. Die Kinder lachen viel und lassen ihre Luftballons platzen, die Mütter warten ein Stück entfernt und gucken zu.

Neben mir steht Dominik, er ist der Einzige, der lachen darf. Ich schicke ihn Obst kaufen, und als er zurück ist, setzen wir uns auf den Bordstein, und er füttert mich durch das Loch im Puschelkostüm mit dunklen Weintrauben.

Als es zu regnen beginnt, stellen wir uns unter einen Dachvorsprung, und ich rauche eine Zigarette. Die feuchte Luft macht das Puschelkostüm klebrig. Es ist weder kalt noch warm, nur ein Wind ist da, der jedes Geräusch zerfetzt, zerstäubt und zwischen den Kanaldeckeln zerweht. Als mein Telefon klingelt, ist da eine Stimme, die fast auseinander bricht. Nach ein paar Sätzen klingt es nach Martin, dabei war Martin immer souverän gewesen, er war einer von denen, die »Alles klar« sagen. Ich wollte dich nur mal hören, sagt Martin, wissen, wie's dir geht, und nach einer endlosen Kette Wortballons sagt er: Ich hab dich vermisst.

Dominik neben mir hat angefangen zu schweigen. Der Himmel ist grau und läuft zwischen den Häusern aus. Ein Wind verfängt sich in unseren Haaren. Ich fühle mich, als würde ich auf einer Bergspitze stehen, wie in diesem Traum, den ich manchmal habe: Das Zelt, das eingekreist ist vom Wind, alles sieht grießig aus und läuft schneller, wie in alten Filmen, ich stehe da und nicht weit von mir der andere, wir strecken unsere Arme einander über das Zelt entgegen, der Sturm zieht an unseren Häuten. Es ist unmöglich, etwas zu sagen, aber das ist nicht schlimm. Zu allen Seiten ist nichts, wir stehen auf der Spitze, unter uns kauern sich Städte an die Hänge, sehr weit weg, aus unseren Mündern kommt Rauch wie von Kerzen. Hände oder nur Fingerspitzen und unsere farbigen Anoraks, die im Wind peitschen.

Weißt du, sage ich, wenn ich mich so von Heiko erzählen höre, wünschte ich mir, einmal würde jemand so von mir reden. Vielleicht machst du es auch nur allen zu schwer, die sich in dich verlieben wollen, sagt Dominik und räuspert kurz darauf meine Stille weg.

Mach dir keine Sorgen, sagt Heikos Stimme am Telefon, du kannst machen, was du willst, du bist frei. Ich lasse mich an der Wand herunterrutschen. »Dein Leben ist so filmisch«, das hatte meine Freundin zu mir gesagt. Aber genau das ist es, was ich nicht will, sage ich, es macht mich krank, weil ich doch völlig haltlos bin. Ich bin ganzkörpertaub, da ist nichts mehr außer einer ständigen Selbstbeobachtung, was ich brauche, ist ein Grund, mich zu schämen, wütend zu sein, aufzuhören, verstehst du. Ich dachte, du könntest dieser Grund sein.

Ich merke, dass ich resistent werde. In dem Moment, als ich mein Plüschkostüm ausziehe und mir meinen Pullover überstreife, merke ich, dass es anfängt mit dem, was alle heute Genesung nennen und Vernunft und das doch nur Faulheit und Ablenkung ist, Abstumpfung vielleicht, und ich weiß: Ich will nicht unverletzlich werden.

Ich setze mich an die Haltestelle. Ich könnte eine Bahn nehmen, aber ich lasse sie vorbeifahren, ich will ein bisschen frieren, solange die Nacht bleibt. Da bin ich schwer von Wochen ohne Heiko, Wochen, die ein Ausbluten waren und das Fixieren auf einen Punkt, der sich ständig bewegte, der schwächer wurde, der sprang und verschwand. Es gibt diesen Punkt des größten, des äußersten Vermissens, erst dann dieses Delirium, diese Kraftkonzentration: Da hole ich mir Heiko in mein Jetzt, in tausend kleine Momente. Und dann erschrecke ich: Wie genau ich mir vorstellen kann, was Heiko tut, wie genau ich weiß, dass das, was er tun würde, mit dem, was ich brauche, nichts zu tun hat. Und erst dann, in der Erschöpfung, der Gedanke: dass das Verliebtsein vielleicht etwas anderem galt: mir, der Stadt, dem Verliebtsein. Mein Herz ist träge. Vielleicht muss das Reden im Kopf aufhören, der Strom der endlosen gerichteten Sehnsuchtsworte, vielleicht muss da etwas stumm werden, dann ist das alles vorbei.

Aus meinen Kopfhörern singt Jacques Brel *Ne me quitte pas,* ganz nah am Ohr klingt das und so, als würden nur er und ich nebeneinander in einer riesigen, leeren Fabrikhalle stehen, und ich denke: Wenn es wenigstens jemanden gäbe, den ich verlassen könnte. An Tagen wie diesen kann Musik nichts ausrichten, an Tagen wie diesen kann mich nicht einmal Josephine Baker retten.

HALBE TELLER

Ein Winken, schon nicht mehr auf mich bezogen,
ein leise Weiterwinkendes, schon kaum
erklärbar mehr; vielleicht ein Pflaumenbaum,
von dem ein Kuckuck hastig abgeflogen
Rainer Maria Rilke

Auf dem Balkon lagern Hyazinthen in großen, penetrant türkisfarbenen Bottichen, eine späte Lieferung für Franka, die in der Tür steht und ihre Brille putzt. Der Kohlenberg neben dem Kachelofen ist schnell geschrumpft, diesen Winter werden wir uns wieder an Schwarztee gewöhnen und an Federbetten. Franka sieht auf ihre wollenen Stulpen hinunter, dann dreht der Blick ab und taucht in das Feld von Autogerippen, das hinter dem schmalen Wiesenstreifen beginnt, ein glanzloser Friedhof. Aus dem Röhrenradio kommt Licht, der Sänger singt korrekt, ein schneidiges Oxford-Englisch, ich stehe auf und drehe mit dem Zeigefinger das Rädchen in eine andere Richtung.

Als wir in Frankas Auto sitzen und unsere Socken hochziehen, sind vor den Scheiben nur noch große geometrische Figuren. We are synthetic, sage ich, we are, we are, und vorn beginnen schon die ersten Lockspuren der Stadtlichter.

Doris hat auf ihr weißes Kleid gebrochen. Franka und ich tragen sie die Steinstufen hinauf bis zur Haustür. Doris kennt kein Maß, sagt Franka. Im Flur kristallisiert Kälte an den blanken Wänden, aber schon sind wir mitten im Wohnzimmer zwischen den Stehlampen und betten die blasse Doris aufs Doppelbett in der Zimmermitte, unsere wattige Insel. Es ist so dunkel, dass das Gleichgewicht verschwindet, mit ausgestreckten Armen finde ich Franka, die auf der anderen Bettseite sitzt, die Füße auf dem Vorleger abgestellt. Sie wischt mit dem Laken an ihrer beschlagenen Brille herum und kämmt sich die Haare wie jeden Abend, sie hebt erst das linke, dann das rechte Bein und lässt beide unter die angehobene Decke rutschen. Wir rahmen Doris ein, insgeheim haben wir Angst, dass sie einmal, wenn wir morgens aufwachen und unsere Unterkiefer lockern, nicht mehr da ist.

Franka hat die großen, weißen Vorhänge abgenommen, sitzt auf dem Wannenrand und schrubbt. Lichttrapeze liegen ausgestreckt auf dem Holzboden im Wohnzimmer. Uhren stehen rechts und links davon, Partituren, aufgeschlagene Bücher, Schallplattenstapel an den Wänden. In der Küche, wo das Licht um die Ecke scheinen muss, wird es erst allmählich wärmer. Doris hat eine karierte Häkeldecke über den Knien zusammengefaltet und atmet Kamillenluft aus einer Schüssel mit kochendem Wasser. Wenn sie das Handtuch vom Gesicht hebt, um zu sehen, ob ich noch da bin, perlen aus den eingefallenen Wangenkuhlen Wassertropfen und verschwinden. Doris' Gedanken sind außerhalb ihres Kopfes.

Unser Haus ist etwas, das einem Angst machen kann, weil Dinge, die sich niemals verändern, einem Angst machen können. Die Stille ist ein großes Möbelstück, wir bekommen sie niemals durch Türen nach draußen. Wenn sich nichts bewegt außer unseren Körpern, können wir die Augen kaum mehr lösen von den eigenen Beinen. Wir erschrecken und hören auf zu laufen, wir passen uns in die Rillen und Kerben und Ecken und Dellen ein.

Es ist Mittag geworden ganz allmählich. Am Ende meines kurzen Blicks krachen Tropfen gegen die dreckverkrustete Scheibe. Der Regen fällt so vage, als habe er sich noch nicht entschieden, ob er eigentlich fallen will oder nicht, es scheint, als würden die Tropfen manchmal einen Augenblick in der Luft hängen bleiben.

Doris hat einen Koffer an der Zimmertür stehen, links in der Ecke neben dem Schirmständer, in dem sich nur ein einziger Schirm befindet. Franka und ich wissen von dem Koffer, von den Fotos der Zwillinge: windverbogene Mädchen, immer wieder einander zugewandte Finger und Stirnen und Frisuren. Doris wartet darauf, dass es an der Tür klingelt und sie den Koffer anheben kann. Ein kleines federndes Adieu und ihr Rücken wie ein Laubblatt.

Ich gehe in der Küche hin und her und sehe am Kühlschrank die mit Klebeband befestigte Karte, ein einziger Satz darauf: Du bist die Spitze meines Eisbergs. Doris und wie sie gelacht hat, als Franka und ich im Bademantel an der Tür standen, als der Schnee bis zu unseren Zehen reichte, als der Frost über Nacht vom Schrottplatz über die Wiese bis in den Hausflur gekrochen war, von den leeren Fahrkabinen mit ihren klaffenden, offenen Fenstern herüber zu uns. Wie Doris den Oberkörper schief legte und sagte: Ihr könnt mich adoptieren, wenn ihr wollt, oder ich geh weiter.

Der Mittag ist die stillste Zeit. Der Regen liegt auf dem Boden und schwemmt in gefrorene Maulwurfshügel. Doris geht in ihrem Zimmer auf und ab und stößt an die Wände. Wir müssten sie in Schaumstoff packen, wenn es keine Schwerkraft gäbe.

Ich stehe vor der Tür und sehe ihre Knie durchs Schlüsselloch und wie sie auf den Koffer zugeht und sich von ihm entfernt wie vom einzigen Halt. Mit dem schwermütigen Pathos ihrer Bewegungen erinnert sie mich an Fassbinderfiguren, die immer aussehen, als sei alles, was sie machen, beliebig und richtig. Alles an Doris ist groß und klein zugleich.

Nicht weit von der Tür ragt der Kohlestapel in die Höhe, hier hocke ich mich in den schwarzen Ruß und baue Türme aus Briketts. Aus dem Bad strömt mir Hyazinthenduft entgegen, ich weiß, Franka wäscht wieder ihre bis zum Steiß reichenden kaffeebraunen Haare, dabei darf ich sie nicht stören.

Der Brikettturm überragt mich um drei, vier Finger. Ich laufe einen Kreis um ihn herum und ziehe einzelne Briketts heraus. Das mache ich so lange, bis das Gerippe mir entgegenkippt und mich einstaubt.

Aus Doris' Zimmer kommen keine Geräusche mehr. Ich hole eine Kanne Wasser aus der Küche, klopfe an ihre Zimmertür und sage: Ich muss Blumen gießen. Doris liegt ausgestreckt auf dem Boden und hat einen Staubengel auf den Boden gewischt. Als ich das Fenster geöffnet und das restliche Wasser auf den schmalen Wiesenstreifen nach unten gegossen habe, ist ihr Gesicht geschrumpft und weiß geworden. Ich lege mich neben sie in den Dreck und schiebe meine linke Hand unter ihre Kniekehle. Diese Jugendstilvillen, sagt Doris, ich weiß nicht, die machen mich ganz schwer. Sie fährt sich mit dem Zeigefinger durch ihre Zehenzwischenräume. Ich drehe mich auf die Seite, meine Wirbelsäule besteht aus kleinen entzündeten Stellen.

Als es dunkler wird im Zimmer, steht Doris auf und verschwindet hinter einer dünnen Stellwand. Stoff raschelt, und vor dem Fenster ist der Himmel klar und kühl. So stelle ich mir ein Leben in Norwegen vor, sage ich.

Doris trägt jetzt ein blaues Kleid, das ihr bis zu den Knöcheln reicht. Sie sieht aus wie eine Spieldosenfigur. Dein Gesicht brauchst du gar nicht weiß zu schminken, sage ich, wo gehst du denn hin. Ich kann nicht immer schlafen, sagt Doris, so wie ihr.

Vor uns liegt der Autofriedhof. Franka sucht mit den Händen, wir stolpern über Unkrautfamilien. In seiner Besinnungslosigkeit ist dieser Ort mit uns verwandt. Der Himmel über uns ist glatt gestrichen, Wolken wie Leerstellen.

In einem tiefroten Lada hocken wir, die Schenkel übereinander geschlagen, und soweit ich blicken kann, besteht alles vor uns aus Verkeilungen. Unsere Ellenbogen stoßen aneinander beim Anheben der Teller. Ich sauge Zuckernudeln durch die Zahnzwischenräume. Manchmal tänzeln Spinnen auf dem Armaturenbrett oder im aufgebrochenen Handschuhfach, sie sind ziellos und fühlen sich wohl. Die Polster, in denen wir feststecken, haben Schaumstofflöcher, in denen man pulen kann. Die Geräusche kommen nicht bis hierher, sie hören vorher auf.

Als wir die Teller abgelegt haben, probieren wir die Knöpfe und Hebel an den Unterseiten der Sitze, wir fallen nach vorn und kippen nach hinten.

Doris hält uns ihre adrige Hand entgegen. Darf ich dein Auto nehmen, sagt sie. Wenn du weniger trinkst als gestern, sagt Franka, und vorgestern und vorvorgestern. Sie lässt den Schlüssel in Doris' Handfläche fallen und lehnt sich zurück in den muffigen Beifahrersitz. Doris faltet sich rückwärts aus der schräg geöffneten Tür heraus, sie sucht auf einem verdellten Dach Halt mit den Füßen und balanciert sich aus meinem Blickfeld. Franka und ich verdrehen die Hälse, sie sieht so klein aus von hier, sagt Franka, ich beobachte Doris, wie sie sich entfernt wie jemand, der nie da gewesen ist. Auf ihrem Tellerrand trocknet der Zucker zu Inseln.

Franka starrt zu unserem kleinen Halbschloss hinüber: von Türen unterbrochene Flure, die wir besetzt haben, als wir noch unter einer Decke schliefen. Wir merken zu spät, dass etwas kippt, und als der Lada endlich auf der Seite zu liegen kommt, neben dem dreckweißen Wartburg, klaube ich mich langsam zusammen und probiere meine Körperteile aus, ob sie noch funktionieren. Franka hat sich eine Kerbe in den Unterarm gerissen, den sie mir entgegenhält, ihre Stimme ist so schrill wie schon lange nicht mehr, als sie sagt: Mach das weg, ich kann kein Blut sehen. Ich nehme das Tuch von meinem Hals, ein Matrosentuch, das ich in Ludwigshafen geschenkt bekommen habe, ich binde es fest um ihren Arm und sehe zu, wie es sich voll saugt. Da hat Franka die verkniffenen Augen schon wieder halb geöffnet und drückt sich mit dem gesunden Arm an der Frontscheibe ab, um aus der nach oben offenen Tür zu steigen. Sie fällt nach hinten, und ich höre ihr Stöhnen, als ich aus der Öffnung klettere, reibt sie sich ihren Steiß und sagt: Wir haben viel zu viele Knochen bei dem wenigen, was sonst noch drin ist. Franka guckt mich an mit verschwindenden Pupillen, ihr Blick ist weit weg, als könne er nur über viele Umwege zu mir gelangen, sie zurrt ihren Lodenmantel fester zu, als würde das nachträglich irgendetwas besser machen. Dann tritt sie ein paar Mal gegen die Fahrertür und schnauft. Ich warte, bis sie damit fertig ist und sich aufrichtet, dann suchen wir unsere Gabeln wieder zusammen und lassen das Verkeilte hinter uns.

Manchmal fehlt mir die wuchtige Tragik von Glockenschlägen. Franka sitzt am Tisch und raucht filterlose Karozigaretten. Sie raucht mit dem rechten Mundwinkel, zieht den Qualm durch den Mund und stößt ihn in einem sauberen Keil am linken Mundwinkel aus. Ich sauge Wärme durch die Handflächen in mich hinein. Frankas Oberschenkel sind zusammengepresst. Meine rechte Lende ist voller Schürfwunden. Die haben ja keine Ahnung, sagt Franka, wie schnell man so jemandem wehtut, was da passieren kann, wenn man jemanden wie Doris nur anguckt. Wir haben uns bis auf die Unterwäsche ausgezogen und lassen uns von der Wärme aus dem geöffneten Backofen umschließen. Ich habe das Gefühl, dass mir morgen nichts mehr genügen wird.

Am Kühlschrank flattert ein loser Zettel. Franka zeigt mit dem Finger darauf und zieht ihre Stulpen über die nackten Fesseln. Was steht da, ruft sie, und ich lese vor: *Wer schläft, liebt nicht.*

Meine Haut beschlägt in der Badewanne, man kann sich niemals ausdehnen, denke ich, egal was die anderen sagen.

Im Wohnzimmer dreht sich stumm eine schwarze Scheibe. Wir lassen den Tonarm auf die Schallplatte herunter: *Auch die Seerosen scheinen zu weinen/wo ihnen so etwas nie passiert/ich hab es so furchtbar satt/wenn einfach alles an Bedeutung verliert/an Bedeutung verliert.* Das hat sie uns hören lassen wollen.

Ich creme Frankas lange, sehnige Arme ein, reibe trockene Hautfusseln ab, manchmal reißen meine Fingerkuppen aus und verlaufen sich auf blauen Linien. Wir weichen auf, sagt Franka, erst langsam, dann immer schneller.

Als wir auf dem kleinen Handtuch nebeneinander abtropfen, hat ihre Nacktheit für mich nichts Aufreizendes mehr. Ich will Po an Po mit Franka schlafen und ihre Haare nachschneiden, millimeterweise. Franka muss lachen, weil sich in meinem Gesicht alles zusammenballt, als sie mir mit Ohrenstäbchen Jod auf die Wunden tupft.

Sobald die Helligkeit unser Zimmer erfasst hat, lösen wir uns voneinander. Doris fehlt zwischen uns. Frankas Zellophanhaut ist gespannt und feucht. Ihr Lachen hat heute Morgen weniger Ton. Am Fenster stehen und ins Gesichtslose starren hat keine Zukunft. Ich entscheide mich für Kleider und räume Doris' Zimmer aus. Wir werden etwas hineinstellen, ein Bett vielleicht oder eines der Autogerippe, da frieren wir im Winter beim Essen nicht und ertrinken nicht vor lauter Platz. Die angebissenen Kekse und halben Schokoriegel, die angebrochenen Konserven und halb vollen Becher verstaue ich in einem Müllbeutel, Doris hat niemals etwas aufgegessen, Doris hat einmal gesagt: Ich mag die Kälte mehr als die Hitze, darum esse ich so wenig. Doris ist eine Frau, der man alles verzeiht.

EINE DIESER NÄCHTE

By Friday, life has killed me.
Morrissey

Die Musik ist meine Decke. Ich sitze in einem Raum voller Dunkelheit und ich bin hier, weil ich zeigen will, dass ich allein bin und jung und ein glattes Gesicht habe, ich bin da, um mich anzubieten, vielleicht gibt es da jemanden, der mehr mit mir anfangen kann als ich.

Ich gehe ein Bier kaufen und ich sehe, dass alle anderen sehen, dass ich knallrot trage und schöne, große Stiefel und dass ich ein bisschen mädchenhaft aussehen will, damit man mich nicht so ernst nehmen muss, damit man mir Zugeständnisse machen kann. Ich trage das Bier durch die einzeln herumstehenden Menschen zurück zu meinem Eckplatz, und Blicke wie Vögel setzen sich auf meine Schultern. Der DJ kennt mich und weiß noch nicht, ob er so tun soll, als würde er mich nicht kennen, oder ob er so tun soll, als würde er sich unbefangen darüber freuen, mich noch einmal wieder zu sehen. Er hat einen Bauch und schnelle Hände und Haare, die ihm bis über die Wimpern fallen. Wir haben uns auf einem Konzert derselben Band getroffen, die heute spielen soll, er hatte mir ein Bier versprochen und dann mit seinen Freunden geredet, und ich bin gegangen. Wir haben uns im Museum der alten Künste wieder getroffen, wir standen vor einem Liebespaar von Müller, und er rempelte mich an. Entschuldigung, sagte er, und ich drehte mich zur Seite. Ich verwechselte ihn und sagte einen falschen Namen, aber dann fiel er mir wieder ein, und er fragte, ob er mich nach Hause fahren dürfe, als Entschuldigung, wegen dem Bier. Ich sagte Nein und nahm nur seine Nummer und manchmal schrieb ich ihm: heute den ganzen tag air gehört, kopflos gewesen, und manchmal schrieb er zurück: KIND DER FINSTERNIS, RAUCHE EINE AUF DICH. Es gab nichts außer diesen SMS, die wie Gewitter waren, die nichts mit uns zu tun hatten, und ich begann, Musik zu machen, weil es niemanden gab, der sich von mir lieben ließ.

Der DJ guckt jetzt her mit Augen wie aufgemalt, und ich gucke ebenso angestrengt blicklos zurück. Er spielt schöne Musik: Industrierhythmen, luftige Stimmen, euphorische Violinen, und manchmal lacht er wie ein Kind und tanzt, und dann braucht sein Körper eine kleine Weile, bis alles wieder eingerastet ist. Die Menschen hier sehen schön aus, als müssten sie sich nicht besonders anstrengen, so schön zu sein. Ich trinke das Bier schnell und denke daran, dass ich mich vor einer Woche das erste Mal dabei erwischt habe, mich einsam zu betrinken. Rotwein, und danach der Blick in den Spiegel, ins Fenster, mein Wassergesicht voll Stadt, und ich suchte nach der zweiten Flasche Wein, dabei hatte ich die schon ausgetrunken. Ich torkelte durch das Zimmer und riss meinen Bücherschrank um und dann saß ich auf dem Boden und weinte ein bisschen und hoffte, es würde gleich irgendetwas Großes, Fantastisches passieren, zum Beispiel könnte ich ein Buch aus meiner Kindheit wieder finden, etwas wie *Der Wal im Wasserturm* oder wie das hieß, aber es passierte nichts außer dass ich sitzen blieb und mir die Reste meiner Schminke über die Wangen liefen, ich stellte mich vor den Spiegel und sagte immer wieder: Du bist erbärmlich, du bist erbärmlich, und um das ganze Elend vollständig zu machen, filmte ich mich dabei.

Es ist warm in meiner Ecke, obwohl die Heizungen hier nie angeschaltet werden, die Bühne ist immer noch leer bis auf die einsame Nebelmaschine, die ab und zu ohne Rhythmus zischend Wolken über die Bühne wogen lässt, die nach Vanille riechen. Ich weiß, dass ich morgen wieder früh aufstehen muss, und ich weiß, dass das Büro wie immer ein bisschen nach diesem Pflanzendünger riechen wird, den Josephin unter die Erde der Amaryllis und der Alpenveilchen mischt. Ich werde vor dem Computer sitzen und Anzeigen tippen: *DJ u. Alleinunterhalter für alle Anlässe hat freie Termine, rockt Ihre Party, von Abba bis Zappa.* Ich werde spätestens um zwölf kaffeezittrig um die Straßenecke gehen und beim Bäcker eine Puddingbrezel essen, mit Espresso, natürlich.

Es ist diese Müdigkeit.

Es ist die gleiche Müdigkeit, wie wenn ich mir eine charmante Plattenbaukindheit vorstelle, meine Plattenbaukindheit, mit Murmeln und Stickertausch und lärmenden Alu-Jalousien, aber ich weiß nichts, ich bin zu spät geboren, ich habe zu spät angefangen, das Erinnern zu lernen, und das Erste, an das ich mich dann erinnerte, war mein Cousin mit den kleinen Augen, der auf Backe rauchte und Josef und mir befahl, uns vor seinen Augen zu küssen. Das macht man so, sagte mein Cousin, sonst ist man nicht zusammen. Als er uns dazu gebracht hatte, uns nackt nebeneinander in einen Schlafsack zu schieben, und wir mit angehaltenem Atem und weißen, verstockten Körpern aneinander lagen, rieb er sich mit der Hand über den Jeansstoff zwischen seinen Beinen. Es war eine Levisjeans, das weiß ich noch, und an diesem Abend hat mich mein erster Freund verlassen. Ich kann mich an einen Schmerz in der Nackengegend erinnern: eine Verschiebung im Kopf.

Der DJ spielt: *You are another planet cause you are,* dann verschwindet der Text hinter dem Rest der Musik, ich habe das Lied stundenlang gehört, aber immer zwirbelt sich die Stimme nach draußen, verläuft sich wie ein Rinnsal, wie das Bier, das ich verschüttete, als ich das letzte Mal tanzen war, das sich zwischen den Holztischen in die Fugen verirrte, als ich sagte: Wollen wir vielleicht auf ein gutes Lied warten und dann tanzen, und der Junge antwortete: Eher nicht, aber vielleicht muss das so sein, denke ich, damit er immer passt, der Song, als Eröffnung, als Kompliment, als Liebeserklärung, als Vertrag, egal zwischen wem, da heißt dann Beziehung: das Ende der Zeile finden, das Lied auf der Tonspur den ganzen Film lang mitlaufen lassen, *You are another planet,* da kommt nichts gegen an.

Ein Zucken geht durch die Beine in schimmernden Strumpfhosen. Die Nebelmaschine spuckt. Die Menschen sehen alle aus wie mit Plexiglas überzogen, alle einzeln, da kommt man nicht ran, nur ab und zu geschieht ein Unfall und plötzlich ist da ein Sprung im Glas und etwas sickert durch und es kann passieren, dass sich Häute berühren, das ist zu viel, da wischt man schnell dem anderen den Fleck aus den Augen und sich selbst sauber und macht, dass man wieder heil wird, undurchlässig, und man weint ein bisschen oder tut so, als sei nichts gewesen. Es wird weitergetanzt.

Sie haben ohne mich angefangen. *A lampara keeps on burning.* Ich setze das Bierglas an. *And somehow we can't return.*

Der Gitarrist leidet, das gehört zur Show. Katharsis, denke ich, per aspera ad astra oder so, die Musik tut ihm weh. Vor mir hat sich eine Mauer zusammengeschoben. Alles eskaliert ein bisschen vor sich hin, mit allem Drum und Dran: fliegende Haare und Gerempel, Stage Diving. Und ich verliere die Blicke der anderen an die Bühne, kann nicht mehr wie Zierde und Schmuck herumstehen: Ich löse mich auf.

Hast du mein Gesicht vergessen?

Eine Stimme voll Schlaf. Ich folge ihr zwischen den Köpfen hindurch in zwei Lippen, die fremd sind, Nase, Augen, eine makellose Frisur. Hektisch das Zurückspulen. Rewind. Play. Rewind. Stop.

Julius?

Julius verzieht die Mundwinkel, ein halbes Lächeln oder weniger. Du hast dir die Haare geschnitten, sage ich, steht dir. Julius schiebt mir ein Bier zu. Das Jahr hat wenig Spuren hinterlassen: Ich male mir jetzt die Augen an, er trägt das Haar länger. Ich suche in seinem Gesicht nach etwas, das mir einmal wichtig gewesen sein könnte: Da ist nichts, ich habe nur seinen Körper und meinen gekannt, wie sie sich verhielten, wenn wir sie aufeinander losließen. Wollen wir reden, sage ich.

Wir nehmen unsere Bierflaschen von der Theke. Ich schaue noch einmal zur Bühne. *We sail all day like a farewell to winter.* Der Sänger ist schön, an seiner Stelle würde ich mich ständig ins Profil drehen. Ich darf Julius' Rücken nicht aus den Augen verlieren, seine Anzugjacke aus feinem Cord. Wir graben uns zwischen den schwitzenden Gesichtern hindurch bis unter den Technikturm, da ist die Musik leiser.

Beschleunigung: Wir stellen Behauptungen in die Luft zwischen uns, aber die Lücken schrumpfen nicht, sie werden größer. Ich erzähle von der Musik, die ich mache, von der neuen Wohnung, er von seiner Unlust auf diese Stadt, wir hätten nie anfangen dürfen zu erzählen. Früher hatten wir einen Magnetismus, ich versuche noch einmal die alte Sprache: Magst du Weißwein? Ich hab welchen zu Hause, du kannst mitkommen, wenn du willst. Er sagt, er müsse schlafen, wegen eines Seminars am Morgen, und auf einmal ist da diese Frau, die sehr gewöhnlich aussieht, sie trägt eine Brille und Langeweile im Gesicht, das fast nicht zu sehen ist hinter den vielen Haaren. Gehen wir, sagt sie zu Julius. Julius guckt mich an, ich die Frau, die Frau uns, dann nickt Julius, und die Frau sagt: Ich gehe schon mal vor. Ich muss lachen. Von der Bühne schwappt uns Musik auf den Rücken. Gehört die zu dir, frage ich und Julius sagt: Vielleicht heute. Du bist komisch, sage ich, und dass ich ganz vergessen habe, wie schön er sei. Ich habe deine Muse vertrieben, sage ich, lauf ihr nach, da steht er auf, gibt mir einen Kuss und sagt: Es tut mir leid, entschuldige, ich rufe dich an, du kannst rangehen oder nicht, aber ich rufe dich an, seine Stimme franst aus an den Rändern und meine kippelt, als ich sage: Ich hätte dich heute Nacht mehr gebraucht als sie, und: Viel Spaß, da ruft er noch: Darum geht es nicht immer.

Es ist diese Müdigkeit.

Sie haben ohne mich aufgehört. Die Musiker schmeißen ihre Arme in die Luft, und ich habe den Sänger verpasst, wegen dem ich gekommen bin, seine Streichelstimme. Der Blick des DJs, der sagt: Ich war die ganze Zeit hier, der wie ein Angebot ist und wie ein Gewicht. Die Leute gehen, die Musik kommt: *Everything in its right place, in its right place,* das war das Lied des ersten Satzes, des Beginns, auf den nichts folgte: Magst du vielleicht ein Bier mit mir trinken? Der DJ sieht mich an und sieht, dass ich mich erinnere und dass ich sehe, dass er das sieht, und dass ich ihn ansehe mit diesem Blick, der sagt: Aber das bedeutet noch lange nichts, und er wendet sich ab.

Übrig bleiben immer dieselben. Übrig bleiben die, die in der Nacht das Licht brennen lassen. Übrig bleiben die, die den ganzen Tag Dinge tun, nur um des Gefühls willen, etwas getan zu haben. Übrig bleiben die, die gelernt haben, ihr Leben in einer Viertelstunde zu erzählen.

Es ist der Sänger, der in der Halle steht, und ich trinke mein Bier in einem Zug leer, gehe zu ihm hin und stammele auf Englisch, dass ich sehr glücklich sei, hier zu sein, dass ich im letzten Jahr schon da gewesen sei, dass ich sehr lange darauf gewartet habe, sie noch einmal spielen zu hören. Auf dem Weg zurück zu meinem alten Platz versuche ich, so zu laufen, dass ich von hinten gut aussehe. Ich sitze und zünde mir eine Zigarette nach der anderen an, wechsele Positionen und sehe die Rücken der Menschen verschwinden: das Gefühl, wenn es Tag wird, wenn sich etwas Teigiges lichtet. Aber das geht nicht: jemanden streifen und dann so tun, als habe man nur mal schauen wollen. Plötzlich gibt es eigene Wörter zu dem Gesicht, und man fängt an, Dinge ineinander zu schieben. *One step inside doesn't mean you understand.* Solche Sätze tauchen erst später auf. Zuerst sind da immer Augen, die überall abrutschen.

Er heißt Sandro, das weiß ich vom letzten Jahr, und er hat ein Gesicht, das einem Angst machen kann, weil man in so ein Gesicht alles hineinsagen kann, ohne dass sich da etwas verändert, und man erzählt immer mehr, man schält sich, damit in diesem Gesicht etwas passiert, aber alles bleibt so und dann ist nichts übrig von einem, nur der andere ist intakt und schweigt oder er siezt dich und stellt eine Frage, die einem klarmacht, dass da immer noch der gleiche Abstand ist wie vorher. Ich rauche. Morrissey singt zwei Lieder hintereinander. Eines endet mit *I love you and I love you and I love you,* das andere mit *Do you hate me do you hate me do you hate me,* und ich denke, dass das vielleicht das Gleiche ist, der gleiche Schrei, das gleiche Bekenntnis.

You've smoked nineteen cigarettes. Everything okay?

Sandro sieht von nahem noch weicher aus, nachgiebiger. Seine Augenbrauen sind Inseln.

I'm excited, sage ich. Aber Sandros Augen sind nicht bei mir. Er schweigt in eine andere Richtung. Because of your music, sage ich, because of you. Sandro greift in seine Tasche. Er legt mir eine Kiwi, eine Flasche Bier und einen zerknitterten Zettel in den Schoß. A present from the band, sagt er, for coming the second time. If you come the third time next year, you can choose one of us to marry. Er lacht, der nächste Satz ist ein Satz über seine Freundin in Italien. Italy is much busier than Germany, sagt er, everyone is closed, you know. Ich nicke. Ich lasse ein paar kantige Wörter fallen und ein paar große, runde, die das einschließen, was ich eigentlich sagen will, die weich sind wie Schaumgummi. Ich verstecke mich hinter Redewendungen, die schon in Filmen immer funktioniert haben, ich rede in Aphorismen, was ich sage, muss gut klingen. Mein Englisch ist wie ein zu enges Kleid, ich habe neue Lieblingswörter, an denen ich hängen bleibe.

Sandro sieht meine Angst und wirft sie mir zurück. Das Rauchen macht nichts besser. So you are a depressed artist, sagt Sandro und lacht. Die Halle ist fast leer, nur ein paar Italiener stehen herum, reden mit dem Bassisten und trinken laut ihr Bier. Ich würde mich gern hinsetzen. Ich würde Sandro gern mit nach Hause nehmen, neben mein Bett setzen, ihm die Hand auf den Mund legen und Schsch sagen, ihn betrachten. Ich würde gern mit Morrissey singen können: *I have forgiven Jesus for all the desire he placed in me.* Aber die einzige Möglichkeit ist eine nächste Zigarette.

Maybe, sage ich.

Der Zettel in meiner Hand ist eine Stage List, die Namen der Lieder in sperrigen Druckbuchstaben. Ich schiebe ihn in meine Tasche. *Summers are worth more than this boat.* Erste Zeile, erstes Lied. August war es, als wir uns nach Jahren wieder sahen. Josef hatte eine Brille. Er hatte keine Freundin. Er hatte studiert und viel gelesen. Wir saßen uns gegenüber und tranken Tee, und wenn da ein Telefon zwischen uns gewesen wäre, hätte wenigstens einer von uns auflegen können. Der Tee war heiß, ich war verlegen, das Licht zerbrach an den Hochhäusern, während ich immer mehr Kandis in den Tee rührte. Josef trug ein Hemd, das ihm viel zu groß war. Irgendwann stand ich auf und ging zum Fenster.

Wir hatten damals nicht schreiben können, sonst hätten wir vielleicht einen Brief geschrieben. Selbst als wir schreiben konnten, schrieben wir keine Briefe, uns nicht und den anderen nicht, die alle Briefe schrieben.

Ich warf meinen Blick in eine Brombeerhecke. Die Lampe über dem Esstisch flackerte in der Scheibe. Naja, sagte ich, da kannst du ja schon glücklich sein, so alles in allem. Josef atmete geräuschvoll aus und sagte, er sei zufrieden, oder etwas anderes, und ich drehte mich wieder ihm zu und dem Esstisch und diesen verschrobenen Gardinen und dieser lächerlichen Zimmerpflanze, und es war, als trügen wir zu weite Pullover, zu schwere Schuhe, zu große Hüte. Ich drückte mir eine Hand auf den Unterleib. Es ist der Körper, der sich erinnert.

There is only one subject, sage ich, you know, aber in Sandros Gesicht fallen meine Wörter wie in einen tiefen Brunnen, sie machen nicht einmal ein Geräusch beim Aufschlagen. Of course, sage ich, they are about this thing we call love, und ich rede sofort weiter: So etwas darf kein Schlusssatz sein, so etwas muss man zureden, wegreden, also sage ich etwas über Gitarren und gereimte Refrains. Ich habe das Gefühl, wenn ich jetzt nicht schnell genug ganz viel auf einmal sage, habe ich verloren. Sandros dunkel gerahmtes Gesicht fängt schon an zu verschwimmen. Artists often work with their pain, sagt Sandro, the intensity of life they experience makes them suffer. Sandros Schönheit verstört mich. Ich nicke und sage: That was my fault, I guess: All my men were artists. They made me crazy. Sandro sieht mich zum ersten Mal richtig an. We got lost, sage ich, in sadness, in lethargy, whatever. Die Musik rast über den blanken Boden direkt auf uns zu. Wir sind schutzlos. Da ist kein Geschrei mehr und kein Schirm aus Hinterköpfen und Rücken. Da stehen mitten im Raum die Augen des DJs, die Langspielplatten entscheiden, wie es weitergeht mit uns, in welche Richtung wir uns drehen, was unsere Körper machen, welche Temperatur wir haben. Ich denke: Patrick Wolf hat Recht, wenn er singt: *I used to say: just follow your heart, but my heart always led me in circles.* Und er singt weiter: *You gave me shoes and pretty clothes and I gave you what I had between my legs.*

Es gab eine Menge Regeln zwischen Julius und mir. Es gab die Regel der Neutralität. Wir hatten nichts: keine Musik, kein warmes Licht, das uns schön schummelte, keine Lust. Wir hatten eine schmale Matratze. Wir hatten andere Namen und wir hatten nicht die Erlaubnis zu fragen. Es hingen Bilder von Frauen in seinem Zimmer, Karten mit Lippenstiftküssen. Könntest dir ein bisschen Mühe geben, sagte ich, und wenigstens die Überreste deiner Frauen beseitigen, bevor ich komme. Etwas brach ein, viel zu früh. Ich fing an, die Augen aufzumachen, wenn ich bei ihm war. Ich fing an, Schubladen zu öffnen, als er ins Bad ging. Auf einem Brief stand sein Name, und damit bekam alles Dimensionen, eine Überschrift, einen Ablauf, eine Zeit. Leugnen unmöglich. Das Bluten kam nicht von ungefähr.

It's all about trust, sagt Sandro. Sometimes I don't understand my girlfriend. Being in love with a singer is pretty exciting. He's never at home. You can't be sure what he is doing. She must be very strong. Ich sehe an mir herunter. She must be truly in love, sage ich. Sandro hat dieses überlagerte Lächeln von Menschen, die mit etwas fertig sind, die durch sind, die es hinter sich haben. Wenn solche Menschen etwas wollen, liefern sie das »Aber es ist nicht das erste Mal« gleich mit, das »Bild dir nichts ein« und »Hab keine Angst«. Er ist fast schmal in seiner Lederjacke. Das Edle in seinem Gesicht ist der Adel von Heiligenbildern, ein Schimmern, ein Scheinen, über dem sich Haut aufspannt. Sein Lächeln ist nicht für mich, das hat er vorhin schon an andere verteilt, aber wie er dasteht, das gilt mir.

Kannst du mir nicht wehtun, sagte ich, kannst du nicht machen, dass ich weine. Ich stand nackt in Julius' Zimmer und schwitzte in den Kniekehlen. Er stand in der Tür, er brauchte mich nur anzusehen, um mich zu entkernen. Ich weiß nicht, ob es das auch für ihn war: Aushöhlung, ich weiß nur, dass ich wartete und mich fürchtete, vor Julius, der das tun sollte, was ich selbst nicht konnte. Es verging Zeit, bis er auf mich zuging und mir ins Gesicht schlug. Ich hielt mir die Hand an die Schläfe und fiel gegen das Bett. Meine Knie knickten ein, mein Kopf versank ins Kissen. Julius presste mir seine Hand auf die Lippen und öffnete mit der anderen meine Schenkel. Unter dem grellen Licht der Schreibtischlampe wurde Julius unausweichlich. Er umschloss meine Fesseln mit den Händen und drückte meine gestreckten Beine nach vorn, mir entgegen, bis sie senkrecht standen. Dann rammte er es mir in den Unterleib. Halt's Maul, sagte er, als ich wimmerte, und: Halt die Fresse, du Hure. Da war so viel Licht. Da waren keine Gardinen, die Töne schluckten. Julius riss meinen Kopf an den Haaren nach hinten und drückte ihn ins Kissen. Ich bekam keine Luft. Er sagte: Knie dich hin, und: Beine grätschen, er zerkratzte meine Brüste. Etwas ging kaputt da unten, so kam es mir vor. Ich versuchte, keine Geräusche mehr zu machen. Julius' Stimme hallte nach, ich kannte diese Melodie nicht, nicht von ihm, und sie passte nicht zu den Karten mit den Lippenstiftküssen, beinahe hätte ich lachen wollen, aber es tat zu weh.

An der Wand berühren Sandros Fingerspitzen meine, ich weiß nicht, ob das Absicht ist. Jemand hat das Licht in der Halle angestellt, die Letzten ziehen sich Mützen über die Köpfe und schleichen gebückt nach draußen. Der Blick des DJs ist ein Scheinwerfer, das soll jetzt vielleicht ein Witz sein: *And all of a sudden you are one with the freaks.* Nur Sandro und ich stehen noch da, mit eingeknickten Knien, und ich verwische mit den Stiefelspitzen die Asche vor meinen Füßen. Etwas muss passieren, denke ich, es gibt Punkte, da kann man nicht einfach weitermachen, und einer dieser Punkte ist der, wenn alle gehen. Da muss man sich irgendwie verhalten. Anders, als wenn alle noch da wären. Sandro lacht leise, es klingt nach Kaminfeuer.

Wir bekamen keine Luft mehr. Wir lagen nebeneinander und bekamen keine Luft mehr. Wir zitterten. Ich wartete darauf, dass die Wärme meine Fußsohlen erreichen würde, dass sie in meinen Körper zurückkehrte, wie Efeu meine Hohlräume zuwucherte. Der Schmerz zog sich auf die Oberfläche zurück, auf die Haut. Ich erschrak, als Julius sich räusperte. Blutest du, sagte er. Ich schob mir einen Finger zwischen die Beine. Ja, sagte ich. Ich zog die Knie an meine Brüste und rollte mich auf die Seite.

In der Küche wischte mir Julius mit einem Papiertaschentuch das Sperma von den Wangen. Er rieb die Schürfwunden auf meinem Rücken mit Alkohol ab. Er gab mir ein Taschentuch, das ich in meinen Schlüpfer legen konnte. Einmal fiel ich kurz hin. Julius zerrte mich an der Hand nach oben. Geht es, fragte er. Ja, es geht, sagte ich. Ich zog mich an. Es begann gerade zu dunkeln, als Julius die Tür hinter mir schloss und ich mit zusammengepressten Knien die Treppe hinunterging.

I could take you with me to the hotel, sagt Sandro. Ich sehe ihm ins Gesicht, ich lächele. Der DJ räumt auf und schließt den Plattenkoffer. Die Frau hinter der Bar schaltet das Licht über dem Tresen aus. Ein Mann sagt: Wir machen Schluss. Ein Techniker trägt letzte Kabelrollen weg. Ich sage: Thank you, but I prefer sleeping alone. I'm through with all this.

Draußen liegt der Schnee wie eine Filzdecke über den Häuserzeilen. Ich winke ein Taxi heran. Die Kiwi in meiner Manteltasche ist zerdrückt. Ich weiß: Morgen werde ich eine SMS von dem DJ bekommen. Morgen werde ich müde sein. Auch morgen werde ich Josef keinen Brief schreiben. Morgen wird Julius anrufen, und ich werde es vier Mal klingeln lassen und auch dann nicht ans Telefon gehen. Ich weiß: Ich werde das Bier in den Kühlschrank stellen, ich werde es nicht trinken.

NACHSPIEL

Ich weine schon lange nicht mehr wirklich. Nicht mehr in der Mitte. Auf jedes Gefühl passt ein Lied. *The end of the end/we live again. Beck.*

Ich sitze vor einem Blatt Papier, und ich weiß, Texte, die so anfangen, würde ich nie lesen. Noch vor ein paar Tagen hätte ich mich an einem solchen Abend mit billigem Moscato frizzante betrunken, ich hätte halb nackt am Fenster meiner Plattenbauwohnung gestanden, im Zimtgeruch meiner Zigaretten. Ich stehe nicht am Fenster, ich suche mein Gesicht nicht in der Scheibe. Es ist egal, ob es regnet, vielleicht regnet es, zu solchen Tagen passt Regen. Ich schreibe: Dies ist meine Geschichte, dies könnte meine Geschichte sein:

Ich denke: Wie unsere Zahnbürsten in absoluter Harmonie aneinander lagen. Er war einen Kopf größer als ich, aber wenn wir mit angewinkelten Beinen auf der Seite lagen, passte mir sein Körper, es gab keine freie Stelle zwischen meinem Rücken und seinem Bauch. Ich denke auch: Die schwarzen Vögel sitzen wie Hüte auf den Bäumen. Manchmal sind sie still und manchmal zetern sie: Ich verstehe sie nicht.

Das Licht bleichte die Gardinen, mein Zimmer hatte eine Wintertragik, alles sah aus wie unmotiviert hingestellt und flimmerte wie durch halb geschlossene Augen.

Es war ein Februarmorgen, der Himmel war von einem klaren, betäubenden Blau, und ich wachte mit Musik auf, *Wir können nichts/wir sind nichts/wir wollen nichts,* und mit Kaffee. Ich machte ein paar Rumpfbeugen für mein Gewissen, blieb keuchend auf dem Teppich liegen und wartete, bis zwei Minuten später mein Wecker klingelte. Ich wusch mich energisch, malte mich an, trank noch einen Kaffee, kontrollierte Lampen und Heizungen, nahm meine Koffer auf und schloss die Tür hinter mir ab. Im Flur stank es, nach Salz und Ei, Schlafgeruch, nach Vergorenem. Mit dem Fahrstuhl nach unten und die drei Türen nach vorn aufstoßen. Die Koffer machten mich wichtiger, und ganz am Anfang war es ein Mann gewesen, der gesagt hatte: Ich liebe dich, also bist du, jetzt hatte ich nur noch die Koffer und war also eine Reisende, schon lange keine Geliebte mehr.

Der Schnee senkte sich über die Hochhaussiedlung wie eine gewölbte Hand. Das Licht kam von den weißen Umhängen der Plattenbauten. Ich mochte das Schmatzen meiner Sohlen.

In der Straßenbahn zum Hauptbahnhof flimmerten Nachrichten über Bildschirme. Ich lernte. Erstens: Man soll sich im Winter nicht zu dick anziehen. Dann schwitzt der Körper und kühlt aus. Zweitens: Ein Mann mit einem seltsamen Namen gewinnt ständig irgendwelche Wettkämpfe als Tierimitator. Er kann brünftige Hirsche nachmachen und bekommt dafür Geld. Drittens: Eine Schauspielerin aus den Staaten ist traurig, dass sie nie Gitarrespielen gelernt hat.

Ein paar Menschen schlurften geduckt um die Haltestellenhäuschen, ein Mann mit einer riesigen Brille verkaufte die BILD, ich dachte daran, was ich diese Woche noch alles tun müsste, meine Pläne lagen wie eine zugeschnürte Plastiktüte über meinem Gesicht. Ich war gut im Plänemachen, im Listenschreiben, ich war gut im Unglücklichsein. Das Licht fiel von den Straßenlaternen wie Seidenschals, mit dem Verlöschen der Laternen legte der Bahnhof Trauer an: Ich und die anderen stapften durch Staub. Ich trat Löcher in die Schneehaut. Mein rechtes Augenlid zitterte, es hörte auch nicht auf zu zittern, als ich meinen Zeigefinger darauf legte. Da stand der Bus, der am Tag nur einmal fuhr, er lag zwischen den erhöhten Gehsteigen wie ein bebender Vogel.

Die Fahrt verschlief ich. Ich verschlief die weißen Felder, die Windradfamilien, die sich geordnet in den Himmel streckten, ich verschlief die halblaut murmelnde Musik aus den Boxen über meinem Sitz, ich verschlief die Aufsprengung der Hochhausklumpen, wie die Häuserwälder sich lichteten. Als ich aus dem Schlaf fiel, war der Himmel heruntergekommen wie eine Ahnung, er hing lasch und bauchig über den Dörfern. Da sackt er zusammen, gleich platzt er, der Himmel, dachte ich. Die Meteorologen sagten, es sei kein Ende in Sicht. Ich wischte ein Fenster in die Scheibe. Die ersten Häuser, ausgelegt wie Köder. Da hinten erahnte ich das Dorf, das in einer Senke lag, von Hügeln umarmt, vom Schnee umschlossen. Dass ich hier weggegangen war, war mindestens drei neue Sophies her, zehn Männerbetten, kein einziges Ichliebedich.

Bevor ich auszog, bevor ich wegzog, hatte ich einen Abend auf dem Fenstersims gestanden, stundenlang. Meine Mutter weinte, mit Gurkenmaske auf der Haut, und ich bewegte mich keinen Zentimeter vor oder zurück, sang nur und schaukelte mit den Hüften. Irgendwann war ihre Maske eingetrocknet und ging nicht mehr ab, die Haut darunter musste brennen, mein Vater hatte Matratzen im Garten aufgestapelt, ich sprang nicht, meine Mutter stand einige Meter weiter und wagte nicht, sich von mir zu entfernen, draußen fuhren Traktoren, plärrten in der Ferne, so weit weg, dass das Ohr danach suchen musste. Mein Vater setzte sich neben die Matratzen und war still, es war sehr kalt, er muss gefroren haben, ich jedenfalls habe gefroren. Meine Mutter war so nervös, ich drehte nur den Kopf, der Pullover schlabberte mir vor dem Nabel. Mein Vater saß unten und schwieg, ich sang, meine Mutter und ihre Hände, das waren getrennte Sachen, ich sprang nicht.

Irgendwann in der Nacht hatte ich laut gesagt: Ich spring nicht. Und hatte heiße Milch mit Honig gewollt. Das war auch schon Jahre her.

Der Bus hielt. Der Schnee war ein Vorhang aus Perlen an Schnüren, der rauschte, wenn er geöffnet wurde. Irgendwo glotzten Schafe vor sich hin und blökten. Männer standen an Zäunen und verrenkten ihre Köpfe nach dem Bus. Sie trugen immer noch Vliesjacken, dieselben wie vor fünfzehn Jahren, sie hatten ihre Namen nicht geändert, auch die der Straßen waren dieselben. Das Teigige in den Gesichtern machte mich aggressiv. An der Haltestelle saßen Jugendliche breitbeinig auf Bänken und husteten Halbsätze vor sich hin. Hier auf dem Dorf wird immer die Hälfte in den Backen behalten. Da kommt eine neue Sprache heraus, eine klotzige, sperrige, die direkt von den Ohren in den Bauch abstürzt. Die Jugendlichen rauchten amerikanische Automatenzigaretten und schnippten Stummel über Zäune. Ich erkannte sie. Ich zog mir die Kapuze ins Gesicht und hievte meine Reisetasche aus dem Bus, sie war voll, ich wusste nicht, wie lange es dauern würde. Das Licht war hier einfarbig. Was nicht schneeweiß war, war dunkel. Ich war eine Attraktion und das Gasthaus *Zum Dorffrieden* war auch noch da. Ich drehte mich zur Seite: Ein Mann war mit mir ausgestiegen. Er trug eine Sonnenbrille und schob einen Kaugummi zwischen den Vorderzähnen hin und her. Der Wind biss sich in meiner Stirn fest. Für einen kurzen Moment hatte ich das Gefühl, nicht mehr atmen zu können, dabei war die Luft so kühl, dass sie fast zerriss. Ich nickte dem Mann zu und ging.

Ein Stummfilm aus den Zwanzigern: Die lautlosen Lippenbewegungen der Mädchen, die eingeschnürt in grelle Capes an Zäunen lehnten, und das Geräusch des Schnees in meinen Ohren. Spruchbänder, die den Mädchen aus den Mündern hingen und im Wind flatterten. Kein Schwarz mehr, nur noch Gräue hinter dem wellenschlagenden Vorhang. Schwärme schwarzer Vögel, die um den Himmel stritten. Und auf den Weideflächen und Feldern rechts und links von mir Armeen von Schneeengeln, die mir hinterherglotzten.

Meine Mutter heulte. Ich sagte etwas zu laut, dass es mir fabelhaft gehe. Meine Großmutter saß am Bett und betete. Mein Großvater hatte die Augen geschlossen. Meine Schwester aß Russischen Zupfkuchen. Ich stellte die Reisetasche auf den Esstisch. Überall waren Kerzen, es lief Bach. Warum bist du denn so dunkel angezogen, sagte meine Mutter, sie sprach langsam, so wie meine Schwester langsam aß, so wie die Kerzenflammen langsam schrumpften und wuchsen, als würden sie in die Knie gehen und sich wieder aufrichten. Ich hab nur Schwarzes mitgenommen, sagte ich.

Ich hatte das Haus anders in Erinnerung gehabt. Auch die Blicke aus den Fenstern. Schneebeulen hingen von den Giebeln der Dächer gegenüber. Der Himmel schuppte noch immer. Ich schlich. Auf jede handgroße Fläche eine Erinnerung, so klein war alles hier. Meine Verkleidung beschichtete mich. Rauch nicht so viel, sagte meine Mutter. Die Landluft gleicht das schon aus, sagte ich. Es passierte nichts. Nur ab und zu schob sich jemand einen Finger in den Rocksaum oder unter den Pullover und kratzte sich. Die kränkliche Blässe machte das Gesicht meiner Schwester fast schön. Ihre weißen Unterarme ragten wie feste Zylinder aus den hochgekrempelten Pulloverärmeln. Zu fest für Mädchenarme, dachte ich, zu fest zum Streicheln. Ich wollte sie einmal berühren, wissen, ob sie hohl waren und wie sie klangen, ob nach Haut oder Metall. Wenn meine Schwester nervös war, legte sie den Zeigefinger an den Nasenflügel. Meine Schwester war immer krank, ihre Krankheit lag wie eine Haut über den Dingen. Etwas wäre nicht in Ordnung, wenn meine Schwester nicht krank wäre. Meine Mutter könnte ihre Hand nicht auf den Unterarm meiner Schwester legen und ihn streicheln, zum Beispiel, wir hätten das Geräusch des Honigs nicht mehr, der sich schnalzend vom Löffel löst und die Oberfläche des Tees durchbricht. Meine Mutter hätte kein Gefäß für ihre Sorge. Wie sieht es aus, fragte ich. Vor dem Fenster schmirgelte der Wind die Schneewehen glatt. Der Himmel: taubenblaue Flecken, die an manchen Stellen verliefen wie mit dem Pusterohr geblasen. Eine Nacht, sagte meine Mutter, höchstens. Erkennt er mich, fragte ich. Wahrscheinlich nicht, sagte sie, aber er merkt, dass jemand da ist. Ich rührte in einem Tee. Die Gravur in der Tasse: *laudato si.* Im Löffel sah ich mein Gesicht verkehrt herum. Es klingelte. Der Mann mit der Sonnenbrille und dem Kaugummi stand vor der Tür. Das ist dein Cousin, sagte meine Mutter, von der anderen Seite. Ich geh noch mal raus, sagte ich.

Die Lichtlosigkeit einer Dorfnacht. Der Vorhang, der immer vor mir hertrieb, vor meinen Augen, egal, wie schnell ich ging, wie oft ich versuchte, hindurchzufassen. Ich vermisste die Schlünde der Kneipen, die Leuchtreklamen, die Hitze der gedrängten Körper, ich vermisste die Flucht. Hier gab es nur Bäume. Ich ekelte mich: vor den Schrebergärten, der knautschigen Sprache meiner Mutter, den Gardinen in den Fenstern, den Jogginganzügen. Die Endgültigkeit von Plattenbausiedlungen ängstigte mich, ich wollte durch die Straßen gehen und mir aus dem Gesicht lesen lassen, dass ich eine Stadtfrau sei, dass ich böse Dinge täte und unanständige und dass ich die richtigen Bücher besäße und die richtige Musik. Ich lief schneller. Der Pappschnee ächzte. Eingekeilt zwischen zwei Scheunen stak der Konsum. Keine Reklame leuchtete vor sich hin. Ich blieb kurz stehen vor der Scheibe, hinter der die Auslagen schliefen, in den Schaufenstern sehe ich immer nur mich. Im Winter hatten meine Schwester und ich hier oft den Glasflaschen beim Platzen zugesehen und mit den anderen Kindern das Geräusch nachgeäfft. Ich stellte mir eine Stadt im Westen vor, eine, der man seine Pubertät nicht ansah. Voller Menschen mit aufgeräumten Gesichtern. Mit Menschen, die nicht so unfertig waren. Wo Menschen zum Frisör gingen und selbst Wollpullover mit Eleganz und Stolz trugen. Wo die Frauen ihre Lidstriche geschickter zogen. Eine Stadt, in der es keine Tauben gab und keine Punks. Eine Stadt, der man ihre Unentschiedenheit nicht ansah, die sich beschlossen hatte. Das hier, dachte ich, ist nichts, wo man bleibt, hierhin kehrt man höchstens zurück.

Er stand da auf der Straße wie die Verlängerung meiner Gedanken. Er stand da wie mir aus dem Kopf gefallen. Er war eher der Mann aus dem Bus, der Mann mit dem Kaugummi als mein Cousin. Er trug ein weißes Hemd, das leuchtete. Er fragte: Wie lang bleibst du, ich sagte: Bis er tot ist, und der Mann griff mir in den Nacken und nahm mich mit zurück ins Haus und in sein Zimmer.

So muss es sein, dachte ich. So muss es sein, denke ich, da kommt einer und nimmt dich mit und macht etwas anders.

Der Schnee zog die Nachtleinwand herunter bis auf den Boden. Wenn wir uns ansahen, wussten wir, dass es Grenzen gab: die Bettinsel, Großvaters Tod, die Busfahrt zurück in die Stadt. Mit *I will be gone at morning* im Kopf hatten wir einen Rahmen. *Forget me. I will wash my hands.*

Unter uns gingen meine Großmutter, meine Mutter und meine Schwester auf und ab, und mein Großvater starb sehr langsam vor sich hin. Kanntest du ihn gut, fragte ich. Nein, sagte mein Cousin. Wir zogen uns aus. Du siehst traurig aus, sagte mein Cousin. So seh ich immer aus, sagte ich. Wie heißt du, fragte ich. Christopher, sagte mein Cousin. Er versuchte, alles wie nebenbei zu machen. Ganz unauffällig ließ er das Hemd vom Oberkörper rutschen, ganz plötzlich war er nackt darunter, Haare auf der Gänsehaut stellten sich auf, mühsam. Ganz unauffällig stieg er aus der Hose, ganz unauffällig ließ er den Stoff unterm Bauchnabel fallen. Ich saß auf der Bettkante, nach vorn gebeugt, die Arme durchgestreckt, ich schwieg und schaute ihn an und aus dem Fenster, wo der Schnee in den Hinterhöfen lauerte und darauf wartete, dass ich mich wegdrehte, um näher ans Haus heranzukriechen, es zu umschleichen wie eine Katze. Ich schlief mit ihm, laut, fast wütend, und am liebsten hätte ich gesagt: Jetzt ficken wir das alles weg, aber dann weinte ich bloß auf seinen Bauch, sodass sich die Tränen im Bauchnabel sammelten. Es wurde spät. Unter uns wurde es still. Ich stellte mir den Atem meines Großvaters vor, wie er schwerer wurde. In den kleinen Gästezimmern neben uns saßen meine Großmutter, meine Mutter und meine Schwester und warteten darauf, dass sich etwas veränderte, oder auf etwas anderes.

Das war nicht gut, sagte Christopher. Wir hätten das lassen sollen. Wieso, sagte ich, ändert doch nichts. Aber ich bin nicht der, den du suchst. Ich lachte. Klar, sagte ich, ich such dich gar nicht, wir haben nur gevögelt, sonst nichts. Der Wind röchelte und röhrte an den Scheiben. Von unten zog die Nacht herauf, und der Schnee, über die Strauchgitter bis ans Fenster. Vielleicht, sagte er, bin ich auch nur kindisch und will mir beweisen, dass ich auch ohne kann. Dass es auch ohne geht. Genau, sagte ich, kindisch. Ich beugte mich über den Bettrand, um meine Unterwäsche zu suchen. Warum hast du mit mir geschlafen, sagte Christopher. Es macht mir nichts aus, sagte ich, es ist wie Abwaschen, wie Rauchen. Ich zog meine Socken an und pustete Christopher Zigarettenrauch ins Ohr. Wir können doch nicht ewig ficken und drüber reden, sagte er. Aber das ist die Geschichte, sagte ich, und: So ein Körper ist schon etwas Komisches. Christopher zog mich zurück zwischen seine Beine. In seinen Pupillen war ich großäugig und schneeweiß. Ich tastete die Haut unter meinen Tränensäcken ab, das Gespannte über den Nasenflügeln, eine plötzliche Zärtlichkeit, dünn wie ein Geruch.

Ich bin unglücklich, sagte ich. Natürlich, sagte Christopher, du hast niemals einen Vertrag unterschrieben, dass du glücklich wirst, du hast keine Garantie, nicht mal ein Versprechen. Was ist mit dir, sagte ich, du kannst doch hier nicht so einfach rumspazieren und so tun, als wolltest du nichts vom Leben, du musst doch auch was haben, eine Vision, einen mickrigen Traum wenigstens. Christopher legte mir die Hand auf den Bauch. Vielleicht solltest du einfach aufhören, was zu wollen, dann geht's dir besser. Dann kann ich ja gleich ganz aufhören, sagte ich. Ja, sagte Christopher, oder du weißt genau, was du willst. Glück muss man beschließen. Wenn du weißt, wie's aussieht, hol es dir. Ich zerrte die Bettdecke von unseren Beinen. Haha, sagte ich. Ich drehte den Kopf zur Seite. Mein Körper sah aus wie von Tau bedeckt. Alles klebte, auch die Folie der neuen Zigarettenschachtel. Wir müssen lauter sprechen, dachte ich, um den Lärm des fallenden Schnees zu übertönen.

Wie wär's, sagte ich, wenn wir uns einfach zusammentun. Christopher starrte mir ein Loch in den Hals. Es würde nichts ändern, alles bleibt so, es würde nichts besser werden. Doch, sagte ich, für ein paar Stunden immer wieder. Und es wäre gut wegen dem Cholesterin und dem Adrenalin. Wir kleistern uns doch damit bloß unsere Einsamkeit zu, sagte Christopher. Naja, sagte ich, mir würde es schon reichen, wenn wir ab und zu mal nebeneinander schlafen könnten. Ich zog seine Arme auf meinem Bauch zusammen. Es wird uns einschneien, dachte ich, draußen lag das Weiß bis unter das Fenstersims und leckte an den Scheiben. Bald würde uns die Kälte erwischen.

Noch näher, sagte ich. Du musst die Position finden, in der wir die größte Berührungsfläche haben. Du mit deinen Verschmelzungsfantasien, sagte Christopher.

Ich spürte es zuerst um die Augen. Da zerlief etwas. Etwas verschob sich und verrutschte, ich wurde weniger. Auch Christopher löste sich auf. Nur unsere Sprache würde noch bleiben, dachte ich, und, vielleicht, ein blaues Weinen.

Nur unsere Sprache bleibt noch, weiß ich, und, vielleicht, ein Weinen.

Ich hab da einen Kratzer, sagte Christopher, der ist von dir.

Warum sagst du das.

Weil du es willst.

Ich habe Angst, sagte ich.

Wovor denn, sagte Christopher.

Ich merke fast nichts mehr. Ich bin schon ganz taub geworden. Ich kann dich nicht mal mehr einfach nur küssen. Ich habe vergessen, wann ich das letzte Mal etwas richtig gefühlt habe.

Und, sagt Christopher, das ist doch bei jedem so.

Bei dir ist das was anderes. Halt den Mund, dafür bist du ja da.

Wie du willst.

Der Schnee lehnte sich gegen die Scheiben, er wuchs am Glas nach oben, als füllte er langsam ein Becken, in dem wir beide lagen, zusammengerollt.

Ich kann doch nicht einfach alles bloßlegen, sagte ich. Etwas muss ich doch bei mir behalten. Das Innerste, das Letzte, wie du es nennen willst. Das muss man doch schützen.

Gibt's nicht.

Was.

Diesen Kern, von dem du redest. Du deckst nichts zu. Warum weinst du eigentlich.

Ich bin nicht echt.

Ich auch nicht. Etwas erfindet dich, du erfindest dich, du erfindest etwas anderes, das dich beinhaltet. Du kennst diese Bilder: Ein Mädchen mit einem Bild in der Hand, darauf ein Mädchen mit einem Bild in der Hand, und auf dem Bild ein Mädchen …

Es war das Leuchten von Neonröhren. Elektronen, die zwischen Elektronenschalen hin und her sprangen. Der helle Schnee drückte die Scheiben auf, schob sie auseinander, er flocht sich durch den Spalt aufs Fensterbrett. Ein Gewächs, das sich ausstreckte, das nach dem Boden züngelte.

Aber die, die ich geschaffen hab, gefällt mir nicht mehr, sagte ich. Ich komm nicht mehr raus. Ich sehe unglücklich aus, also muss ich unglücklich sein, mein Äußeres verpflichtet mich. Ich hab mich festgezurrt. Was man angefangen hat, muss man auch zu Ende bringen. Ich war immer gut darin, luxuriös zu leiden, in Männerbetten. Ich habe eine Frau erfunden, die lieben muss. Ich habe eine Frau erfunden, die eine Künstlerin ist und eine Rebellin und eine, die sich immer selbst austrickst und die sich am Ende nur zuguckt beim Unglücklichsein, beim Unglückverlängern. Ich habe die Frau ad absurdum geführt.

Bravo.

Ich muss mich doch schämen. Manche Freunde habe ich nur, weil die Gespräche gut funktionieren. Weil ich mir an ihnen wehtun will, damit ich weiß, wie sich das anfühlt. Ich schicke mich vor, als Figur, als Versuchsobjekt.

Es gibt nichts, was nur dir gehört, außer dem, was du sein willst, vielleicht. Du bist gemacht und du bestehst aus Teilen, die es schon gibt. Du darfst dich veräußerlichen.

Das Aufspringen der Fensterläden, das Nachgeben. Der Schnee fiel wie ein Lichtstrahl ein, wie eine Lichtlanze quer durchs Zimmer. Ein scharfer Vorhang, der die Luft teilte.

Ich habe Angst, sagte ich.

Wovor denn.

Dass die anderen sagen: Du bist ja nicht echt.

Aber es gibt kein Wesen. Lass die anderen dich machen oder mach dich selbst. Und du kannst lachen über dich.

Vielleicht will ich aber irgendwann nicht mehr »c'est moi« sagen, sondern »das bin ich«, vielleicht will ich Grenzen haben.

Christopher lachte.

Die weißen Wogen quollen über das Fensterbrett auf den Boden, schoben sich auf das Bett zu, auf dem wir aneinander gedrängt lagen, stiegen an den Füßen des Gestells nach oben. Nichts als Masse, nichts als Weiß, das tilgte, das erstickte.

Du bist nicht mehr und nicht weniger als das, was du erfindest, sagte Christopher. Du machst deinen Roman, deinen Film. Du bist nicht wirklicher als Werther. Aber es gibt nichts Echteres als die Kunstfigur, als das, was du sein willst.

Tut weh.

Du musst lachen.

Das heißt, ich mach nur noch Dinge, um sie zu erzählen.

Die Erzählerin lässt die anderen Dinge machen, damit sie sie erzählen kann. Keine Verantwortung mehr. Ein Spiel.

Der Schnee erreichte meine Zehen. Ein Kitzeln erst. Die Flocken stoben weiter ins Zimmer. Der Wind hatte den Schnee an die Wände gewirbelt. Das Zimmer war ausgekleidet, der Schnee auf Höhe des Bettes. Er umfasste meine Knöchel und würgte an meinen Füßen.

Das klingt nicht gut, sagte ich. Zurückspulen.

Okay.

Sag es noch mal.

Du musst lachen.

Ich werde also nur noch Dinge machen, um sie zu erzählen.

Keine Verantwortung mehr. Ein Spiel.

Und was bleibt übrig, ganz am Schluss.

Eine Kälte, die nicht an der Haut anhielt. Der Schnee hatte Hügel auf unseren Körpern errichtet. Nur noch Blässe. Ein Schneezimmer. Die Bewegung hörte auf. Ich schloss die Augen. Zuletzt schläft immer die Haut.

Die Sprache, sagte Christopher. Eine Idee von dir. Etwas, das die Figuren ordnet. Warum lachst du.

Die Gefühle sind auch nicht mehr meine. Die erfundene Sophie fühlt. Die erfundene Cousine mag den erfundenen Cousin. Gib mir einen Kuss. Schlaf mit mir.

Mein Großvater starb. Meine Großmutter rief es die Treppe nach oben. Ich zuckte mit den Schultern.

Ich erschrak, als ich neben Christopher aufwachte. Unsere weichen Pos berührten sich, wir lagen Rücken an Rücken. Mein Kopf ragte über die Bettkante, das Haar an den Schläfen und Nasenflügeln. Aus meiner Scheide tropfte es aufs knittrige Laken. Die Stille verdichtete sich zum Orkan im Kopf. Ich rollte mich vom Bett und blieb mit dem Gesicht zum Boden liegen. Meine eigene Barbusigkeit verwirrte mich. Ich stand auf und ging zum Fenster, ich öffnete es und lehnte mich nach draußen. Eine grelle Sonne brannte Löcher in den dünnen Schneeteppich und versengte die Dächer. Kein Lied, das mich an die Wasseroberfläche zerrte, nur das Geräusch eines Traktors, so weit weg, dass mein Ohr danach suchen musste. Ich zündete mir eine Zigarette an und bat Christopher zu gehen. Er stand auf, renkte sich in seine Sachen und ging zur Tür. Er sagte: Pass auf dich auf, oder: Du musst davon erzählen, dass es kein Ich gibt, dass es nichts gibt als die Idee. Er sagte: Es war schön, dich getroffen zu haben, oder: Es ist schade, dass Menschen wie wir zu so was gezwungen werden. Er sagte: Denk mal an mich, oder: Du musst dich veräußerlichen, dir bleibt nichts anderes übrig. Er sagte: Ich liebe die, die du sein willst. Vielleicht sagte er aber auch gar nichts, als er ging.

Ich stand noch am Fenster, bis meine Brüste kalt wurden.

Ich stehe am Fenster, bis meine Brüste kalt werden, dann schließe ich die Läden.

Ich sitze vor einem Blatt Papier. Ich trinke Moscato frizzante, da ist nichts, denke ich, außer der Inszenierung, außer dem Spiel, ich schäme mich nicht. Unter der Decke hängen ein paar

Sätze: *Being born in a photo machine* und *Remembering's not helping you yet.* Wenn es dunkel wird, wächst mein Gesicht aus den Scheiben. Morgen möchte ich Monika heißen, oder Mara, und glücklich sein. Ich puste mir eine Schneeflocke vom Handrücken.

Literatur bei DuMont

ANNETTE MINGELS

DIE LIEBE DER MATROSEN

Roman. 346 Seiten, gebunden

Die Liebe der Matrosen gibt es auch an Land – als flüchtige Suche nach Nähe. Klara ist Anfang zwanzig, als sie erfährt, dass ihr Freund sie mit ihrer besten Freundin Sylvie betrügt. Sylvie reiht wie betäubt einen Mann an den anderen – bis sie einem verfällt, der ihr Vater sein könnte. Auch Klaras Eltern kennen die Flüchtigkeit der Liebe, stürzen sich in Abenteuer oder versuchen einen Neuanfang. Auf Ausbrüche der Lust folgt die erschrockene Frage nach dem Preis des Glücks, das Abwägen zwischen Verlangen und Verzicht.
Vier Menschen erzählen ihre Lebens- und Liebesgeschichten, die vielfältig miteinander verflochten sind. Und im Spiel der Beziehungen ist nie gewiss, wer am Ende gewinnt und wer verliert – von der Verführung zum Verrat ist es ein kleiner Schritt.
Mit großer erzählerischer Macht und außerordentlichem Einfühlungsvermögen legt Annette Mingels' Roman das Leben von vier Menschen bloß, die sich im Auf und Ab von Hoffnung und Enttäuschung verstricken. Besessen von der Suche nach dem ersehnten Glück entgleiten ihnen die Bindungen von Familie und Freundschaft. So treiben sie, ihrer Illusionen und Unschuld beraubt, wie Schiffbrüchige ohne Aussicht auf Rettung.

»Ich könnte sagen, ich vermisse dich. Und wenn sie fragte, was, was genau vermisst du, würde ich sagen: Alles.«

ULLA LENZE

SCHWESTER UND BRUDER

Roman. 224 Seiten, gebunden

Martha ist Lukas' Schwester. Ist das ein Grund, sich nach einem Jahr der Trennung auf den Bruder zu freuen? Als Lukas aus Indien zurückkehrt, ist er von seinen Eindrücken überwältigt, die Begegnung mit einem Wandermönch hat ihn verwandelt. Er glaubt, gefunden zu haben, was ihn glücklich macht. Martha sträubt sich gegen seine unglaublichen Berichte.
Lukas findet sich zu Hause nicht zurecht. Er wird krank und erblindet. Martha überwindet sich, den Bruder nach Indien zu begleiten, um den rätselhaften Mönch wiederzufinden. Ein gegensätzliches Paar macht sich auf die Reise: Die misstrauische Schwester führt den blinden Bruder auf der Suche nach einem Geheimnis, das zwischen den beiden selber liegt.
Ulla Lenze erzählt mit scharfem Blick von der bedrohlichen Enge eines Geschwisterpaares. Sie nimmt die Leser mit auf ein Abenteuer, das von der Macht des Glaubens und der Geschichten, von Abendland und Osten handelt. Sie zeigt, wie das scheinbar weit Entfernte zusammengehört.

»Ulla Lenze verzichtet in ihrem in jeder Hinsicht wunderbaren Debütroman auf esoterisches Brimborium. Sie erzählt mit gelassener Souveränität: nüchtern, kühl, seelenruhig zärtlich. ... Ulla Lenze reißt, ähnlich wie Patrick Roth oder Peter Handke, im Diesseits Himmel voller Wunder auf. Aber sie tut es so unverkrampft, leichthändig und spannend, dass ihre Geschichte nie peinlich oder pastoral wird.« *Frankfurter Allgemeine Zeitung*

ANNA KATHARINA FRÖHLICH

WILDE ORANGEN

Roman. 313 Seiten, gebunden

Wilde Orangen ist ein ungewöhnlicher Debütroman, der mit Lust an geistreicher Eleganz, opulent arrangierter Ausschweifung und magievoller Erotik die Geschichte vom Aufruhr der Gefühle neu erzählt.

Jung soll sie sein und das Glück mit ihr schwindelerregend, märchenhaft schön und klug wünscht sich der berühmte alternde Künstler Barna seine Geliebte, das Mädchen. Nach London, nach Rom oder Venedig führen ihre Reisen.

Wilde Orangen erzählt von der ›unheilbaren Wunde‹, die Liebe heißt – und in zauberhaften Bildern vom schützenden Haus der Herkunft, von Ordnung und Maß eines anderen Lebens.

Wilde Orangen lebt von verschwenderischer Einbildungskraft und einer nuancenreichen Sprache jenseits allen modischen Glamours, durchdrungen von Flaubertscher Leidenschaft und Proustschem Salonblick. In *Wilde Orangen* ist eine junge Autorin auf der Suche nach »Metaphysik und Abenteuer« in der Literatur.

»Anna Katharina Fröhlich hat einen triumphalen Mut, Bilder zu wagen. … Was diesen Roman auf seiner seiltänzerischen Höhe hält, ist Anna Katharina Fröhlichs Kunst, ihre Heldin als beides zugleich erscheinen zu lassen: als kokette Liebesposeuse und als Schmerzzerissene.« *Der Spiegel*